JULIE PETERS

# Ein Winter im Alten Land

atb aufbau taschenbuch

JULIE PETERS, geboren 1979, arbeitete als Buchhändlerin und studierte Geschichte, bevor sie sich ganz dem Schreiben widmete. Sie lebt mit ihrer Familie im Westfälischen. Im Aufbau Taschenbuch sind bereits ihre Romane »Mein wunderbarer Buchladen am Inselweg«, »Mein zauberhafter Sommer im Inselbuchladen«, »Der kleine Weihnachtsbuchladen am Meer« sowie »Die Dorfärztin – Ein neuer Anfang«, »Die Dorfärztin – Wege der Veränderung«, »Ein Sommer im Alten Land« und zuletzt »Käthe Kruse und die Träume der Kinder« erschienen.

Bea hat es geschafft: Seit ein paar Monaten ist sie Chefärztin der Onkologie in einer Hamburger Klinik. Aber hat sie, nachdem ihre Ehe in die Brüche gegangen ist und sie selbst ihren Hund nur noch jedes zweite Wochenende sieht, überhaupt noch ein Privatleben? Da tut Bea etwas, was sie vorher nie getan hätte: Sie sucht auf Wunsch einer alten Patientin deren Neffen Tom auf, um ihm das Tagebuch seiner Tante zu überbringen. Doch Tom hat kein Interesse an den Aufzeichnungen seiner Tante, deren Imkerei er übernommen hat. Erst als Bea in dem Tagebuch einen Hinweis entdeckt, dass die schlafenden Bienenvölker von einer lebensbedrohlichen Milbe befallen sein könnten, sieht Tom ein, dass er Beas Hilfe braucht, um die Bienen zu retten. Zwischen Thymianhonig und Bienenwachskerzen auf dem Weihnachtsmarkt fängt es plötzlich zwischen den beiden an zu knistern.

JULIE PETERS

# Ein Winter im Alten Land

ROMAN

atb aufbau taschenbuch

MIX
Papier | Fördert gute Waldnutzung
FSC® C083411

ISBN 978-3-7466-3977-2

Aufbau Taschenbuch ist eine Marke
der Aufbau Verlage GmbH & Co. KG

1. Auflage 2022
Vollständige Taschenbuchausgabe

Die Originalausgabe erschien 2020 bei Rütten & Loening, einer
Marke der Aufbau Verlage GmbH & Co. Kg
Umschlaggestaltung www.buerosued.de, München
unter Verwendung eines Motivs von
© Mauritius Images / Christian Ohde
Satz Greiner & Reichel, Köln
Druck und Binden CPI books GmbH, Leck, Germany
Printed in Germany

www.aufbau-verlage.de

*Was dem Schwarm nicht nützt,*
*das nützt auch der einzelnen Biene nicht.*

MARC AUREL

## 19. September

*Dieses Jahr haben wir spät begonnen, sie zu füttern. Bilde ich mir nur ein, dass sie etwas zorniger klangen, als ich die Beuten öffnete und den Zuckerteig einhängte?*

*Der Frühherbst liegt in der Luft. Süß, mit diesem unverwechselbaren, rosig gelben Licht am Morgen und zur Nacht. Wenn ich über die Felder zu meinen Bienen gehe, mich auf den alten Kinderschlitten hocke, der seit jeher mein Aussichtspunkt ist, merke ich, wie sie weniger emsig werden. Besonders an den kalten Tagen ist es recht ruhig um die Fluglöcher. Während ich den Tee aus meinem Thermosbecher trinke – mit ihrem Honig gesüßt, natürlich –, lausche ich ihrem Summen. Ich zähle sie nicht, wenn sie so ein und aus fliegen – zumindest nicht bewusst. Ich weiß aber, worauf ich zu achten habe, und wenn ich nach einer halben Stunde oder einer ganzen aufstehe, habe ich ein Gefühl dafür, ob ich etwas tun muss oder ob es ihnen gut geht.*

*Für jede Beute sind nun die ersten Kilo verfüttert. Eine zweite Fuhre bekommen sie im Oktober – dann müssten sie gut über den Winter kommen. Es dauert nicht mehr lange, bis die Winterbienen schlüpfen. Sie werden nicht Tag für Tag im Stock arbeiten und später in ihrem Leben ausfliegen und Nektar sammeln, ihnen ist nicht das kurze Leben ihrer Sommerschwestern beschieden; sie bereiten sich auf ein langes Leben vor, das sie monatelang aneinandergeschmiegt in ständiger, langsamer Bewegung in einer großen Traube in der Mitte des Stocks zubringen. Ihr ganzes Leben dient nur* dem einen Zweck – die Bienenkönigin beschützen, sie durch den Winter bringen, bis sie beginnt, neue Eier zu legen. Sie werden die Brut aufziehen und dann in den ersten Frühlingstagen sterben. Der Bien aber wird fortbestehen, über den Winter hinaus, auch über den Tod einer Königin hinaus, auf den eine weitere folgen wird. Selbst wenn eine Königin ausschwärmt und sie einen Teil des Volks mitnimmt, wird der Bien fortbestehen – geschwächt, aber immer noch gewillt, zu überleben.

Bis die Thermoskanne leer ist, hat sich meine Unruhe wieder ein bisschen gelegt. Den Bienen geht es gut. Doch so ein Gefühl ersetzt nur nie den Blick in die Beuten, das habe ich von meinem Imkervater gelernt. Zu vieles bedroht ihren Frieden. Auch wenn derzeit überall Leute sich eine Beute in den Garten stellen, weil sie so dem Bienensterben entgegenwirken wollen – zu viele sind unkundig, versteigen sich in ihrer Fantasie-Imkerei. So wie Tom, der nur noch selten vorbeischaut.

Als ich heute nach meiner Stunde bei den Bienen aufstand, war da wieder dieses Schwindelgefühl. Es dauert nun immer länger, bis es vergeht.

Der Bien besteht weiterhin, selbst wenn die Königin stirbt.

Daran halte ich mich fest.

Für den Weg zurück zum Haus brauchte ich heute doppelt so lang.

# Kapitel 1

»Das darf doch echt nicht wahr sein. Hey! Was ist denn Ihr Problem da vorne?«

Bea duldete keine Unpünktlichkeit. Umso mehr geriet sie an diesem Morgen ins Schwitzen, denn die Uhr in ihrem Auto sprang gerade auf 9:00 – und um Punkt neun Uhr begann jeden Morgen ihre Visite.

Nun war es natürlich *ihre* Visite, weshalb sie sich eigentlich entspannt zurücklehnen durfte. Ohne sie würde schon niemand damit anfangen. Trotzdem tippte ihr rechter Fuß nervös auf das Gaspedal, während vor ihr der Besitzer eines klapprigen roten Kastenwagens offenbar vergebens versuchte, dem Parkautomaten ein Ticket zu entlocken. Er hing halb aus dem Fenster und versuchte, das Ticket aus dem Schlitz zu angeln. Bea drückte ungeduldig auf die Hupe. Der Fahrer drehte sich zu ihr um – und ließ das soeben ergatterte Parkticket fallen, während vor ihm die Schranke hochging.

»Das gibt's doch nicht«, murmelte sie völlig entnervt. Sie ließ das Fenster ihres Wagens herunter und rief ihm zu: »Nun machen Sie schon! Andere Leute haben heute noch was vor!«

Er machte eine etwas unflätige Geste in ihre Richtung – sein Glück, dass kein Mittelfinger involviert war, dann wäre sie ihm durch die Windschutzscheibe an die Gurgel gegangen. Während also der Mann (knapp vierzig, schätzte sie, also weder jung noch alt, in ihrem Alter eben) sich aus dem Anschnallgurt und dem Wagen schlängelte, das Ticket auflas, wieder einstieg, sich anschnallte und sein Wagen endlich durch die Schranke rollte, wählte sie eine Nummer aus dem Kurzwahlspeicher.

»Stephanie? Ja, hier ist Bea. Es dauert noch fünf Minuten. Ich weiß, ich weiß. Eine Verkettung unglücklicher Umstände.«

Von denen dieser hübsche Kerl vor ihr nur der Letzte war. Ihr entging nicht, dass sein entschuldigendes Lächeln durchaus entwaffnend war, und ebenso wenig, dass er nun wirklich zügig ins Parkhaus des Klinikums einfuhr. Sie brauchte keine zehn Sekunden, um die Schranke hinter sich zu bringen, und stellte ihren Wagen auf den reservierten Parkplatz.

In Gedanken war sie immer noch nicht ganz bei der Sache, als sie das Gebäude betrat, statt der Aufzüge das Treppenhaus ansteuerte und dabei fast mit ihrem Kollegen Dr. Carsten Holler zusammenstieß.

»Nanu, die Frau Dr. Heinemann. Heute so spät?« Er konnte sich ein selbstgefälliges Grinsen nicht verkneifen. Seitdem Bea Chefärztin der Onkologie war und ihn bei der Ausschreibung um die Stelle ausgebootet hatte – seine Version der Geschichte – und er weiter das in seinen Augen jämmerliche Dasein als Chef der Notaufnahme fristete, hatte sie das Gefühl, dass er ihr ständig auflauerte und versuchte, sie bei einem Fehler zu ertappen.

»Ach, ich habe auch noch ein Privatleben«, gab sie zurück und schob sich an ihm vorbei. Zwei Stufen auf einmal nehmend hetzte sie ins zweite Obergeschoss.

»Das wage ich zu bezweifeln!«, hörte sie ihn rufen. Aber dann knallte die Tür hinter ihr zu, sie betrat die stillen Gänge der Onkologie 1. Nur vor dem Schwesternzimmer versammelten sich gerade ihre Assistenzärztinnen und die Schwestern, die ihre Visite begleiteten. Bea schlüpfte aus dem Mantel, darunter trug sie bereits ein weißes Polohemd und die weiße Hose – ihre übliche Arbeitskluft. Sie verschwand kurz in ihrem Zimmer, kickte die Stiefel in die Ecke, zog die bequemen Crocs unter dem Tisch hervor und schlüpfte vorher noch in ein Paar Wollsocken. Ihr Geheimnis gegen kalte Füße. Mit dem Kittel in einer Hand, in der anderen den Becher Kaffee, den ihre Sekretärin jeden Morgen um zehn vor neun auf ihren Schreibtisch stellte, verließ sie das Zimmer keine halbe Minute später. Die Uhr über dem Schwesternzimmer zeigte drei nach neun.

»So, dann wollen wir mal«, sagte sie, gerade so, als wäre ihre Verspätung ganz normal. War sie vermutlich für die Kolleginnen auch, aber Bea war es schlicht unangenehm. »Wo geht's los?«

»Zimmer 318.« Die junge Assistenzärztin, die vortrat, war erst seit einem halben Jahr auf ihrer Station, bisher hatte sie sich aber durch eine bemerkenswerte Arbeitsmoral hervorgetan. *Hat bestimmt auch kein Privatleben.*

Als ob!

Sie ärgerte sich über Carsten Hollers Bemerkung, denn es stimmte einfach nicht. Natürlich hatte sie ein Privatleben. Gut, im Moment war es ein bisschen eingeschränkt, allein schon aufgrund der Tatsache, dass die Wohnung, in die sie abends zurückkehrte, so still und leer war. Kein Bud Spencer, der ihr entgegenlief. Kein Stefan, der am Herd stand und etwas Köstliches kochte.

Aber das musste Carsten Holler ja nicht wissen. Das musste überhaupt niemand wissen, es ging nämlich niemanden etwas an. Sie war hier zum Arbeiten, nicht, um Freundschaften zu schließen.

Sie betrat vor allen anderen Zimmer 318. Einzelzimmer, was für ein Luxus in dieser Zeit. Das Bett stand am Fenster, und auf dem Bett thronte eine alte Dame. Jawohl, Dame, das musste sie wohl so sagen, denn sie war von den sorgfältig frisierten, grauen Haaren über die knallrot lackierten Fingernägel bis zu den grauen Plüschpuschen und dem dunkelroten Nicki-Hausanzug, der perfekt auf die Fingernägel abgestimmt war, eine präsente Erscheinung.

Vor allem war sie in diesem Moment nicht allein. Drei andere Frauen saßen vor ihrem Bett, und sie alle drehten sich zu Bea und ihren Kolleginnen um und musterten sie, als wären sie gerade zur mündlichen Abiturprüfung angetreten.

»Margarete Zeidler, 74 Jahre alt. Bei uns wegen einer chronisch lymphatischen Leukämie, die nun auf die Leber übergegangen ist. Bisheriger Therapieverlauf ist erfolgversprechend, mit einer baldigen Entlassung können wir wohl rechnen.« Dies entlockte den drei Besucherinnen, die sich wie Nornen um ihr Bett versammelt hatten, ein gefälliges Lächeln, eine griff sogar nach der Hand der Patientin.

»Siehst du, Grete, bald kommst du hier wieder raus.«

Die junge Ärztin ratterte noch ein paar Blutwerte herunter. Bea hörte sich alles an, dann wandte sie sich an die Patientin. »Haben Sie Fragen?«

»Nein.« Ihre Stimme war überraschend rauchig. »Ich werde ohnehin bald nicht mehr hier sein.«

Bea fragte, ob sie sie untersuchen dürfe. Die drei Nornen machten nur widerwillig Platz. Behutsam tastete Bea den Bauch ab. Für den morgigen Vormittag war ein

CT angesetzt. Danach die Entscheidung über eine weitere Therapie und die baldige Entlassung. Vermutlich würde es auf eine ambulante Chemotherapie drüben in der Tagesklinik hinauslaufen.

Zufrieden nickte Bea. Hier war alles so, wie es sein sollte, die Assistenzärztin auf Zack, die Patientin informiert und – soweit es die Umstände zuließen – entspannt.

Und sie schien über ein gutes soziales Netz zu verfügen, wenn immerhin drei Freundinnen schon früh am Morgen bei ihr saßen. Auch das war gut. Freundinnen waren wichtig in Krisenzeiten, das sagte sie ihren Patientinnen immer wieder.

Auf dem Weg aus dem Zimmer war Bea in Gedanken bereits bei der nächsten Patientin, drehte sich halb um, damit die junge Kollegin ihr die nächste Akte aushändigte. Just in diesem Augenblick betrat ein Mann mit einem Tablett aus der Krankenhauscafeteria den Raum. Der Kaffee schwappte auf Beas Kittel und das Poloshirt.

»Shit!«, fluchte Bea, denn der Kaffee war zwar nicht kochend heiß, aber warm genug, dass sie sich erschreckte.

»Verdammt!«, fluchte ihr Gegenüber und schaffte es gerade so, das Tablett festzuhalten. Ihre Kolleginnen wichen zurück. Bea schaute hoch. Ein Mann, ihr Alter, vielleicht etwas älter, die dunklen Haare ziemlich wuschelig und etwas zu lang, der zimtfarbene Wollpullover und die Jeans ausgebeult und mindestens so alt wie die ausgetretenen Turnschuhe.

»Sie schon wieder!«, rief sie, fast ein bisschen zu laut.

»Ja bitte?«, fragte er.

Ausgerechnet der Mann stand vor ihr, der sich vorhin mit dem Parkticket so ungeschickt angestellt hatte und damit maßgeblich an ihrer Verspätung schuld war. Herrje.

Und dann lächelte er sie noch so freundlich an, seine Stimme klang ein bisschen rau. Wie Kakaosplitter, dunkel und ein bisschen herb.

»Müssen Sie denn überall nur im Weg stehen?«, murmelte Bea.

»Ich wüsste nicht, dass wir uns schon mal begegnet sind«, erwiderte er. Sein Mundwinkel zuckte, als müsste er sich mühsam ein Grinsen verkneifen.

»Im Parkhaus«, erklärte sie, und als er sie verständnislos anblickte, fügte sie hinzu: »Ich habe gehupt.«

»Ach, Sie waren das.« Jetzt grinste er. »Ich hoffe, Sie haben nicht gehört, was ich gesagt habe.«

»Habe ich nicht. Vermutlich zum Glück?«

Er wiegte den Kopf. »Gut möglich. Es sei denn, Sie bekommen gerne Vogelnamen an den Kopf geworfen.«

Wie frech er war! Sie hätte gern etwas darauf erwidert, aber ihr fehlten die Worte. Sonst war sie schlagfertiger.

Sie schnaubte daher nur und schob sich an ihm vorbei. Dabei streifte ihr Arm seinen und sie hätte fast in der Bewegung verharrt, denn …

Dieser sanfte, süße Geruch. War das sein Shampoo oder trug er Aftershave? Nein, nichts an diesem Duft war künstlich, im Gegenteil – ganz natürlich und gerade so, als gehörte er zu ihm. Auf jeden Fall bekam sie weiche Knie davon, sie wäre gern einen winzigen Augenblick neben ihm stehen geblieben. Hätte verweilt. Sich für ihre ruppige Art entschuldigt, sie wusste doch, wie sie war, seit Monaten schon raunzte sie jeden an. Nicht, weil die Menschen sie störten, sondern … na ja. Weil sie mit sich selbst nicht klarkam. So, jetzt war's heraus.

Stattdessen zwang sie sich, weiterzugehen, sie trat auf den Flur und ihre Kolleginnen folgten. Noch einmal blickte sie zurück, über die weißen Kittel und die Köpfe derer, die aus dem Zimmer strömten.

Er drehte sich halb um, lächelte sie an. Ein halbes Lächeln, immerhin, und sie zuckte entschuldigend die Schultern. Seine Augen waren dunkel, sie hätte nicht sagen können, ob sie grün oder braun waren, dunkel jedenfalls.

»Hier ist wie versprochen der Kaffee«, hörte sie ihn sagen. Er wendete sich zu den vier alten Frauen um, die Tür schlug zu und der Moment war vorbei.

»Wollen Sie sich umziehen, bevor wir weitermachen?« Doris Wetter, die Stationsschwester, machte einen Schritt auf Bea zu. Sie winkte ab; dafür war jetzt keine Zeit. Weiter ging es mit der Visite, Zimmer für Zimmer. Bea hörte sich an, was ihre Assistenzärztinnen vorbereitet hatten, sie untersuchte Patientinnen, hörte sich deren Klagen an, gab Anweisungen und ging weiter. Auf ihr bekleckertes Shirt angesprochen lächelte sie jedes Mal, auch wenn es immer gequälter wurde, denn die Zeit, die sie mit Erklärungen verschwendete, hätte sie auch zum Wechseln nutzen können. Meist blieb für die einzelne Patientin nicht mehr als ein paar Minuten Zeit. Denn danach hatte sie eine Reihe dringlicher Termine in ihrem Sprechzimmer, und nach dem Mittagessen war noch ein Tumorboard angesetzt.

Das hätte sie am liebsten geschwänzt.

Aber sie wusste, dass sie das unmöglich konnte.

Nun ja. Sie würde sich einfach vorher in der Kantine stärken und direkt im Anschluss an die Sitzung nach Hause fahren. Das konnte ihr wohl niemand verübeln, oder?

Denn sie hatte sehr wohl ein Privatleben. Oder galt es nicht, wenn man abends in eine leere Wohnung fuhr, sich etwas zu essen machte und dann vor dem Fernseher bei einem Glas Weißwein versumpfte?

Früher war das anders gewesen. Aber früher, das war vorbei, und auch Monate später tat es noch erstaunlich weh. Sie versuchte, den Schmerz runterzuschlucken, aber wie erfolgreich sie damit war, merkte sie selbst.

Gar nicht. Weil alles in dieser Klinik sie an das erinnerte, was mal gewesen war und nie wieder sein würde.

»Kannst du bei der Patientin in der 318 vorbeischauen? Sie wollte noch mal mit einer Ärztin reden.«

Bea blickte auf. Ihre Augen schmerzten. Seit Stunden starrte sie auf den Bildschirm und versuchte, all die unerledigten Dinge zu erledigen, die man immer mit dem Vorsatz vor sich herschob, sich in einer ruhigen Minute darum zu kümmern. Die – Überraschung! – nie kam, klar. Es gab immer was zu tun.

Bea seufzte.

»Hat das nicht Zeit bis zur Visite morgen früh?«

Ihre beste Freundin Lena – streng genommen ihre einzige Freundin – zuckte mit den Schultern. »Du weißt doch – ich bin nur die Nachtschwester. Erschieß nicht den Boten, ja? Und mach nicht mehr so lange. Ich will dich in zehn Minuten nicht mehr hier sehen. Ich kontrolliere das!«

Lena verschwand, ihre Schritte quietschten auf dem Gang, die Tür schlug zu.

»Ich komme gleich«, sagte Bea leise in die Stille hinein.

Wenn Lena schon ihren Dienst angetreten hatte, war es auf jeden Fall später geworden, als sie ursprünglich geplant hatte. Nach der Nachmittagssitzung hatte sie sich entgegen ihres Vorsatzes, nach Hause zu fahren, in ihrem Büro verschanzt und offenbar darüber die Zeit vergessen.

Sie schaltete den Computer aus, wechselte das Schuhwerk und tauschte Kittel gegen Mantel. Auf dem Weg zum Fahrstuhl kam sie am Zimmer 318 vorbei und klopfte.

»Herein!«

Die Stimme von Frau Zeidler klang kräftig und klar. Bea trat ein.

»Sie hatten noch eine Frage, hat mir die Schwester ausgerichtet.«

»Ach, wie schön, dass Sie vorbeischauen.« Frau Zeidler hatte sich inzwischen für die Nacht fein gemacht. Sie trug einen glänzenden Pyjama mit dunkelblauen und hellgrauen Streifen, die silbernen Haare hatte sie zu einem langen Zopf geflochten, der auf ihre Brust fiel. Das dezente Make-up war verschwunden, ihr Gesicht wirkte auch jetzt noch rosig und frisch. In ihrem Schoß ruhte eine dicke Kladde, ein Finger steckte zwischen den Seiten. »Aber Sie waren nicht den ganzen Tag hier, oder?«, erkundigte sie sich.

»Ich hatte viel zu tun«, sagte Bea etwas steif. Die Erinnerung an die stundenlange Sitzung am Nachmittag flammte kurz auf, und sie brauchte einen Moment, um die aufkommende Wut niederzuringen. Es gab so vieles, das sie wütend machte. Vor allem ihre eigene Unfähigkeit, die in ihren Augen letztlich die Schuld an all dem trug, was passiert war.

»Also, was kann ich für Sie tun?« Sie zog einen Stuhl heran und setzte sich ans Bett ihrer Patientin. Das hatte ihr Stefan beigebracht. Zuhören. *Aktiv* zuhören. In mancher Hinsicht war er der bessere Arzt. Zu oft fiel es ihr schwer, sich auf die Patientinnen einzulassen.

»Ja, ich frage mich … Ach, das muss Ihnen jetzt ganz dumm vorkommen, aber ich frage mich eben, wo die Krankenhausbibliothek ist.«

Bea erstarrte. *Darum wollten Sie eine Ärztin sprechen?*

Und bevor sie sich versah, hatte sie es ausgesprochen. Frau Zeidlers Lächeln schwand, sie blickte auf ihre Hände, die rastlos über die Bettdecke wanderten.

»Ich brauche unbedingt neue Lektüre. Aber das ist nur das eine«, fuhr sie fort.

Aha, dachte Bea. Sie entspannte sich etwas. Das hatte sie oft beobachtet. Patientinnen, die ihr erst eine Frage zu einem gänzlich anderen Thema stellten, bevor sie zum eigentlichen Punkt kamen.

»Die Bibliothek ist im dritten Stock, direkt, wenn Sie aus dem Fahrstuhl kommen, auf der linken Seite.«

»Danke.« Ihre Patientin lächelte. »Das andere, also … morgen das CT. Ich mache mir Sorgen, weil ich nicht weiß, ob das … ob ich das schaffe.«

»Ein CT des Abdomens ist absolut ungefährlich für Sie, Frau Zeidler. Sie können sich gern vorher ein Beruhigungsmittel geben lassen.«

»Aber das ist diese große Röhre. Und sie ist so *laut*, das kennt man ja.«

»Sie meinen ein MRT. Das ist tatsächlich eine große Röhre. Beim CT aber wird Ihr Körper nur durch einen Ring geschoben. Sie liegen auf einer Trage, nur Ihr Bauch ist dann in diesem Ring. Ihr Kopf nicht.«

»Oh, ach so.« Frau Zeidler blickte auf ihre Hände.

»Das ist natürlich dann etwas anderes. Entschuldigen Sie bitte meine Dummheit. Diese ganze Krankheit… Ich war nie krank und irgendwie habe ich das Gefühl, mehr Fragen zu haben, als ich Antworten bekomme.«

»Sie können immer fragen«, sagte Bea beruhigend. »Dafür sind wir da. Haben Sie noch weitere Fragen?«

»Nein. Ach, damit haben Sie mir sehr geholfen. Vielen Dank.«

Bea stand auf. In diesem Moment spürte sie die Müdigkeit. Endlich. Vielleicht konnte sie heute Nacht besser schlafen.

»Aber Sie fahren jetzt nach Hause, oder? Muss ja ein langer Tag für Sie gewesen sein. Haben Sie jemanden, der für Sie sorgt?«

»Ja, ich fahre jetzt nach Hause.« Beas Lächeln gefror. Sie wollte auf die Frage nicht antworten, sie ging ihr zu nah.

»Um mich hat sich zuletzt mein Neffe Tom gekümmert. Er ist einer von den Guten. Verstehen Sie, was ich meine?«

»Der junge Mann, der Sie heute früh mit Kaffee versorgt hat?«

Frau Zeidler strahlte. »Ich weiß, eigentlich soll kein Geschirr aus der Cafeteria auf die Zimmer gebracht werden. Und das mit Ihrem Poloshirt tut ihm und mir sehr leid. Sehen Sie's mir nach, Ihr Kaffee hier auf der Station ist wirklich grauselig, darum habe ich ihn heute früh angerufen und gebeten, mir welchen mitzubringen. Ohne guten Kaffee kommt mein Blutdruck morgens nicht hoch.«

Darüber konnte Bea dann doch wieder lachen. »Ich weiß, was Sie meinen. Ändern kann ich's leider nicht.«

»Aber Sie drücken weiterhin ein Auge zu?«

Bea legte einen Finger auf die Lippen. »Ich schweige wie ein Grab.«

»Na, hoffen wir, nicht wie *mein* Grab.«

»Darüber denken wir noch lange nicht nach.«

Sie verstand die Angst ihrer Patientin, hatte sie schon so oft bei anderen ähnlich erlebt. Aber Frau Zeidlers Prognose war gut. Das sagte sie ihr auch.

»Und nun schlafen Sie. Gute Nacht, Frau Zeidler.« Bea lächelte aufmunternd. »Wenn Sie noch Fragen haben, können Sie sich an die Nachtschwester wenden. Morgen früh bin ich auch wieder hier.«

»Gute Nacht, Frau Doktor. Danke, dass Sie für mich da sind. Für mich und all die anderen Patientinnen.«

Diese Worte hatte Bea noch im Kopf, als sie im Fahrstuhl stand. Allein. Im ersten Stock stiegen zwei Schwestern ein, sie blieben vorne stehen und unterhielten sich kichernd. Als der Aufzug im Erdgeschoss hielt, schob Bea sich an ihnen vorbei. Ihr ging das alles nicht schnell genug.

Sie wollte einfach nur nach Hause. Zurück in die Einsamkeit, auch wenn die ihr genauso wenig Trost bot wie die Gesellschaft anderer.

Zum Auto laufen, durch die Kälte. Novembernebel hing zwischen den Bäumen, sie atmete die feuchte Luft ein. Sie schloss den Wagen auf, fuhr aus dem Parkhaus und lenkte ihn auf die Stadtautobahn. In zwanzig Minuten, so schätzte sie, würde sie die Wohnungstür aufschließen.

Ihr fiel erst spät ein, dass sie nichts im Kühlschrank hatte, hielt deshalb an einer Tankstelle, kaufte eine Tüte Chips und eine Flasche Wein. Tankte mehr aus Alibi-Gründen als wegen eines leeren Tanks.

Die Tür ihrer schicken Wohnung schlug hinter ihr zu.

Stille. Keine tapsenden Pfoten, keine Stimme aus der Küche, die sie mit einem fröhlichen »Ich habe für uns gekocht!« begrüßte. Kein Licht, keine köstlichen Essensdüfte zogen in den Flur. Bea ließ sich auf das Sofa im Wohnzimmer plumpsen. Sie starrte auf die Stelle, wo bis vor wenigen Wochen noch ein zweites, identisches Sofa direkt gegenüber gestanden hatte. Darauf eine karierte Decke. Dort hatte Bud Spencer früher so gern gelegen.

»Geht es Bud Spencer gut?«, hätte sie Stefan gerne gefragt. Aber er war nicht mehr da. Jetzt war sie die Chefärztin, und jedes Mal, wenn sie in diesen langen Besprechungen saß und es um die Therapiepläne ihrer Patientinnen ging, vermisste sie ihn. Nicht, weil er der bessere Arzt war – denn das war er nicht. Sie waren immer ebenbürtig gewesen, und vielleicht hätte sie ihn irgendwann sogar überflügelt.

Nein, sie vermisste ihn, weil bei ihm die menschliche Komponente niemals zu kurz kam.

Zu viele Ärzte, das hatte er ihr immer wieder erklärt, waren so erpicht darauf, den Körper um jeden Preis zu heilen, dass sie die Seele vergaßen. Die Psyche, korrigierte sie ihn sanft. Nein, erwiderte er, schon die Seele. Das sei nämlich was anderes, zumindest wenn es um Krankheiten ginge. Ein gesunder Geist im gesunden Körper – so.

Wenn das so war – was war sie dann? Ein gesunder Körper ohne gesunden Geist?

Jedes Mal, wenn sie den Vorsitz im Tumorboard führte und die Kolleginnen ihre Fälle vortrugen, dachte sie an Stefan. Die Enttäuschung in seinem Blick, als er ging. »Du wolltest dich nie unterordnen«, sagte er betrübt.

»Wir sind uns zu ähnlich«, hatte sie geantwortet. Beide wollten die Besten auf ihrem Gebiet sein – und da sie auf demselben Gebiet arbeiteten, musste einer von ihnen schließlich gehen.

Stefan war an ein anderes Klinikum gewechselt. Größer. Prestigeträchtig. Das ihm die Forschung bezahlte, die er neben seiner Arbeit als Chefarzt betrieb. Sie hätte mitkommen können – er hatte darauf bestanden, dass für sie eine zusätzliche Stelle als Oberärztin geschaffen wurde. In dem Klinikum wollte man ihn so sehr, sie hätten ihm auch einen mit Goldfäden durchwirkten Teppich ausgerollt oder sogar Bea darin eingerollt, wenn es in ihrer Macht gestanden hätte.

Stattdessen bewarb sie sich auf die vakante Chefarztstelle, die durch Stefans Weggang an ihrer Klinik frei wurde – und man gab ihr den Vorzug vor Carsten Holler. Weil sie die Arbeit von Stefan fortführen konnte.

Aber für ihn war dies ein Vertrauensbruch – der letzte in einer langen Reihe, wie sie erfahren musste, als er sie zur Rede stellte.

»Du hättest alles haben können«, hatte er zum Abschied gesagt, bevor er seine Wohnungsschlüssel auf den Küchentresen legte. »Wenn ich in zehn Jahren in Ruhestand gegangen wäre, hätte das alles dir gehören können, was wir uns gemeinsam aufgebaut hätten.«

Das war es eben.

Sie hätten es vielleicht gemeinsam aufgebaut. Dr. Stefan Heinemann, Dr. Bea Heinemann.

Aber sie wäre immer nur an zweiter Stelle genannt worden. Als sein Anhängsel. Als die Frau, die mit ihm aufstieg, nicht als die Ärztin, die aus eigener Kraft etwas schuf. Selbst wenn sie es gewollt hätte – es wäre ihr nie in den Sinn gekommen, so weiterzumachen.

Deshalb konnte Stefan gar nicht weitermachen. Und die Trennung, die darauf folgte, war vermutlich der sauberste Schnitt, den zwei Ärzte vollziehen konnten. Alles wurde hälftig geteilt, und wenn sie nicht genau wussten, was wem gehörte, losten sie. Bea war sich ziemlich sicher, dass das Schachspiel im kleinen Arbeitszimmer auf dem Tisch Stefan gehörte – aber als er Anspruch darauf erhob, wollte sie es auch haben, und beim Losen gewann sie. Ein letzter Pyrrhussieg. Denn danach war alles verloren, was sie einst gewesen waren.

Am meisten schmerzte sie, dass Bud Spencer fort war. Niemand, der ihr die Füße wärmte. Der morgens nach dem Weckerklingeln verbotenerweise in ihr Bett hüpfte und im Herbst mit schlammigen Pfoten durch alle Räume flitzte, bevor sie ihn einfangen und in die Badewanne stecken konnte. Sie vermisste den Hund mehr als den Mann, mit dem sie immerhin schon ein paar Jahre vor dem Spaniel Tisch und Bett geteilt hatte. Und an Abenden wie dem heutigen wurde aus dem Vermissen ein nagender, blöder Schmerz, gegen den sie nicht anders ankam, als zum Telefonhörer zu greifen.

»Hey Kleines.«

Sie atmete tief durch. »Hi Stefan. Wie geht es euch?«

»Oh, bestens. Wir haben es uns gerade gemütlich gemacht. Wie geht's dir? Alles gut bei dir?«

»Alles bestens. Nur ein bisschen still hier. Wie geht es Bud Spencer?«

»Er verspeist gerade einen dieser stinkenden Pansendinger, die du ihm bei deinem letzten Besuch geschenkt hast. Ich habe schon verstanden, du hasst mich, weil er bei mir ist. Aber ganz normale Kauknochen hätten es auch getan.«

Sie lachte zitternd aus. »Davon muss er aber immer so pupsen.«

»Ach ja, die Pupser. Okay, dann lieber Pansen.«

Sie schwiegen einen Moment, und sie hörte ihn durch die Leitung atmen.

»Kommst du am Wochenende und holst ihn?«

»Ja klar. Samstag um acht?«

Daran hielt sie sich fest – alle zwei Wochen holte sie Bud Spencer fürs Wochenende zu sich. Das waren die schönsten Tage im Monat. Als wäre der Hund ihr gemeinsames Kind, dessen Sorgerecht sie sich teilten.

»Samstag um acht«, bestätigte Stefan. »Möchtest du hier frühstücken?«

Das bot er jedes Mal an – gerade so, als würde sie irgendwann nachgeben und zum Frühstück bleiben.

»Danke, nein. Wir brechen dann sofort auf. Ich möchte mit ihm an die Ostsee.«

»Das wird ihm gefallen.«

Die Ostsee war ihr Seelenort, wo sie Kraft tanken konnte. Stundenlang am Strand entlanglaufen, mit dem Wind im Haar und den Wellen an ihrer Seite, während Bud Spencer durch die Gischt rannte, Stöckchen holte. Danach wärmten sie sich in einem Café auf. Sie genoss Tee und Torte, während der kleine braune Spaniel zu ihren Füßen auf seiner Decke schlief.

»Du bist hier jedenfalls immer willkommen. Auch Sonntag, wenn du ihn zurückbringst.«

»Ja«, sagte sie, ohne auf das Angebot einzugehen.

Sie verabschiedeten sich; es fiel ihr schwer, weil es danach wieder so still war, zugleich aber hatte sie ihm nichts mehr zu sagen.

Bea versuchte zu lesen, aber auch daran war ihr der Spaß vergangen. Sie war müde. Alles machte sie müde, nicht nur die Arbeit, auch das Leben dazwischen. Trotzdem blieb der Schlaf ein flüchtiger Gast in ihrem Bett, und als sie Stunden später aufgab und wieder aufstand, um sich einen Tee zu kochen, fielen ihr die Worte von Frau Zeidler wieder ein.

*Danke, dass Sie für mich da sind. Für mich und die anderen Patientinnen.*

Und wer ist für mich da?, dachte sie.

## 2. November

*Die Winterruhe. Ich gönne sie meinen Bienen, diesen kleinen Völkchen. Die letzten Winterbienen sind nun geschlüpft, sie drängen sich mit all den anderen zusammen in der Mitte des Stocks. Noch einmal bin ich rumgegangen, habe eine Stockkontrolle gemacht. Alles ruhig, alles schläft.*

*Dabei schlafen sie nicht. Immer sind sie in Bewegung, sie sind ein großer Organismus, diese Tausende Bienen, die sich nur um eines kümmern: Dass es der Königin gut geht. Wenn die Königin gesund ist, dann wird auch der Bien es über den Winter schaffen. Vorausgesetzt, keine Schädlinge dringen ein und sie haben genug Nektar in den Waben eingelagert.*

*Beim heutigen Rundgang habe ich die Fluglöcher verkleinert. Bis zum Februar werden sie nun höchst selten ausfliegen, und wenn die Temperaturen steigen und sie wieder mehr hinauswollen, werde ich es schon merken. So ist das Risiko aber erst einmal geringer, dass sie direkt wieder von Mäusen oder anderen Schädlingen geräubert werden.*

*Es war ein gutes Honigjahr. Ich zähle die überschüssigen Wabenplatten, zähle die Eimer mit Honig, den ich in den kommenden Wochen säubern und abfüllen muss. Im Winter bleibt genug zu tun, weil es eines der guten Jahre war. Wenige Schädlinge, ein langer, sonniger Sommer. Ich will lieber dankbar dafür sein, mich nicht darüber aufregen, was nicht klappt in diesen Tagen.*

*Das Alleinsein lastet schwer auf mir. Ich bin 57, das ist kein Alter für eine Frau, das hat Carl jedenfalls immer be-*

*hauptet, bis zuletzt. Ich habe ihm geantwortet, 62 sei ja auch kein Alter, dass man sterbenskrank wird, aber das hat er weggewischt, bis zum letzten Atemzug. »Noch bin ich nicht tot«, sagte er dann immer, und ich glaube, fast wären das seine letzten Worte gewesen, und wir hätten gelacht, bevor er dann wirklich gestorben wäre.*

*Aber er starb im Schlaf, das ist wohl eine Gnade; dieses Dämmern der letzten Tage, das Müde, das ihm anhaftete. Jetzt ist nichts mehr wie früher, es ist nur still, still, still.*

*Ich steh hier allein mit seinen Bienen. Meinen Bienen. Das muss ich mir immer wieder sagen, sie gehören mir, ich habe sie von ihm übernommen. Eines Tages werde ich sie an jemand anderes übergeben müssen, aber erst mal muss ich sie allein über den Winter bringen, das wird schwer genug.*

# Kapitel 2

»Wenn ich mal Pläne mache …«, murmelte Bea. Vier Tage später, nach einer überaus anstrengenden Woche, saß sie im Auto und starrte auf die rot leuchtenden Rücklichter der sich endlos vor ihr erstreckenden Reihe an Autos. Die Ampel ganz weit vorne sprang auf Grün, dann sofort wieder auf Rot, kaum dass drei Fahrzeuge über die Kreuzung kriechen konnten.

»Wir sitzen hier wohl fest, Bud Spencer.«

Ihr Hund saß auf seiner karierten Decke auf dem Beifahrersitz, gesichert durch sein entsprechendes Geschirr. Er kläffte und hechelte aufgeregt. Bud Spencer liebte Autofahrten. Alle Versuche, ihn im Laufe der Jahre in eine sichere Box im Kofferraum zu stecken, waren an ihren eigenen Nerven gescheitert – sie hielt sein jämmerliches Heulen einfach nicht länger als fünf Minuten aus. Nur vorne direkt neben ihr war er gut gelaunt.

»Müssen wir uns wohl in Geduld üben.« Sehnsüchtig blickte sie auf die Gegenfahrbahn, auf der die Fahrzeuge munter auf die Autobahn Richtung Ostsee auffuhren. Dort wäre sie jetzt auch gerne.

Und das hätte auch alles geklappt – wenn sie nicht einen entscheidenden Fehler gemacht hätte.

Sie war ans Telefon gegangen.

An einem Samstagmorgen.

Weil der Name ihrer Mutter aufblinkte.

Bei einer ihrer Schwestern hätte Bea den Anruf

schlicht ignoriert, denn sie hatte mit keiner der drei ein so inniges Verhältnis, dass sie sich auch nur durch fünf Minuten Plauderei von ihrem Ziel abbringen ließ – und das hieß: ans Meer. Das Wetter war nämlich überraschend schön – kalt zwar, aber der Himmel blau und blank geputzt, die Sonne strahlte und brachte den Raureif an den Büschen und Bäumen am Straßenrand zum Glitzern.

»Du musst Alix helfen«, meldete sich ihre Mutter Claire ohne Umschweife. Direkt zur Sache, so kannte Bea sie sonst nicht. Ihre Stimme überschlug sich fast vor Aufregung.

»Guten Morgen, Maman. Schön, dass es dir gut geht.« Bea saß noch auf dem Sofa, ihre Hände um den Becher Kaffee geschlossen, den sie sich gerade aufgebrüht hatte. Dazu las sie ganz entspannt und – wie sie selbst zugeben musste – ziemlich altmodisch ihre Wochenendzeitung, die jeden Samstagmorgen in ihrem Briefkasten wartete.

»Du hast doch heute nichts vor, *non*?«

Wenn ihre Mutter aufgeregt war, kam die Französin in ihr immer wieder durch.

»Doch, zufällig schon.«

»Aha, was denn? Ich dachte, es ist dein freies Wochenende?«

Die Inquisition war nichts dagegen.

»Ich habe heute und morgen Bud Spencer.«

»Aber das macht doch nichts! Perfekt. Du kannst ihn einfach mitnehmen.«

Bea wehrte sich. Sie versuchte es zumindest, doch all ihre Argumente wurden von ihrer Mutter sofort entkräftet. Warum sie nicht selbst hinfahre, wenn Alix Hilfe brauchte? »Wir sind seit Monaten schon verabredet und fahren gerade zu unseren Freunden nach Regensburg.

Gustav hat sich so darauf gefreut.« Nun gut. Aber was war mit ihren Schwestern Jette und Rosa? Konnte von denen keine helfen?

»Meinst du, ich hätte dich angerufen, wenn die beiden Zeit hätten?«

Touché.

»Aber nur heute! Morgen habe ich andere Pläne.«

»Danke, danke, meine Liebe. Ich wusste, auf dich kann ich mich verlassen. Du weißt doch, ich bin in Sorge um unsere Alix, sie soll sich schonen. Und jetzt ist Max das Wochenende nicht da, irgendein Keks-Notfall so kurz vor Weihnachten, er musste nach Nürnberg deswegen. Und euer Großcousin Hannes ist auch verschwunden, wer weiß wohin. Ich finde das unverantwortlich, jetzt ist sie mit Tante Barbara ganz allein auf dem Hof und hat noch den Hofladen an der Wange, aber auf mich hört ja keiner.«

Bea versuchte, sich ein Kichern zu verkneifen, weil Maman wieder mal ein Sprichwort etwas kreativ auslegte. Zugleich bemühte sie sich um Nachsicht. Ihre Mama war aufgeregt, verständlich. Immerhin hatten sich mit Alix' Nachwuchs endlich Enkelkinder angekündigt, noch dazu im Doppelpack. In gewisser Weise dürfte Bea ihrer jüngeren Schwester auch dankbar sein, denn ihr blieb zumindest vorübergehend die Frage erspart, ob sie denn nie Kinder haben wollte. Wobei ihr seit ihrer Trennung von Stefan ohnehin der Mann fehlte, der nach Meinung ihrer Mutter dazugehörte, wenn man eine Familie gründen wollte.

Die Antwort lautete übrigens: Nein. Keine Kinder, bitte. Und daran würde sich auch in Zukunft nichts ändern, es brachte also nichts, die Frage alle halbe Jahre auf einem Familienfest wieder aufzutischen. Nach Stefan und Beas Trennung hatte Mama Claire ganz außer sich geschluchzt: »Aber jetzt wirst du nie Kinder bekommen!« Als ginge das nur im Rahmen einer Ehe. Bea hatte die Diskussion darüber dann doch lieber nicht geführt, sondern lediglich hilflos mit den Schultern gezuckt.

Offensichtlich war an diesem sonnigen Samstag Anfang November halb Hamburg auf dem Weg ins Alte Land. Als Bea eine halbe Stunde später ihren Wagen auf einen ausgewiesenen Parkplatz vom Apfelhof lenkte, auf dem Alix seit diesem Sommer wohnte, stapelten sich dort bereits die Autos mit Hamburger Kennzeichen. Sie musste ein paar Minuten warten, bis eine Lücke für sie frei wurde. Hinter ihr hupte schon jemand ungeduldig, dem hätte sie ja gern was erzählt. Ließ es aber, es hätte ohnehin keinen Zweck.

Hübsch war es auf dem Apfelhof. Es war ihr erster Besuch hier – die Eröffnung vor ein paar Wochen hatte sie ebenso ignoriert wie alle Einladungen, die Alix in der Familiengruppe ausgesprochen hatte, seit sie auf dem Hof wohnte.

Das Ständerwerk des Haupthauses war aus wunderschönem Buntmauerfachwerk. Gekrönt wurde dieses von den kunstvollen Giebelzierden, die strahlend weiß gestrichen waren. Bea stieg aus, Bud Spencer hatte es so eilig, dass er, kaum dass sie ihn aus dem Geschirr befreit hatte, über den Fahrersitz purzelte und draußen beinahe in einer Pfütze landete.

Sie näherte sich dem Haupthaus, nahm den Spaniel auf den Arm und drückte ihn kurz an sich. Schön, dachte sie. Bud Spencer zappelte, sie ließ ihn herunter, immer noch ganz vertieft in den Anblick des Hauses. Jedes Fach war anders gestaltet, dadurch wirkte die ganze Fassade gerade so, als erzählte sie dem Besucher eine Geschichte.

»Sie stehen im Weg.«

Sie trat beiseite. Bud Spencer blieb stumpf stehen und blickte zu dem Mann auf, der sich gerade zwischen ihnen durchschieben wollte, was allerdings von der Leine erfolgreich verhindert wurde.

»'tschuldigung.« Bea zog Bud Spencer zu sich heran und nahm ihn wieder auf den Arm. »Oh nein, Sie schon wieder!«

Ihr Gegenüber lachte. »Dasselbe könnte ich auch sagen.«

Vor ihr stand jener attraktive Kerl, der sie vor ein paar Tagen in Margarete Zeidlers Patientinnenzimmer mit Kaffee bekleckert hatte. Heute hielt er kein Tablett in den Händen, sondern drei übereinandergestapelte Kartons.

Bea spürte, wie sich ihre Wangen rosig verfärbten.

»Kommen Sie häufiger hierher?«, erkundigte er sich. Er ging neben ihr in Richtung Hofladen.

»Ist heute mein erster Besuch. Das hier gehört meiner Schwester.«

»Ah«, machte er.

Sie folgte ihm ins Gebäudeinnere und runzelte die Stirn. Sie hätte gern etwas Geistreiches gesagt, das die Tür zu einem Gespräch aufstieß, aber ihr war auf die Schnelle nichts eingefallen, und er beschleunigte seine Schritte bereits.

Auf der Deele herrschte Betriebsamkeit. Die Kundinnen des kleinen Hofladens drängten sich um die Apfelstiegen, die großen Boxen, aus denen sie selbst ihre Apfelkörbe zusammenstellen durften. Über allem thronte eine alte Dame in einer dick wattierten, dunkelblauen Jacke, die flink auswog und kassierte. Linker Hand führte eine niedrige, grün gestrichene Tür in den Verkaufsraum. Hier gab es weitere Spezialitäten vom Apfelhof, die in Regalen aufgereiht standen. Flaschen mit Säften, Most und Likör, Gläser mit Marmeladen und Chutneys, in offenen Schütten lagen Seifen, die ihren betörenden Duft verströmten. Die Wände waren geweißt, Reifblumen wuchsen an den äußeren Fensterscheiben empor.

»Bea!« Ein Aufschrei, dann stürzte ihre Schwester Alix hinter dem Kassentisch hervor, ungeachtet der Kundinnen, die davor geduldig in einer Schlange warteten, bis sie ihre Einkäufe bezahlen durften. Alix umarmte Bea und Bud Spencer, der sofort aufgeregt kläffte und versuchte, ihrer Schwester zur Begrüßung durchs Gesicht zu schlecken. Verräter, dachte Bea. Das machte er sonst nur bei Stefan und ihr.

»Himmel, das ist eine schöne Überraschung. Ich hab Mama gesagt, sie soll dich lieber in Ruhe lassen, irgendwie schaffen wir das schon. Aber seit heute früh um neun ist hier der Teufel los.« Sie lächelte ihren Kundinnen entschuldigend zu. »Ich bin sofort wieder bei Ihnen.« Sie hakte sich bei Bea unter. »Du kennst ja unsere Mutter.«

Ja, und Alix kannte wiederum Bea. Deshalb sollte sie wissen, wie unwohl sie sich gerade fühlte.

»Ich kann aber nicht den ganzen Tag bleiben.« Sie schaute sich etwas hilflos um.

»Ach, musst du gar nicht. Zwei bis drei Stunden reichen auch. Du kannst kassieren. Die Preise stehen überall drauf.« Alix schob sie hinter die Kasse, zeigte ihr auf die Schnelle, was zu machen war. »Bin gleich wieder da, ich muss gerade den Honig quittieren, den ich vor Wochen bestellt habe.«

Sie schlüpfte hinter dem Kassentisch hervor. Bea drehte sich zu ihr um – ihre Schwester ging auf den großgewachsenen Neffen von Frau Zeidler zu und begrüßte ihn. Honig war also in den Kartons, aha.

»Haben Sie noch mehr von dieser Lavendelseife?« Die nächste Kundin hielt Bea ein Seifenstück so dicht unter die Nase, als wollte sie einen Schmutzfleck wegseifen.

»Ähm, ich schaue gleich mal.«

»Und haben Sie auch einen Beutel?«

Bea setzte Bud Spencer auf den Boden. Er floh mit eingekniffenem Schwanz unter den Kassentisch, so viele Fremde um sich herum mochte er nicht. I feel you, Kumpel, dachte sie. Das hier war etwas völlig anderes als ihre Arbeit im Krankenhaus, wo die Patientinnen brav zum Termin erschienen, eine nach der anderen. Zumal sie in der Klinik in ihrem Element war, dort kannte sie sich aus. Hier verknotete sie sich fast die Finger beim Eintippen der Preise in die Registrierkasse.

»Wo ist denn jetzt mein Beutel?«, fragte die Kundin, eine pausbäckige und hübsche Endfünfzigerin mit irisch roten Locken. Bea schaute unter dem Tisch nach, fand eine Papiertüte, auf der die Front des Haupthauses aufgedruckt war, darunter stand »Der Schliekerhof – Äpfel und mehr«.

Es dauerte nicht lange, bis Bea die einzelnen Handgriffe verinnerlicht hatte. Kassieren, verpacken, Geld entgegennehmen, Rückgeld rausgeben. Kurz darauf war Alix schon zurück. »Einmal mit Profis«, murmelte ihre Schwester.

»Ich hoffe, das bezieht sich nicht auf mich.«

»Was? Ach nein, Bea. Gar nicht. Ich hatte gerade Ärger mit einem Lieferanten, der hat mich ewig auf seine Ware warten lassen.« Sie war ein bisschen blass um die Nase, doch als Bea fragte, ob alles okay sei, schüttelte sie nur den Kopf. »Geht schon.«

Gemeinsam ging es doppelt so schnell – Alix' Finger flogen über die Kassentasten, während Bea verpackte. Langsam löste sich der Kundinnenstau.

»Geht's wieder?«, erkundigte Bea sich, sobald sie eine kleine Verschnaufpause hatten. Alix genehmigte sich aus einer dickbauchigen, tongrauen Tasse einen Schluck Tee, der bestimmt höchstens lauwarm war.

»Ja klar, alles prima. Ich räume mal ein bisschen Ware nach. Verrückt, ausgerechnet heute rennen sie uns die Bude ein.«

»Ich meinte eher, ob es dir körperlich gut geht.« Alix trug unter der dunkelgrünen Schürze, die ebenfalls das Logo des Apfelhofs zierte, eine Umstandslatzhose und einen currygelben Pullover. Die blonden Haare hatte sie zu einem Pferdeschwanz zusammengefasst. Unter Schürze und Latzhose wölbte sich, wenn man ganz genau hinschaute, bereits ein kleiner Babybauch.

»Geht schon«, meinte sie.

»Geht schon reicht nicht. Hier.« Bea schob ihre Schwester auf den Holzstuhl, der hinter der Kasse stand. »Lass mich jetzt mal machen, okay?«

»Okay …« Irrte sie sich oder war Alix' Lächeln dankbar?

Na, wie auch immer. Wenn sie schon hier war, konnte sie auch mit anpacken. Bud Spencer hatte inzwischen auch kapiert, dass aus seinem Spaziergang am Meer vorerst nichts werden würde. Er rollte sich neben dem Stuhl auf einem Stapel Leinentaschen ein und schlief erst mal eine Runde.

Die nächsten drei Stunden herrschte noch viel Geschäftigkeit, und Bea machte eine erstaunliche Beobachtung: Es tat ihr gut. Dieses Wühlen und Kramen, Kassieren und Beraten, der Kontakt mit Menschen, ganz anders als in ihrem Job. Niemand hatte Angst vor dem, was sie sagte. Nur gelegentlich griff sich ein Ehemann eher scherzhaft ans Herz, wenn sie die Gesamtsumme dessen nannte, was er sich zusammen mit seiner Frau ausgesucht hatte. Alle waren fröhlich, gelassen und entspannt. Erst in diesem Moment erkannte Bea, wie es den Patientinnen und Angehörigen im Krankenhaus wirklich gehen musste – wie viel Druck jedes Gespräch mit ihr als Ärztin mit sich brachte. Theoretisch sollte sie sich das vor jedem Patientinnengespräch bewusst machen. Praktisch war es etwas, das ihr im hektischen Klinikalltag allzu schnell verloren ging.

Darauf will ich mehr achten, dachte sie.

Am frühen Nachmittag wurde es ruhiger. Tante Barbara, die bisher draußen über den Apfelverkauf gewacht hatte, kam herein und brachte Kaffee für alle.

»Guck mich nicht so an«, sagte Alix und warf Bea einen bitterbösen Blick über den Rand ihres dunkelblauen Steingutbechers zu. Doch dann grinste sie schon wieder. Alix, die Fröhliche, die Unerschütterliche.

»Wie gucke ich denn?«, fragte Bea unschuldig.

»Als würde ich die Babys umbringen, nur weil ich *einen* Kaffee trinke.«

»Oh, sorry.« Vielleicht war ihr Blick tatsächlich eine Spur zu streng gewesen. »Ich staune, wie gut du das alles hinbekommst. Vor einem halben Jahr warst du noch Parfümeurin, und jetzt stehst du in diesem Hofladen, als hättest du nie was anderes gemacht.«

»Du dachtest ja schon, mit der Entscheidung, als Parfümeurin zu arbeiten, hätte ich mein Talent verschenkt.«

»Hm«, machte Bea. »Touché.«

Alix war mindestens so schlau und talentiert wie Bea, sie hätte eine gute Medizinerin abgegeben. Das war Beas

Meinung, bisher hatte sie die auch bei jeder sich bietenden Gelegenheit verkündet. In ihren Augen hatte Alix mit der Laufbahn als Parfümeurin ihr Talent verschwendet.

»Was denkst du dann erst jetzt von mir? Ich verkaufe Obst und Seifen.«

Bea zuckte mit den Schultern. »Ist doch egal, was ich denke.«

Bevor Alix etwas antworten konnte, trat eine Kundin an die Kasse. Bea nahm ihr das kleine Körbchen mit den Seifen ab und zog die Summe zusammen. Ihre Schwester verschwand in dem kleinen Lagerraum, der mit einem bunten Vorhang vom Verkaufsraum abgetrennt war, und kam mit einem Karton zurück.

Irgendwie hatte sich die Stimmung geändert. Nicht mehr so übermütig, weil sie als Schwestern etwas gemeinsam machten. Das kam selten genug vor, weshalb sogar etwas so Profanes wie die Arbeit in diesem pittoresken Lädchen sie in den letzten Stunden mit einer fast ausgelassenen Fröhlichkeit erfüllt hatte.

Vielleicht auch, weil sie für diese kurze Zeit ihre eigenen Probleme hatte vergessen können.

In den letzten Monaten war bei ihr so viel passiert. Der neue Job. Die Trennung von Stefan. »Tut mir leid, wenn ich immer so … hm. Streng war.«

»Wow, das ist ja fast eine Entschuldigung.« Alix stellte den Kaffeebecher beiseite. Sie stopfte sich ein Stück Apfelkuchen in den Mund, stand auf und reckte sich. »Ist das die anstehende Scheidung, die dich so weich macht?«

Bea wollte schon protestieren. Aber na ja, es war nicht von der Hand zu weisen – sie war ihrer Schwester gegenüber oft ungerecht gewesen.

»Schade übrigens, dass ich das von Mama erfahren musste. Also, dass ihr geheiratet habt, das hatte uns ja damals schon alle überrascht. Aber dann hat man euch selten gesehen, fast nie zusammen. Ich dachte schon, er wäre ein Phantom.«

»Wir haben viel gearbeitet«, sagte Bea lahm. Sie wusste, wie das klang. Als wäre Familie für sie nie wichtig gewesen. Sogar zu der Rubinhochzeit ihrer Eltern war sie damals allein gekommen, da hatte es schon immer wieder gekriselt, ohne dass sie sich das hatte eingestehen wollen. Letztlich war Stefans neuer Job und ihr daraus resultierender Aufstieg nur ein Symptom gewesen, nicht die Ursache ihrer Trennung. Innerlich hatten sie die wohl schon viel früher vollzogen, ohne es zu merken.

Sie schluckte. Stand auf, trat an das kleine Fenster. Wie gerne hätte sie jetzt geheult. Nicht, weil sie Stefan vermisste. Oder das Leben mit ihm.

Weil sie so verdammt einsam war.

»So, weiter geht's.« Alix hatte ihre Gefühlswallung entweder nicht bemerkt oder war so taktvoll und überging sie. »Nicht, dass wir noch gefühlsduselig werden. Guck mal hier, damit will ich unser Sortiment erweitern.«

Bea drehte sich um. Ihre Schwester hatte den Karton geöffnet und holte mehrere Gläser heraus. Dunkles Gold funkelte darin, so verführerisch! Bea konnte ihn fast schmecken.

»Der Honig kommt von einer Imkerei aus der Region. Die Imkerin ist sehr engagiert, aber ich musste ewig auf diese Lieferung warten.« Sie studierte das Etikett, gab dann das Glas an Bea weiter. »Hübsch, nicht wahr?«

Packpapierbraune Aufkleber. »Zeidlers Bienenschwarm – Thymianhonig« stand darauf. Ein paar Bienen drum herum, im Hintergrund ein alter Bienenkorb. Sehr ansprechend, fand Bea.

»Ja, kenn ich.«

»Ach, woher?«

Bea biss sich auf die Unterlippe. »Hab schon mal davon gehört.«

Fast hätte sie gesagt, die Imkerin sei krank und habe deshalb wohl ihren Neffen geschickt, aber sie bremste sich. Ärztliche Schweigepflicht.

»Tolles Design«, sagte sie daher nur und gab Alix das Glas zurück.

»Im Moment findet da wohl ein Generationenwechsel statt, deshalb die Verzögerung. Na ja, jetzt ist der Honig ja da. Sie vermieten auch ihre Bienen. Wir überlegen, ob das für kommendes Frühjahr für uns interessant ist. Also für die Äpfel. Aber da muss man ja sehr behutsam vorgehen, sagt Hannes. Wenn es zu viel Stress für die Bienen ist, lassen wir es lieber bleiben.« Alix holte unter dem Tisch einen Preisauszeichner heraus, während sie redete.

»Wo steckt eigentlich unser Wundercousin Hannes?«, erkundigte sich Bea.

Alix stellte den Preis für den Honig ein und begann, die einzelnen Gläser auszupreisen.

»Hannes? Ach. Er hat Liebeskummer. Wieder mal, immer noch.« Alix seufzte. »Also ist er gestern überstürzt nach Venedig gefahren.«

»Venedig? Warum ausgerechnet Venedig?«

»Weil Venedig absäuft und Rosa die Stadt ein letztes Mal sehen wollte, bevor es dort nichts mehr zu sehen gibt.«

»Rosa. Du meinst unsere Schwester Rosa? Sie sind zusammen dort?«

Alix zuckte mit den Schultern. »Sag ich doch. Das mit Hannes und Rosa ist seit dem Sommer ein ständiges Hin und Her. Wobei Rosa eher diejenige ist, die sich zurückzieht, und er läuft ihr nach wie ein treudoofer Hund.« Alix blickte zu Bud Spencer, der auf dem Taschenberg leise im Schlaf schnaufte. »Nichts für ungut. Die beiden sind erwachsen, sollen sie machen, was sie für richtig halten.«

Damit war das Thema für Alix erledigt. Und die nächsten Kundinnen standen schon vor ihnen, deshalb ließ Bea es auch für den Rest des Tages ruhen.

Nichts klappte so, wie er sich das vorgestellt hatte. Tom Zeidler fluchte, schnaufend wuchtete er den Honigeimer wieder in den Kofferraum seines kleinen roten Kastenwagens. Seit Wochen lag ihm Tante Margarete in den Ohren, er müsse endlich den Honig abschöpfen, filtern und abfüllen, dann etikettieren und in Kartons verpacken, bevor die Weihnachtsmarktsaison losging. Und bloß nicht vergessen, die bereits vorliegenden Bestellungen auszuliefern, die sie in ihrem roten Auftragsbuch notiert hatte! Aber Anfang November, da konnte er sich noch gar nicht vorstellen, dass bald Weihnachten war.

Heute hatte er sich immerhin dazu aufgerafft, die Bestellungen auszuliefern. Drei Kartons von »Zeidlers Bienenschwarm« mit je einem Dutzend Gläser Honig gingen an Schliekers Apfelhof. Dort gab es seit Kurzem einen kleinen, florierenden Hofladen. Die Besitzerin bedankte sich bei ihm für die Lieferung, stopfte die Rechnung in die Brusttasche ihrer Latzhose und war so schnell wieder im Getümmel verschwunden, dass er sich ziemlich blöd vorkam.

Nun gut. Dann eben nicht.

Er lieferte auch noch die anderen Bestellungen aus. Und jetzt also die Honigeimer. Sie standen seit dem Sommer versiegelt im Schuppen, sorgfältig etikettiert. Seit August hatte seine Tante kaum mehr gearbeitet, im Grunde war das meiste an ihm hängengeblieben. Erst war sie zu müde gewesen, dann die vielen Arztbesuche und nun, quasi als krönender Abschluss, der Aufenthalt in der Klinik. Und so gerne er sich dem Imkern auch widmete – manche Aufgaben fand er einfach nicht so spannend. Honig abzufüllen gehörte definitiv nicht zu seinen Favoriten.

Sobald Tante Margarete aus dem Krankenhaus kam, musste er mal ein ernstes Wort mit ihr reden. Zum Beispiel darüber, wie sehr ihn ihre Vorgaben hemmten. Es war ihre Idee gewesen, dass er sich während ihrer Abwesenheit um die Bienen kümmerte – eine vorgezogene Nachfolge, wenn man so wollte. Etwas, worüber sie schon lange beide nachgedacht hatten, aber bisher hatten sie keine Schritte zur Umsetzung unternommen. Bis sie vor wenigen Wochen zu ihm kam und ihm erklärte, die Bienen könnten ihm gehören, wenn er wollte.

Natürlich wollte er.

Die Bienen begleiteten ihn schon sein ganzes Erwachsenenleben lang, seit er damals mit achtzehn die Schule geschmissen und aus Mangel an Alternativen aus seinem Elternhaus zu Tante Grete geflohen war. Sie ließen ihn mitarbeiten, und auch wenn er als unerfahrener Bursche einfach noch kein Verantwortungsbewusstsein besaß, hatte sich die Liebe zu den Bienen wie ein Stachel in sein Herz gebohrt und war geblieben.

Zuletzt hatte er hier nach all den Vagabundenjahren so etwas wie Wurzeln geschlagen, doch wann immer Tante Grete davon anfing, wie es weiterging, wenn's mit ihr aufhörte, hatte er erst nicht zuhören wollen. Er war ein Zeidler, sie würde ihm das durchaus zutrauen, dass er die Imkerei übernahm. Ihre Worte.

Aber dann sollte sie ihn auch machen lassen und ihn nicht jede Woche wie einen ungezogenen Schuljungen ins Krankenhaus zitieren, wo sie ihm dann Hausaufgaben gab, die er eher als Strafarbeit empfand.

»Du musst kontrollieren, welche Beuten von der Varroamilbe befallen sind«, hatte sie ihm diese Woche mit auf den Weg gegeben. »Das ist ganz einfach.« Es folgte eine lange Erklärung. Und als sie ihn fragte, ob er sich nicht Notizen machen wollte, hatte er etwas hilflos im Krankenzimmer um sich geblickt, die Hände gehoben und den Kopf geschüttelt. »Du sagst doch selbst, so schwer ist das nicht.« Außerdem hatte er ihr letzten Winter schon dabei geholfen. Er war ja nicht dumm.

Sie seufzte. »Ruf mich an, wenn du Bescheid weißt. Bitte. Wenn wir nicht aufpassen, haben wir nächstes Jahr nur noch halb so viele Völker. Ohne den Frost gehen die Königinnen nicht aus der Brut, das kann fatale Auswirkungen haben. Ich habe schon einmal fast alles verloren.«

Er verstand ja ihre Angst. Und doch wieder nicht. Denn wie sie da so winzig in ihrem Krankenhausbett lag, so schwach und müde – nichts war mehr von der energischen Frau übrig, die ihm seit über einem Jahr das Imkern beibrachte –, da war er sich ziemlich sicher, dass sie nicht das volle nächste Jahr erleben würde.

Wobei er immer noch nicht wusste, wie ernst es um sie stand, denn jede seiner Fragen nach ihrem Gesundheitszustand bügelte sie ab. »Wird schon«, behauptete sie.

Na ja. Soweit es halt wieder werden konnte, wenn jemand auf der Onkologie lag. Er hatte schon seine Mutter an diese heimtückische Krankheit verloren. Würde ihn nicht wundern, wenn es bei Tante Margarete irgendwann auch ganz schnell ging.

Er hatte fünf Eimer mit Honig in der Werkstatt aufgestellt, alle aus der Sommertracht, alle mit Lindenblüte, so stand es jedenfalls auf dem Etikett. Auf dem Honig hatte sich etwas Weißes, Schaumiges gebildet. Schimmel? Konnte Honig schimmeln?

Lieber direkt wieder zumachen. Morgen war auch noch ein Tag, fand Tom. Er schloss die Werkstatt ab und ging durch den Garten zu dem kleinen Häuschen, in dem er vorübergehend wohnte. Vorübergehend – alles war irgendwie vorübergehend in seinem Leben. Aber er war fest entschlossen, dass aus diesem Provisorium etwas Festes wurde. Eine Existenz. Er war neununddreißig und merkte, dass es ihm nicht länger behagte, sich von einem Gelegenheitsjob zum nächsten zu hangeln. Er hatte viel gesehen, viel erlebt. Zeit, zur Ruhe zu kommen.

Auf dem Weg zum Haus blieb er stehen. Zwischen den Obstbäumen von Tante Margaretes weitläufigem Garten sah er hinten am Waldrand die Beuten stehen. Etwa vierzig waren es, in verschiedenen bunten Farben gestrichen. Jetzt im Winter ruhten die Bienen, sie bildeten ein Wintervolk. So hatte Tante Grete es ihm erklärt. Dicht zusammengedrängt in einer Traube hockten die Bienen aufeinander, beschützten und wärmten ihre Königin, lebten von den Vorräten, die sie im Sommer angelegt hatten.

Winterruhe. Stille. Keine Bienen flogen ein und aus. Es war, als würden sie schlafen.

Aber war es dann nicht schädlich, wenn er sie störte, nur um nach diesen Milben zu schauen?

Tante Grete hatte ihm auch das gezeigt. Wie man die sogenannte Windel unter die Beute schob, sieben Tage wartete und die Milben auszählte. Danach ließ sich die Stärke des Befalls einschätzen. »Denn ein Volk ohne Befall wirst du kaum finden«, hatte sie ihm erklärt.

Das war im Sommer gewesen, und Tante Grete war schon so müde von ihrer Krankheit, dass sie zusammen auf dem alten Kinderschlitten saßen und sie sich sogar ein bisschen bei ihm anlehnen musste. »Wenn zu viele Varroamilben auf dem Stock sitzen, kannst du alles verlieren.«

Sie hatte ihm aber auch erklärt, dass es im Winter meist nicht zu einer Beschleunigung des Befalls kam, denn die Milben legten ihre Eier zu den Bienenlarven in die Waben, wo sie dann mit ihnen heranwuchsen. Im Winter stellte die Bienenkönigin nach dem ersten Frost ihre Legetätigkeit ein, bis es im Februar wieder heller und wärmer wurde.

Er gab sich einen Ruck und traf eine Entscheidung.

»Schlaft gut«, flüsterte er. »Ich kümmere mich im Frühjahr wieder um euch.«

Am späten Abend, als Bea nach Hause fuhr, bog sie plötzlich einem Impuls folgend Richtung Klinik ab. Ihr war etwas eingefallen.

Frau Zeidler.

Sie erinnerte sich, wie sie vor vier Tagen abends noch

bei der Patientin gesessen hatte und ihr die Angst vor dem CT nehmen wollte. Wie sie dann vorgestern nicht dazu kam, mit ihr den Befund zu besprechen, weil es zu viel anderes zu tun gab. Stattdessen hatte sie eine Assistenzärztin geschickt, die sicher ihren Job gut gemacht hatte. Trotzdem. Irgendwas nagte an ihr. Ein Gefühl von Verantwortung für diese eine Patientin.

»Du bleibst im Auto«, sagte sie zu Bud Spencer, der sich brummelnd auf dem Beifahrersitz einrollte und empört die Augenbrauen hochzog. »Na komm, ich lasse dir auch die Standheizung an. Möchtest du Weihnachtsmusik hören?« Interessanterweise war Weihnachtsmusik seine größte Leidenschaft, insbesondere ältere Titel – *White Christmas*, *Little Drummer Boy*, hach, das genoss ihr kleiner Spaniel. Bea kraulte ihn noch ein letztes Mal zwischen den Ohren, ehe sie ausstieg.

»Du hier? Um diese Zeit?« Lena kam mit einem Tablett mit der abendlichen Medikation aus dem Schwesternzimmer, als sie aus dem Fahrstuhl trat.

»Ja, ich habe noch etwas vergessen.« Sie holte die Patientinnenakte von Frau Zeidler aus dem Aktenschrank und überflog die Befunde. Dann seufzte sie und machte sich auf den Weg zu Zimmer 318.

»Frau Doktor. So eine Überraschung.« Margarete Zeidler saß auf dem Bett, in der Hand die Fernbedienung. Sie zappte sich durch die Kanäle und wirkte ziemlich müde.

»Entschuldigen Sie die späte Störung. Ich wollte schon früher nach Ihnen schauen. Ihre Befunde vom CT besprechen.«

»Oh.« Frau Zeidler wurde etwas blass um die Nase. »Aber das hat doch Ihre reizende Kollegin schon gemacht.«

Bea zog einen Stuhl heran. Sie hätte gern die Hand der Älteren genommen, war aber nicht sicher, ob das angebracht war. »Ich erkläre es Ihnen gern so ausführlich wie möglich. Wenn Sie Fragen haben, können Sie diese im Anschluss gern stellen. Ich habe etwas Zeit mitgebracht.«

Dann begann sie zu reden. Sie versuchte, sich diesmal nicht hinter dem Fachvokabular zu verstecken, in das sie allzu leicht in einer Situation wie dieser verfiel. Sie stellte die Chancen und Therapiemöglichkeiten so genau wie möglich dar. Gab aber zu, dass es Grenzen gebe. Und dann nahm sie doch die Hand von Margarete Zeidler in ihre, während sie redete. Sie spürte, wie sie beide ruhiger wurden, wie die Behandlungen etwas von ihrem Schrecken verloren, weil Bea sich Zeit nahm, weil sie wahrhaftig alles erklärte und auf jede Frage antwortete. Wenn sie die Antwort nicht auf Anhieb wusste, gab sie das zu, weil auch das dazugehörte. Und sie versprach, sich schlauzumachen und die Antwort nachzureichen.

Es war ein langes Gespräch. So lang, dass Bea wusste, sie würde es niemals mit allen Patientinnen so führen können, wie sie es gerade mit Margarete Zeidler tat. Aber es rückte ein bisschen ihre Welt gerade, und sie hoffte inständig, dass es auch Margarete danach besser ging. Dass sie ruhiger schlafen konnte.

»Haben Sie noch Fragen?«, erkundigte Bea sich, nachdem sie fertig war.

Margarete Zeidler schüttelte den Kopf. Sie räusperte sich, ihre Stimme klang belegt. »Danke für Ihre Offenheit«, sagte sie leise. »Ich habe ja geahnt … Na ja, im Alter ahnt man ja, nichts geht unendlich so weiter. Ich meine …«

»Mit der richtigen Behandlung können Sie noch ein

paar gute Jahre haben. Diese Form der Leukämie verläuft langsam, wir haben Möglichkeiten.«

Die Patientin nickte, aber ihre alten, knochigen Finger fuhren suchend über die Bettdecke. »Danke, dass Sie gekommen sind«, fuhr sie fort.

»Sie müssen sich nicht für alles bedanken.«

»Doch, das muss ich. Ich sehe doch, wie Sie und Ihre Kolleginnen den ganzen Tag rennen, um allen gerecht zu werden. Und nun auch noch am Samstagabend, da sollten Sie doch zu Hause sein bei Ihrem Mann.«

Beas Lächeln schwand. »Ich bin nicht verheiratet. Nicht mehr.« Dass die Scheidung noch nicht rechtskräftig war, verschwieg sie. Ein unwichtiges Detail.

»Sehen Sie.«

Bea dachte an Bud Spencer, der das war, was ihr an Familie geblieben war. Natürlich hatte sie die Schwestern, Eltern – aber die lebten ja alle irgendwie ihr eigenes Leben, da war kein Platz für Bea.

»Mein Mann hat das immer betont. ›Grete‹, hat er gesagt, ›es gibt mehr als unsere Arbeit, leben müssen wir auch.‹ Und darüber bin ich froh, wir haben ein bisschen was gesehen von der Welt, bevor er viel zu früh starb.«

»Das tut mir sehr leid«, sagte Bea automatisch. »Aber Sie sind nicht allein, oder?«

»Ach …« Margarete Zeidlers Miene verdüsterte sich. »Nicht allein, nein. Aber schon manchmal einsam.«

Herrje, nun hatte sie der armen Frau Zeidler die gute Laune verhagelt. Bea hätte ihr gern noch etwas Tröstendes gesagt. In Gedanken war sie aber schon bei ihrem Hund. Wenn Bud Spencer zu lange allein im Auto blieb, fing er an, auf irgendetwas herumzukauen – zur Not nahm er den Schaltknüppel mit Lederbezug. Sie stand auf. »Ich muss jetzt auch wieder los.«

»Sind *Sie* allein?«, fragte Margarete Zeidler.

»Nein«, sagte Bea. »Ich habe Bud Spencer.«

»Oh, einen Sohn? Ein hübscher Name. Außergewöhnlich.«

Nun musste Bea lachen. Sie sank wieder auf den Stuhl, denn mit einem Mal war's gar nicht mehr so wichtig, ob der Hund ihr Auto auffraß oder nicht. »Einen Hund. Nach der Trennung lebt er bei meinem Ex-Mann, ich habe ihn alle vierzehn Tage am Wochenende.«

»Wir haben uns immer Kinder gewünscht. Na ja, manches sollte eben nicht sein.«

Frau Zeidler wirkte noch kleiner. Geradezu verloren.

Bea verfluchte sich in Gedanken. Sie fühlte sich unwohl, weil sie mit so privaten Geständnissen nur ganz schwer umgehen konnte. Medizinische Problemstellungen? Dafür konnte sie eine Lösung finden. Privater Kummer? Bitte, wir haben eine Nachtschwester für so etwas. Aber während sie hier saß, lief sich Lena draußen vermutlich die Hacken krumm, um allen Patientinnen auf der Station eine ruhige Nacht zu ermöglichen.

»Brauchen Sie noch etwas, bevor ich gehe?«, fragte sie.

»Nein, alles gut. Gehen Sie ruhig.« Margarete Zeidler griff nach der Kladde auf ihrem Nachtschrank. Ihre Hände zitterten leicht. »Ich komme zurecht.«

Draußen vor den Türen der Klinik war die Kälte inzwischen noch beißender geworden. Vielleicht kam es Bea auch nur so vor, weil sie sich innerlich ganz warm fühlte. Die Worte von Frau Zeidler trug sie im Herzen. Und ärgerte sich, denn sie hatte gar nicht genauer nach ihrer Familie gefragt, nach ihrem Mann.

Das mache ich Montag, nahm sie sich vor. Obwohl sie ahnte, dass Montag keine Zeit bleiben würde für ein privates Wort, weder bei der Visite noch später. Zu sehr wäre sie wieder absorbiert davon, ihre Patientinnen als »Fälle« zu sehen, die sie bewältigen musste, eine stete Flut neuer Schicksale, denen sie sich stellte.

*Aber diesmal mache ich das wirklich.*

Bud Spencer wachte erst auf, als sie ins Auto stieg. Er sprang und hüpfte so aufgeregt hin und her, dass er auf den Beifahrersitz pieselte. Nun denn, sie war selbst schuld. Was ließ sie ihn auch so lange allein?

»Armer Hundi«, murmelte sie. »Ich lass dich nicht mehr allein.«

Frau Zeidler ging ihr nicht aus dem Kopf. Wie einsam sie war. Wie einsam sie sich erst fühlen musste, alleingelassen mit ihren Ängsten um die Zukunft …

Ach Quatsch, dachte Bea. Sie hat Freundinnen, die sie besuchen. Einen Neffen, der ihr Kaffee ans Krankenbett schmuggelt. Wer hat das schon?

Ob Alix' Kinder sie in dreißig Jahren besuchten, wenn sie krank irgendwo lag?

## 2. Februar

*Eine Imkerin fürchtet nichts. Außer die Varroamilbe, zu viel Regenwetter und eine schwärmende Königin.*

*Vielleicht sollte ich hinzufügen: Einen allzu milden Winter, den fürchte ich auch.*

*Dieses Jahr, ausgerechnet, nachdem letzten Herbst mein geliebter Carl seinen letzten Atemzug tat und ich nun ganz auf mich gestellt bin mit unseren Völkern, ist es vor drei Tagen so unerträglich warm geworden, dass man trotz der niedrig stehenden Wintersonne schon versucht war, ohne Jacke vor die Tür zu treten. Das habe ich auch getan, gerade zur Mittagsstunde, und im spärlichen Schnee, der dieses Jahr ohnehin kaum fiel, sah ich, dass die Bienen schon ihre Reinigungsflüge begonnen haben – all die schmutzig braunen Stippen auf dem makellosen Weiß vor den Beuten, wo sich die Winterbienen erleichtert haben, nachdem sie monatelang im Stock ausharren mussten.*

*Es ist zu früh, möchte ich ihnen zurufen. Lasst euch noch Zeit, zwei Wochen, drei – wenn eure Königinnen schon jetzt die ersten Eier legen, werden euch die Larven beim nächsten Kälteeinbruch in den Waben erfrieren oder verhungern. Ich müsste zufüttern, damit zumindest Letzteres nicht passiert … Ach Carl, so sehr fehlst du hier, ich fürchte, schon im ersten Jahr ohne dich alle Bienen zu verlieren.*

*Am Abend dann habe ich nachgelesen, was ich tun kann. Seine Aufzeichnungen sind sehr akribisch, nicht so ein Durcheinander wie meine Kladde, in der wird niemand was wiederfinden, wenn ich mal nicht mehr bin. Lieber nicht daran denken, will ich doch noch viele Jahre sein Vermächtnis betreuen und weiter unseren Honig verkaufen. Es war unser Leben, jetzt ist es eben meins. Ich muss mir nur Gedanken machen, in wessen Hände ich dann irgendwann die Imkerei lege. Verkaufen würde mich zu sehr schmerzen, wenn da jemand kommt, Geld auf den Tisch legt und alles nimmt, die Beuten, die Bienen, den Namen – nein. Es muss doch anders gehen, die Bienen brauchen eine Zeidlerin, einen Zeidler, unser Name hat doch etwas zu sagen. Das darf doch nicht mit mir zu Ende gehen.*

## Kapitel 3

»Lauf, mein Schatz!«

Bea warf den Quietscheball, und mit flatternden Ohren und lautem Bellen raste Bud Spencer hinterher. Er sprang in die Brandung, tauchte fast unter und kam nass und völlig versandet zurück. Sie lachte. Das Herz wurde ihr leichter.

Den Ausflug an den Strand holten sie an diesem Sonntag nach, das Wetter hatte sich überraschend gut gehalten, und sie waren nach einem ausgedehnten Mittagsschlaf auf der verbliebenen Couch doch noch losgefahren. So ein Glück – Bud Spencer genoss es sichtlich, noch einmal richtig viel Bewegung zu bekommen, bevor er unter der Woche wieder bei seiner Hundesitterin war.

Das Handy in ihrer Manteltasche vibrierte. Sie zog es heraus und las, was Stefan ihr schrieb: *Willst du heute zum Abendessen bleiben?*

»Schon wieder, Stefan?«, murmelte sie. Dass sie gestern nicht zum Frühstück hatte bleiben wollen, hätte ihm doch als Antwort genügen müssen, oder nicht? Warum verstand er nicht, dass sie einfach kein Interesse daran hatte, mit ihm heile Welt zu spielen?

Aber dann dachte sie an Frau Zeidler, die einsam in ihrem Krankenhausbett lag.

Wer würde sie besuchen, wenn sie krank wurde?, überlegte Bea. Alix? Na ja. Sie würde vermutlich Kirschlikör mitbringen und ansonsten ihr inneres Strahlen verbreiten, weil sie die Zwillinge ausbrütete. Jette vielleicht, wobei man bei Jette nie wusste, wie es ihr gerade ging. Rosa? Himmel, nein. Nicht Rosa, dieses unstete Vögelchen. Sie war die Jüngste, und interessanterweise auch diejenige, die sich sporadisch bei den anderen meldete – gerade so, als wäre sie das Bindeglied der Familie. Nicht Mama Claire. Aber konnte Rosa auch mit Krankheit umgehen, so flatterhaft, wie sie war? Schwer vorstellbar, wenngleich viele in solchen Situationen über sich hinauswuchsen. Ihre Eltern natürlich – betrübt, aber gefasst. Wenn sie denn mal zu Hause waren, sie reisten doch so gerne.

Lena käme bestimmt, wenn Bea krank wurde. Sie konnte mit Kranken gut umgehen, auf ihre professionelle Art. Aber traf das auch zu, wenn eine Freundin erkrankte?

Und das war's. Sonst hatte sie niemanden.

Die wenigen Freundschaften im Kolleginnenkreis waren mit Stefans Weggang zerbröselt wie brüchiges Leder. Es waren eben doch eher seine Freunde gewesen, nicht ihre. Manche grüßten sie nicht mal mehr, und Bea vermied auch jeden Kontakt mit ihnen, wenn es ging. Manchmal war es ihr lieber, dass Carsten Holler sie hasste, weil sie ihm die Chefärztinnenstelle weggeschnappt hatte, denn Hass war immerhin eine Form von Reaktion. Die ehemaligen Freunde waren ihr nur gleichgültig.

Und was war mit Stefan? Sie hatten doch viele gute Jahre gehabt, und nur, weil es jetzt seit anderthalb Jahren nicht mehr so gut ging und sie seit dem Sommer getrennt waren … Außerdem hatten sie einen gemeinsamen Hund.

Bud Spencer kam angeflitzt und vergrub seine sandige Buddelnase in ihrer Hand. Bea atmete tief durch. Sie tippte mit der freien Hand *Ja, gut* und steckte das Handy wieder ein.

Es brachte ja nichts, wenn sie als alte, verbitterte Frau irgendwann völlig vereinsamte. Nur weil ihre Ehe nicht funktioniert hatte, musste das nicht heißen, dass eine Freundschaft gänzlich unmöglich geworden war. Und vielleicht war jetzt, ein paar Monate nach der Trennung, auch der Zeitpunkt gekommen, diesen Teil ihrer Beziehung zu retten.

Als sie um fünf vor halb acht ihren Wagen in der Tiefgarage auf dem Gästeparkplatz von Stefans Wohnung abstellte, war Bud Spencer auf dem Beifahrersitz eingeschlafen. Er war völlig erschlagen nach dem Ausflug. Sie hob ihn mit der Decke hoch; er war bis zum Bauch sandig und brauchte dringend ein Bad. Sie wusste nicht mal, ob Stefan in seiner Wohnung eine Badewanne hatte. Bisher war sie nie weiter als bis in den Wohnungsflur gekommen. Dabei hatte es ja an Einladungen seitens Stefans nicht gemangelt in den letzten Monaten.

Sie fuhr von der Tiefgarage mit dem Fahrstuhl bis in die vierte Etage des modernen Mehrfamilienhauses am nördlichen Stadtrand. Bud Spencer wachte auf und zappelte, bis sie ihn runterließ. Er fiepte glücklich und schüttelte einen Großteil des Sands im makellos sauberen Fahrstuhl ab. Auch gut, dachte sie und konnte sich ein Lächeln nicht verkneifen.

Der Flur war hell gestrichen, bis in den letzten Winkel ausgeleuchtet. Sie klingelte am Ende des Gangs an Stefans Tür.

»Da seid ihr ja.« Er riss die Tür auf. Da stand er – groß, beinahe hager. Die Trennung hatte ihn ein paar Pfund gekostet, während sie diese geschickt mit Schokolade und zu viel Fast Food bei sich neu angelegt hatte. Die ergrauten Haare könnten mal wieder einen Schnitt vertragen, dachte sie. Der salzig-pfeffrige Vollbart jedoch war gepflegt, und seine strahlend blauen Augen hatten sie schon damals, bei ihrer ersten Begegnung vor neun Jahren, für ihn eingenommen. Und dann dieses Lächeln …

Er trug eine Schürze über der dunkelgrauen Chino, die Ärmel seines hellblauen Hemds aufgekrempelt. »Kommt rein, ich habe gerade die Entenbrüste gewendet. Gleich gibt's was zu essen.«

Er verschwand in der Küche. Sie hörte ihn rumoren. Bud Spencer sprang von ihrem Arm und lief zielstrebig hinter seinem Herrchen her. Ein wenig schmerzte das – zu sehen, wie die beiden sich hier wohlfühlten.

Ausgleichende Gerechtigkeit: Der Hund verteilte noch mehr Ostseestrandsand auf den Fliesen.

Sie betrat die Wohnung, schloss die Tür hinter sich.

Hübsch, dachte sie. Anders als erwartet, aber irgendwie hübsch. Dunkelgraue Fliesen, helle Wände. Ein Kunstdruck neben der Küchentür zeigte die *Nighthawks* von Edward Hopper – eines ihrer Lieblingsbilder. Bei ihrem ersten Date hatte er damals zugeben müssen, dass er Hopper nicht kannte. Sie hatte es nicht glauben wollen, ihr Handy gezückt, ihm dieses Bild gezeigt. Es hier zu sehen, war schmerzlich und irgendwie ein bisschen so, als hätte er sie nicht losgelassen.

Das Wohnzimmer: helles Ahornparkett, dunkle Holzregale mit seinen Büchern. Ungeordnet, wie sie es von ihm gewohnt war. Das Sofa in der Mitte auf einem hellgrauen Teppich. Bud Spencer wühlte sich auf dem Sofa gerade in die blau-grün karierte Decke.

»Nicht, Bud Spencer!«, rief sie, aber zu spät. Der

letzte nasse Sand verteilte sich auf den Polstern und der Decke.

»Alles okay?« Stefan schaute aus der angrenzenden Küche herein.

»Hast du eine Badewanne? Er ist ganz sandig vom Toben am Strand. Dein Sofa jetzt leider auch.«

Darüber schmunzelte er nur.

»Klar. Hinten, die letzte Tür links. Sein Shampoo steht im Badezimmerschrank, die Handtücher liegen im Regal daneben.«

»Komm, Bud Spencer.«

»Beeilt euch, in fünfzehn Minuten gibt es Essen.«

Der Hund folgte ihr brav Richtung Bad, er wusste genau, was ihm bevorstand.

Im Badezimmer wiederholte sich das Bild aus dunklen Fliesen und hellen Wänden. Bea hob Bud Spencer in die weiße Wanne, er wedelte mit dem Schwanz. Wenn es etwas gab, das ihr Hund noch mehr liebte, als im Sand zu toben und zu buddeln, dann war es das daran anschließende Bad.

Sie holte das Shampoo aus dem Schrank. Dabei bemerkte sie ein paar Zahnbürsten, die noch eingeschweißt auf einem Bord in Augenhöhe lagen.

Stefan benutzte, solange sie ihn kannte, eine elektrische Zahnbürste, die auch jetzt über dem Waschbecken auf dem abgemauerten Vorsprung stand. Sie starrte die Zahnbürsten an, dann knallte sie den Schrank lauter zu als beabsichtigt.

Was hatte sie denn gedacht? Dass Stefan nach ihrer Trennung das Leben eines Mönchs führte? Es durfte sie wohl kaum wundern, wenn er – ein attraktiver Arzt, der Krebskranke heilte und in der Forschung beachtliche Erfolge erzielte – gelegentlich anderen Frauen auffiel. Und dass er diese Frauen, wenn er an ihnen Gefallen fand, mit zu sich nach Hause nahm. Er war für Übernachtungsbesuch gerüstet, na und?

Sie hätte nur nicht gedacht, dass es ihr so einen Stich versetzte. Was war das – Neid? Eifersucht?

Weil sie auch gerne wieder so etwas wie ein Privatleben hätte? Mehr noch: ein Sexleben …?

Lieber nicht darüber nachdenken.

Eine Viertelstunde später saßen sie an dem Esszimmertisch. Bud Spencer lag in ein Handtuch gekuschelt auf dem Sofa. Der Fernseher lief ohne Ton und zeigte eine Tierdoku, die der kleine Spaniel aufmerksam verfolgte. Nach dem Baden durfte er fernsehen. Ja, manchmal behandelten sie ihn wie ein kleines Kind.

»Schön habt ihr's hier«, sagte Bea.

»Möchtest du Wein?« Stefan hob die Flasche, sie nickte. Ein kleines Glas konnte sie wohl trinken.

»Ganz anders als unsere alte Wohnung. Moderner.«

»Findest du? Es ist halt ein Neubau. Ich vermisse unsere alte Wohnung.«

Betreten starrte Bea auf ihren Teller. Sie schob die Entenbrust hin und her, probierte vom selbstgemachten Rotkohl und legte die Gabel neben den Teller. Es schmeckte köstlich, von Stefan war sie nichts anderes gewohnt. Kochen war immer schon seine liebste Form der Entspannung gewesen.

»Es ist leerer ohne euch.«

»Gut oder schlecht?«

»Was?«

Er zeigte auf ihren Teller. »Ob es schmeckt, wollte ich wissen.«

»Ja, ganz fantastisch.« Sie hielt ihm das leere Weinglas hin, damit er vom Rotwein nachschenkte. Dann nahm sie eben ein Taxi nach Hause, gerade hatte sie keine Lust, sich wegen solcher Kleinigkeiten den Kopf zu zerbrechen. Es tat gut, mit ihrem Ex-Mann an einem Tisch zu sitzen – zum ersten Mal seit seinem Auszug und der Trennung. Es tat ihr auch gut zu sehen, wie er sie anlächelte, als er nachschenkte.

»Ich habe auch ein Gästezimmer«, bemerkte er beiläufig. »Falls du nicht mit dem Taxi heimfahren willst.«

Sie lachte. »Nein, nein, ein Taxi ist okay.«

»Ich sage es auch nur. Falls wir uns verquatschen.«

»Ich muss morgen früh um acht in der Klinik sein.«

»Sag ich doch. Von hier bist du schneller dort, als wenn du dich mitten in der Nacht noch durch die halbe Stadt kutschieren lässt.«

Das stimmte. Schon verrückt: Er wohnte jetzt näher an ihrer Klinik als früher.

»Läuft es gut dort? Bist du zufrieden?«

Es klang nicht gehässig, sondern ehrlich interessiert, gerade so, als hätte er überwunden, dass sie den Job vorgezogen hatte, dass sie nicht länger an seiner Seite hatte sein können.

»Es ist anders als früher. Manchmal fehlst du mir. Dein Weitblick, deine Erfahrung.« Auweia. Sie sollte sofort aufhören zu trinken. Der Rotwein stimmte sie milde, geradezu sentimental.

»Weißt du noch, wie es früher war?«, fragte Stefan leise.

Sie nickte, ohne dass er konkret sagen musste, was er meinte. Früher, das waren all die guten Tage und langen Nächte, das waren intensive Gespräche, in denen sie so vieles von ihm lernte.

»Mir fehlt das auch.« Stefan nahm sich von dem Rotkohl nach. »Du kannst mich aber jederzeit anrufen, das weißt du hoffentlich.« Er lehnte sich zurück. Seine Finger spielten mit dem Stiel des Weinglases, er beobachtete sie über den Tisch hinweg. »Ich habe dich falsch eingeschätzt«, gab er zu. »Du kamst aus einer so innigen Familie. Vermutlich dachte ich, du willst das auch.«

»Innige Familie?« Fast hätte sie sich an dem Stückchen Kloß verschluckt. Sie hustete und griff nach dem Wasserglas. Lieber nicht noch mehr Wein, dachte sie.

»Ja, Familie. Deine Eltern und die drei Schwestern, das war immer … magisch. Aber vermutlich habe ich mir das auch nur so schön ausgemalt, ich weiß ja, dass du dich mit keiner Schwester so richtig gut verstehst. Aber da war immer dieser Traum: Du, ich, der Hund, ein Kind. Oder zwei.« Sein Lächeln schwand. »Da hast du's. Das habe ich all die Jahre gewollt.«

»Ich weiß«, sagte sie leise, denn sie führten dieses Gespräch nicht zum ersten Mal. Aber es war auch das erste tiefgehende Gespräch seit der Trennung, und dass er direkt wieder darauf zu sprechen kam, zeigte ihr, wie tief der Stachel bei ihm saß. »Und ich habe dir jedes Mal gesagt, dass ich das nicht will.«

»Nicht ganz. Du hast anfangs gesagt ›jetzt noch nicht‹.«

Hatte er sie deshalb eingeladen? Damit er ihr all ihre Verfehlungen der letzten Jahre wieder vorhalten konnte?

»Du warst genauso mit deinem Job verheiratet wie ich«, widersprach Bea heftig. »Bist du bis heute. Sind wir beide. Es wäre nicht gut gegangen. Einer hätte gelitten, und vermutlich wäre ich diejenige gewesen, weil ich dir zuliebe und fürs Kind hätte zurückstecken müssen. Weil das von mir erwartet wird, schließlich bin ich die Frau. Am Ende wäre noch jemand unglücklich gewesen, nicht nur wir beide.«

Er nickte nachdenklich. »Ja, vielleicht hast du recht.«

Dann stand er auf und räumte den Tisch ab. »Möchtest du Nachtisch? Vanilleeis und flambierte Himbeeren?«

Ach, was soll's, dachte sie.

»Gerne. Und noch mehr Wein.«

Er lächelte. »Ist es so schlimm mit mir?«

Nein, eigentlich gar nicht so schlimm. Sie hatte sich nach ihm als Freund gesehnt, und dieses offene Gespräch schien der erste Schritt in die richtige Richtung zu sein. Bea wusste selbst nicht, weshalb sie sich monatelang dagegen gewehrt hatte, mit ihm an einem Tisch zu sitzen.

»So schön«, sagte sie einfach.

Er verstand. Das hatte er immer schon, und dafür hätte sie ihn am liebsten geküsst. Früher.

Erst hantierte Stefan in der Küche, dann tauchte er immer wieder in der Tür auf; er brachte Wein und das Dessert, räumte den Tisch ab. Dabei pfiff er leise vor sich hin, und einmal ertappte sie ihn dabei, wie er still vor sich hin lächelte. Das war schon außergewöhnlich für ihn. Sonst war er immer ernst, wenn er kochte, das verband sein Hobby mit seinem Beruf – da war er auch immer so. Tief versunken in seine Aufgabe.

»Was denkst du?«, fragte sie.

Er lachte. »Ist es so offensichtlich, dass ich denke?«

»Ja, schon.«

»Ich denke …« Er hielt inne, ließ sich Zeit für diesen Gedanken. Mit den abgekratzten Tellern in beiden Händen stand er da, ein rot kariertes Geschirrtuch als Schürze in den Hosenbund gesteckt, und sie dachte noch, dass dies der Mann war, in den sie sich damals verliebt hatte. »Wie schön das ist. Wir zusammen an einem Tisch. Ich habe das vermisst.«

»Ich auch.« Sie musste ihr Gesicht hinter dem Rotwein verstecken, ihre Wangen fühlten sich ziemlich warm an. Bestimmt der Alkohol, dachte sie. Aber sie wusste es besser. Neun Jahre ließen sich nicht einfach wegwischen. Schon gar nicht, wenn sie doch den Großteil dieser neun Jahre so glücklich gewesen waren.

Stefan kam aus der Küche zurück, er setzte sich wieder ihr gegenüber an den Tisch und hob sein Glas.

»Denkst du manchmal darüber nach, ob wir …«

»Mhhhh«, machte Bea betont laut, leckte den Löffel mit Vanilleeis ab und tunkte ihn in die alkoholgeschwängerte rote Himbeersauce. »Das ist so lecker.«

»… eine zweite Chance …« Er verstummte. Merkte wohl selbst, dass die Worte nicht hierherpassten.

Bea konnte gar nicht so viel Wein trinken, dass ihr eine passende Antwort über die Lippen gekommen wäre. Oder sie hatte schon zu viel intus. Auf jeden Fall legte sie sich die Worte sorgfältig zurecht. Und brachte dann doch nicht mehr hervor als diese drei: »Ich glaube nicht.«

Sofort wurde er wieder so ernst, wie sie ihn kannte. »Schade.« Mehr nicht. Er wechselte das Thema. Sprach über die neue Tierärztin, die er für Bud Spencer aufgetrieben hatte und die wirklich sehr nett sei, sie habe einen Boxer namens Terence Hill. War das nicht witzig? Das Schauspielduo als Hunde. Bea löffelte schweigend ihren Nachtisch und dachte nur darüber nach, ob diese »sehr nette« Tierärztin wohl der Grund war, weshalb er Handzahnbürsten im Badezimmerschrank bunkerte. Aber manchmal, dachte sie, war jemand wirklich einfach nur nett, ohne dass dies sofort eingeschweißte Zahnbürsten »für alle Eventualitäten« erforderte. Und selbst wenn? Es ging sie nichts mehr an, es sollte sie jedenfalls nichts mehr angehen.

Nach dem Essen half sie ihm beim Abwasch, immer noch mit ihren Gedanken woanders. Bei anderen Frauen, auch wenn sie sich fast dafür schämte, sobald sie sich dabei ertappte. Ob er oft andere Frauen bekochte? Gingen hier Fremde ein und aus, scharf beäugt von Bud Spencer auf seinem Sofaplatz?

Ach, was machte sie sich eigentlich vor? Sie merkte doch selbst, dass sie sich noch nicht von Stefan gelöst hatte. Als er fragte, ob er noch die zweite Flasche Wein aufmachen sollte, gab sie ohne Zögern nach.

»Das Angebot mit dem Gästezimmer steht übrigens noch.«

»Ich hab nicht mal eine Zahnbürste«, widersprach sie.

»Da ist dranzukommen.«

Ja, ich weiß, dachte sie. Ging auf diese Steilvorlage aber nicht ein, denn: Es ging sie nichts mehr an.

Und so tranken sie noch etwas Wein, saßen in der Sofaecke und sagten nicht viel, weil ja alles gesagt war, irgendwie. Aber ihre Füße lagen unter derselben Decke, auf der es sich Bud Spencer gemütlich gemacht hatte, die Zehen berührten sich nicht. Trotzdem war das so gemütlich und heimelig, dass sie wirklich nicht mehr wegwollte. Sie blieb über Nacht. Er richtete ihr das Gästebett, und als sie nachts das leise Tappen von Pfoten statt Füßen hörte, war das für sie absolut in Ordnung. Bud Spencer kratzte an der Tür, sie stand auf und ließ ihn herein. Er sprang aufs Bett und gab erst Ruhe, als sie sich wieder hingelegt hatte und er sich in ihre Armbeuge kuscheln konnte. Dort seufzte er dann zufrieden und schlief schnell ein.

Sie lag wach, spürte das Hundefell an ihrem nackten Arm und irgendwie auch Stefans Gegenwart zwei Zimmer weiter. Sie lauschte, doch es blieb still, und das, dachte sie, war wohl ein Zeichen dafür, dass sie beide erwachsen geworden waren, denn nichts wäre einfacher, als sich nach zwei Flaschen Wein in die Arme zu fallen, weil man die Arme kannte und wusste, was einen dort erwartete.

»Vielleicht machen wir das jetzt häufiger«, sagte Stefan, als sie sich zum Abschied am nächsten Morgen umarmten.

»Vielleicht«, sagte Bea, doch sie dachte: Auf keinen Fall.

So wunderschön es auch war – dieser Teil ihres Lebens war vorbei. Die Zeit mit diesem wunderbaren Menschen ebenso. Sie musste nach vorne blicken, musste sich der Realität ihres Lebens stellen. Sie war einsam, aber es war keine Lösung, bei dem Mann unterzukriechen, der sie immer noch liebte. Es würde vielleicht dauern, bis sie wirklich befreundet sein konnten. Und ja, sie war bereit, für die Freundschaft zu kämpfen, aber behutsam; falsche Hoffnungen bei ihm wecken, das käme ihr unfair vor. Die Trennung war von ihm ausgegangen, aber sie hatte in den vergangenen Monaten gemerkt, wie es sie befreit hatte.

»Mach's gut«, sagte Stefan. Sie sagte nichts, drehte sich um und ging. Erst als sie allein im Fahrstuhl stand, die Schultern straffte und sich im deckenhohen Spiegel an der Fahrstuhlrückseite musterte, sagte sie leise: »Du auch.«

»Und was hast du jetzt vor?«

Wenn sie nicht mehr weiterwusste, war Lena da. Mit ihrer unerschütterlichen Ruhe, mit diesem wachen Blick und dem Vertrauen ins Leben, obwohl sie zu viel vom Tod sah.

»Na ja, was schon? Weitermachen.«

»Urlaub nehmen wäre auch was. Wie deine Schwester letztes Frühjahr.«

Bea schnaubte. »Und dann? Habe ich plötzlich einen landwirtschaftlichen Betrieb an der Backe und bekomme Babys? Keine Option, Süße.«

»Weiß ich doch.«

Sie saßen in Lenas WG-Küche. Manchmal dachte sie, das Leben müsse einfach sein, wenn man so lebte wie Lena – mit drei Freundinnen in einem alten Haus vor den Toren der Stadt, ein paar Kinder wuselten immer um ihre Füße herum, die Männer dazu kümmerten sich, wie ein kleines Dorf in vier Wänden. So völlig anders als das Leben, für das Bea sich entschieden hatte, die ihren Altbau-Kokon liebte, in den möglichst niemand eindrang.

Lena machte zwei Flaschen Bier auf. Montagabend, und Bea hatte einen anstrengenden Tag hinter sich. Auf dem Herd köchelte ein Eintopf, gelegentlich schaute mal jemand in die Küche, in den Topf, rühren und würzen, rühren und probieren, dann wurde das Gericht wieder sich selbst überlassen.

»In einer halben Stunde gibt's Essen. Bleibst du?«

Bea knibbelte am Etikett der Bierflasche herum, schüttelte den Kopf.

»Es gibt Chili sin Carne, Torben hat gekocht.«

»Kennst du dieses Gefühl, wenn man denkt, man sei falsch abgebogen?«, fragte Bea unvermittelt.

»Also, so schlimm ist Torbens Chili nicht.« Lena zwinkerte ihr zu. »Rück mal ein Stück.«

Bea rückte auf der Eckbank weiter. Im Ofen buken drei Ciabattas nebeneinander, und aus dem Nebenraum hörte sie eine Frauenstimme singen. Lena seufzte behaglich. »Ich glaube manchmal, ich bin ständig falsch abgebogen. Wie kommst du ausgerechnet jetzt auf diese Frage?«

»Ich war über Nacht bei Stefan.«

»Aha?« Lena hob die Augenbrauen.

»Nix aha, ich hatte nur zu viel Wein, und wollte ...«

»Aha!«

Bea musste gegen ihren Willen lachen und merkte, wie sich ihre Anspannung löste. »Gar nicht mal. Zwischen uns waren in der Nacht genug Wände und Türen.«

»Also Telefonsex?« Lena gab ihr einen Rippenstoß mit dem Ellenbogen. »Kleiner Scherz. Also, wie kam's? Bisher hast du doch all seine Einladungen aus genau diesem Grund abgelehnt, oder? Also, damit es nicht zu etwas kommt, das ihr beide später bereut. Sex mit dem Ex ist ungefähr so schal wie drei Tage altes Bier.«

»Du wirst mich bestimmt auslachen.« Betrübt starrte Bea ihre Bierflasche an. Komisch, dachte sie. Seit wann trank sie so viel Alkohol?

»Bestimmt nicht.«

»Ich war einsam. Es war Sonntagabend, und in meiner Wohnung wartete nicht mal eine verwelkende Grünpflanze auf mich.«

»Hat er die etwa auch alle mitgenommen? Dieser Schuft!«

Das war Lena – sie nahm das Leben nicht ganz so ernst. Aber das war auch das Gute an ihr. Wenn Bea es zu schwernahm, bildete sie das Gegengewicht. Und das nicht, weil sie übersah, wie ungerecht es manchmal in der Welt zuging. Sondern weil sie diese bewundernswerte, kraftvolle Einstellung besaß: Wir können es aus eigener Kraft ändern, und wenn das nicht gelingt, lass uns darüber lachen und ein gutes Chili essen.

»Ich dachte wohl, ich käme ohne Freunde aus.«

»Das schafft keine. Dir würde ich es glatt zutrauen, aber … nö.«

»Und ich kann nicht jeden Abend auf eurer Küchenbank sitzen und heulen.«

»Kannst du schon, aber spätestens nach einer Woche würde Robert dich vermutlich beim Putzplan berücksichtigen und Ines drückt dir nachmittags die Kinder aufs Auge. Das wirst du nicht wollen. Obwohl wir noch ein Zimmer frei haben im Moment …«

»Nein, danke. Ich verzichte.« Das wäre dann doch zu viel Leben.

Vielleicht hatte ihre Schwester Alix es doch ganz schlau angestellt. Auf dem Schliekerhof wohnte sie zusammen mit ihrem Verlobten Max, streichelte ihren zunehmend dicken Babybauch, hatte Hannes und Tante Barbara an ihrer Seite. Und wenn alle Stricke rissen, ließ sie Mama Claire herumtelefonieren, damit sie die Unterstützung bekam, die sie brauchte.

Ach nein, das klang gehässig, und so wollte sie gar nicht denken. Schon möglich, dass sie Alix ein wenig beneidete, wie gut sie sich eingefunden hatte, nachdem ein Autounfall vor einem guten halben Jahr ihre Karriere als Parfümeurin von heute auf morgen aufs Eis gelegt hatte.

»Weißt du … Das Leben ist ja nicht zu Ende, nur weil wir vierzig werden oder plötzlich wieder Singles sind. Schau mich an. Sehe ich unglücklich aus? Ich habe mir das auch anders vorgestellt, ich wollte eine Rasselbande haben, drei Kinder mindestens. Sollte halt nicht sein. Jetzt wohne ich hier mit den Kindern meiner Freundinnen, und ehrlich – ich bin froh, wenn ich sie abends abgeben kann. Ich bin zu alt für diesen Scheiß.«

»Du bist gerade mal fünfunddreißig!«

»Ja, und wurde von der Natur mit verfrühten Wechseljahren gestraft, vielen Dank auch. Manchmal fühle ich mich wie fünfundfünfzig.«

Sie sagte das so leichthin, als wäre es wirklich kein Problem. Dabei wusste Bea, dass Lena in den Jahren vor und nach der Trennung von ihrem Mann ziemlich gelitten hatte. Vor allem, als er eine Neue fand, die natürlich sofort schwanger wurde.

»Unser Schicksal können wir nicht ändern. Aber wir können ändern, wie wir damit umgehen.« Lena stieß ihre Bierflasche an die von Bea. Just in dem Moment fing der Backofen an zu piepsen. »Und jetzt essen wir, dann fährst du nach Hause und schläfst dich aus. Morgen wird alles besser, ich versprech's dir.«

Ob das wirklich hilft?, überlegte Bea, als sie knapp zwei Stunden später nach Hause fuhr. Wenn man nur fest genug daran glaubte, dass der nächste Tag besser wurde – ging das dann irgendwann in Erfüllung? Oder wenn sie sich einfach bemühte, an ihrer inneren Haltung etwas zu ändern? So wie sie ihren Krebspatientinnen immer empfahl, sich nicht zu sehr von der Krankheit einnehmen zu lassen. Ja, ja, klang im ersten Moment ziemlich herablassend. Gerade so, als wäre die Patientin tatsächlich selbst schuld, dass sie krank geworden war. *Zu viele negative Gedanken.* Aber nein, das würde Bea niemals so formulieren. Es gab zu viele Faktoren, die krank machten. Auch manches, das man bis heute nicht verstand. Genauso wenig, wie wenn ein »Wunder« geschah, wenn eine Patientin plötzlich in Remission war, obwohl man schon kurz davorgestanden hatte, ihr einen Platz im Hospiz zuzuweisen. Es passierte selten, sehr selten, aber es passierte.

Positive Gedanken aber … Ja, die konnten schon etwas bewirken. Dass man nicht den grauen Himmel sah, sondern den Silberstreif am Horizont. Dass man sich über kleine Dinge freute und nicht die großen übermäßig beklagte, die man ohnehin nicht ändern konnte.

Probieren konnte sie es ja mal.

## 10. Februar

*Die letzten Gläser Honig abgefüllt, etikettiert, zur Post gefahren. Ich habe mir vom Geld, das wir letztes Jahr verdient haben – wir, damals gab es noch ein Wir! –, einen neuen Wagen gekauft, einen roten Kastenwagen. So einen hatte Carl sich immer gewünscht, aber wie das so ist im Leben. Man schiebt manche Dinge vor sich her, bis es zu spät ist.*

*Ich mach da nicht mehr mit. Mein Leben soll reich sein, auch ohne ihn. Den roten Berlingo habe ich Carl getauft, Carl Berlingo, und bei der Gelegenheit habe ich auch direkt eine Beschriftung bestellt, damit jeder sieht, hier kommen die Bienen, hier gibt's den besten Honig. Auch gut, wenn ich wieder auf Märkte gehe. Bald. Im Herbst, denke ich.*

*Die erste Fahrt führte mich zu Heinz' Imkerladen. Um ihm die Wachsplatten zu bringen, die ich erübrigen kann. Diesmal sind's nicht so viele, aber er war zufrieden. Qualitativ ja sowieso, und ich konnte bei der Gelegenheit ein paar Sachen holen, die mir noch fehlten.*

*Zurück daheim … Ja, da waren sie wieder, die Tränen. Habe ich wirklich gedacht, irgendwann sei das vorbei? Ich bin dann mit dem Kaffeebecher zu den Bienen, hab mich dick eingepackt. Ich frage mich, ob sie ihn vermissen. Ob der Bien spürt, dass jetzt jemand anderes für ihn verantwortlich ist, ob sie irgendwann vergessen, was er für sie getan hat? Wie er immer da war für sie? Irgendwie ist der Gedanke Unsinn, denn allenfalls die Königinnen werden sich an ihn erinnern, wenn überhaupt. Die anderen sterben ja so schnell …*

*Oder haben sie eine kollektive Erinnerung an ihn, die immer schwächer wird, so wie meine immer mehr nachlässt?*

*Vergessen, das wäre schön. Aber dass er nicht mehr da ist, das wird mich nicht loslassen, und so lange werde ich weiter jeden Morgen mit bleischweren Gliedern aufstehen und mich durch den Tag schleppen.*

*Blödes Auto. Wieso habe ich es nur gekauft? Es wird mich doch immer an ihn erinnern. An das, was mit ihm verloren ging.*

# Kapitel 4

Der erste Tag, an dem alles besser werden sollte, verlief nur halb so gut wie der davor und hätte montägiger nicht sein können. Schon als Bea wieder mal hinter einem schnarchnasigen Besucher vor der Schranke wartete und *wusste*, dass sie zu spät zur täglichen Visite kommen würde, ärgerte sie sich. Dabei wollte sie doch alles etwas entspannter sehen.

Also tief durchatmen.

Hinter ihr hupte ein anderer Wartender, als sie ihren Wagen zur Parkschranke vorrollen ließ. Sie ignorierte ihn, steckte ihre Parkkarte in den Schlitz und fuhr durch, als sich die Schranke hob. Im Rückspiegel sah sie denselben roten Kastenwagen wie letzte Woche.

Inzwischen wusste sie auch, dass der Berlingo zu Margarete Zeidler gehörte und ihr Neffe damit durch die Gegend fuhr – groß, verflixt gutaussehend, und wenn sie sich eine Pause von der Arbeit gönnte, stellte sie sich gerne vor, wie sie sich mit ihm unterhielt.

Das war vermutlich ein bisschen … na ja, merkwürdig wäre noch eine vorsichtige Umschreibung. Aber das half ihr oft im Alltag. Fiktive Gespräche, um sich einer Person anzunähern, die sie sympathisch fand, mit der sie aber sonst privat nicht viel zu tun hatte.

Ihr fiel ein, dass es bei Stefan damals ähnlich gewesen war. Als sie anfangs mit ihm zusammenarbeitete, eine Assistenzärztin unter vielen, radelte sie nach dem Dienst heim und erzählte ihm in Gedanken, wie ihr Tag gewesen war. Von all den Höhen und Tiefen, davon, wie sie bestimmte Situationen empfunden hatte.

*Hey Tom. Schön, dass du dich um deine Tante kümmerst. Holst ihr wieder Kaffee in der Cafeteria, ja?*

In ihren Gedanken antwortete er auch. Mit einem Lächeln, Grübchen in der Wange.

*Verrat's nicht der Chefärztin.*

*Ich* bin *die Chefärztin.*

*Na, aber für mich kannst du doch ein Auge zudrücken, oder?*

Natürlich konnte sie das. Sie lächelte.

*Du siehst müde aus. Harter Tag? Wollen wir Wein trinken?*

Dieses Lächeln. Verflixt. Sie schob den Gedanken an Tom Zeidler ganz weit nach hinten, aber kaum hatte ihr müder Kopf Tom aus dem Vordergrund verdrängt, sprang er sofort wieder auf die Erinnerungsfetzen an ihren Abend bei Stefan an. Sie dachte an all die guten Jahre. Daran, wie sie beide versuchten, Freunde zu werden. Die ausgefransten Gesprächsfäden wieder aufnahmen.

Die Zeit der ersten Verliebtheit kam ihr in den Sinn, wenige Monate nach dem Kennenlernen kamen sie zusammen. Sie merkte damals, dass er nicht nur in ihrer Vorstellung ein humorvoller, warmherziger Mann war, mit dem sie auf einer Wellenlänge war.

Endlich ging es vor ihr weiter. Aber das nächste Ärgernis wartete auf sie: Irgendwer hatte sich auf ihren Parkplatz gestellt, sie musste fünf Minuten rumkurven, bevor sie einen anderen fand.

Tief durchatmen. Der beste Tag meines Lebens, redete sie sich ein.

Sie dachte an Frau Zeidler. Auch wenn sie eine Patientin wie viele war, ihr Schicksal längst nicht so dramatisch wie manch anderes, das ihr täglich begegnete – irgendwie kehrte sie immer zu ihr zurück.

*Weil du dich ein bisschen in mich verknallen willst, vielleicht?*

»Klappe, Tom«, murmelte sie.

Obwohl sie wusste, dass seine Stimme durchaus richtigliegen könnte. Sie sehnte sich nach etwas, das sie von der privaten Stille in ihrem Leben ablenkte. Eine neue Beziehung … War sie denn schon so weit?

Aber bevor sie sich eine Antwort auf diese Frage gab, war sie schon aus dem Parkhaus heraus, lief durch den einsetzenden Nieselregen zur Klinik und sprintete durchs Treppenhaus. Atemlos erreichte sie ihr Büro, schloss auf und verrichtete die üblichen Handgriffe – Schuhe aus und an, Mantel aus, Kittel an, Taschen kontrollieren, Kaffeebecher nicht vergessen –, bevor sie die wenigen Meter zum Schwesternzimmer lief. Visite.

Bea versuchte, sich Zeit zu nehmen. Für Erklärungen und die Fragen ihrer Patientinnen. Auch für Anmerkungen ihrer Kolleginnen, für deren Vorschläge. Sie nickte, dachte nach. Sprach besonnen.

Und brauchte leider viel zu viel Zeit.

Die letzte Patientin war Frau Zeidler in Zimmer 318, da drängte es schon, denn vor zehn Minuten hätte bereits eine Sitzung beginnen sollen, zu der Bea unbedingt musste. Als eine Kollegin sie daran erinnerte, nickte sie, biss die Zähne zusammen und rauschte in das Patientinnenzimmer. Die Besprechung war wichtig, es ging um ihre Forschungsarbeit.

Aber Frau Zeidler war auch wichtig, sagte sie sich.

Auf der Bettkante saß er. Tom Zeidler. So ein hübscher, junger Kerl, na ja, jung nicht, ihr Alter. War das noch jung? Dunkle Wuschelhaare, etwas zu lang. Was war nur mit ihr los, dass sie jeden Mann sofort zum Friseur schicken wollte, der ihr gefiel? Der Bartschatten, ebenfalls dunkel, war mindestens zwei Tage alt. Seine braunen Augen musterten sie forsch, als sie hereinkam. Dann hellte sich seine Miene etwas auf, denn Frau Zeidler sagte: »Da ist sie. Meine Wunderärztin, von der ich dir erzählt habe.«

Wunderärztin? Wohl kaum. Bea winkte ungeduldig, schon hatte sie die Patientinnenakte in der Hand, die ihr eine Schwester gab. Sie schaute nach. »Guten Morgen, Frau Zeidler. So, bei Ihnen steht morgen die erste Chemo an.« Kurz und bündig, sie war wieder die alte Dr. Bea Heinemann, professionell und etwas zu distanziert.

Tief durchatmen. Die wollte sie doch nicht mehr sein.

Tom Zeidler schien etwas sagen zu wollen, aber seine Tante legte ihre Hand auf seine. Er sah sie an, lächelte verhalten. Ihre andere Hand ruhte auf der schwarzen Kladde, ihr ständiger Begleiter. Darauf klebten … weiße Bienen.

Margarete Zeidler geriet ins Stottern.

»Können Sie mir noch etwas zu den Nebenwirkungen sagen, die mich erwarten?«

Ganz winzig wirkte sie plötzlich. Ihre Hände krampften sich um die Kladde und die Hand ihres Besuchers.

»Natürlich, das wird meine Kollegin Dr. Dresen übernehmen.« Bea gab der jungen Ärztin ein Zeichen. Pia würde das schon schaffen. Sie war sehr einfühlsam und zugewandt.

Sie selbst musste unbedingt hier raus.

Ein Schicksal unter vielen. Margarete Zeidler war nur eine Patientin, von denen sie in den letzten Jahren Hunderte kommen und gehen gesehen hatte. Manche waren gestorben, viele wurden als geheilt entlassen. Aber dieses eine Schicksal berührte sie plötzlich, obwohl es gar nicht schlimmer war als viele andere. Im Gegenteil. Mit der chronischen lymphatischen Leukämie hatte die alte Dame durchaus Chancen, noch zehn Jahre oder länger ein gesundes Leben zu führen, wenn die Therapie anschlug.

Was war es dann, das sie so aufwühlte?

Hatte sie Frau Zeidler zu nah an sich herangelassen?

Oder war es vielmehr ihr Neffe Tom, der sie mit so einem erstaunten Halblächeln ansah, als sie kurz die Hand auf Pias Arm legte und ihr zuflüsterte, sie könne das Gespräch übernehmen, Bea müsse dringend weg?

Sie tastete nach ihrem Telefon, holte es aber nur halb aus ihrer Kitteltasche hervor, als wollte sie sich damit den Anschein von Wichtigkeit geben, bevor sie es wieder wegsteckte. Wem machte sie etwas vor? Es hatte keinen Zweck, die beschäftigte Chefärztin zu spielen.

Sie murmelte eine Entschuldigung, drängte durch das Weiß der Kittel ihrer Kolleginnen, fluchtartig verließ sie das Zimmer. Der Gang lag still vor ihr. Sie schloss kurz die Augen, hinter ihrer Stirn machte sich ein Kopfschmerz breit. Den konnte sie jetzt gar nicht brauchen, sie musste kühl und klar sein, wenn sie vor den Ausschuss trat, der über die Vergabe der Forschungsgelder entschied.

Stefan hatte sie immer davor gewarnt, die Distanz zu ihren Patientinnen zu verlieren, als hätte er geahnt, dass es irgendwann so weit kommen würde. Ausgerechnet er, der sich immer zu ihnen auf die Bettkante hockte, mit ihnen scherzte, ihnen auch bei privaten Problemen zuhörte. Nie hatte sie dabei den Eindruck, dass er zu viel von sich hergab. Sie hatte davon gelernt. Dachte sie.

Aber nun versuchte sie, wie er zu sein, und sie scheiterte schon beim ersten Mal. Sie sollte einfach die bleiben, die sie war.

Sie hatte sich in so kurzer Zeit zur Chefärztin hochgearbeitet, das ging wohl nicht, wenn man sich ablenken ließ. Wenn man die Menschen an sich heranließ.

Vergessen war die Sitzung. Sie spürte, wie sie zitterte.

Bea floh in ihr Dienstzimmer, schloss die Tür hinter sich ab, damit bloß niemand störte. Sie schleuderte den Schlüssel auf den Schreibtisch. Oh, sie war so wütend! Auf sich selbst vor allem, weil sie in einem schwachen Moment zugelassen hatte, dass die Menschlichkeit ihre Professionalität verdarb. Dass sie sich auf Gefühle einließ, die doch nichts weiter als ein Hirngespinst waren.

Bea lachte in der Stille ihres Zimmers. Gefühle? Wohl kaum. Sie hatte zugelassen, dass sich ihr Herz einen klitzekleinen Spalt öffnete, und sofort wurde sie von einem Tsunami überrannt, dem sie in ihrer Einsamkeit nichts entgegensetzen konnte.

»Was für eine alberne Schwärmerei«, murmelte sie.

Wie schafften andere das? Wie gelang es Lena, voller Mitgefühl auf die Patientinnen einzugehen, ohne sich selbst zu verlieren? Die Menschen, die zu ihnen kamen, einte eins: Die Angst um ihr eigenes Leben, das Kostbarste, was sie besaßen, denn ohne es waren sie nichts mehr, konnten ihre Kinder und Enkel nicht länger aufwachsen sehen.

Und weshalb musste das alles ausgerechnet jetzt passieren? Warum bekam sie dieses Bild nicht aus dem Kopf, Frau Zeidler, die selten allein war, immer ihre Freundinnen um sich herum oder eben Tom. Sie war nicht allein.

Ein leises Klopfen ließ sie hochblicken. Sie hockte auf ihrem Schreibtischstuhl, die Beine angezogen, die Arme um die Knie gelegt. Ihr Gesicht war nass von Tränen, und sie wischte sie hastig fort, ehe sie aufschloss.

Vor der Tür stand Tom Zeidler. Jetzt erst merkte sie, wie groß er war – er überragte sie um Haupteslänge. Er hatte ein süßes Grübchen im Kinn, und als er sie ansah, war sein Lächeln warm und entschuldigend. »Das haben Sie verloren«, sagte er und hielt ihr etwas hin.

Es war ihr Kugelschreiber.

Von diesen Kulis bekam sie ungefähr ein Dutzend in der Woche von irgendwelchen Pharmaunternehmen geschenkt, immer fröhlich bunt bedruckt mit den Fantasienamen neuer Medikamente gegen Übelkeit und andere Nebenwirkungen der Chemotherapie, denen sich ihre Patientinnen aussetzen mussten. Dieser hier war pink mit weißem Schriftzug.

»Danke«, sagte sie verwirrt.

»Ich dachte, Sie wollen den vielleicht wiederhaben. Er passt so gut zu Ihnen.«

»Vielen Dank«, wiederholte sie. Aber er ging einfach nicht! Bea verschränkte die Arme vor der Brust. »Gibt es sonst noch was?«

Er grinste. Frech! Aber irgendwie auch süß. »Ich mag Frauen wie Sie.«

Drehte sich um und quietschte auf seinen abgelatschten Turnschuhen davon. Er zog die Schultern hoch, als wäre ihm kalt. Er trug Jeans und einen dunkelgrauen Kapuzenpulli.

Sie blickte ihm nach, wusste gar nicht, wie sie auf so etwas reagieren sollte. Wie sie? Was war sie denn für eine Frau?

Oh Mann. Sie wollte ihm nachrennen, die Frage interessierte sie nun doch, aber in dem Moment kam Pia um die Ecke, sie strahlte. Dass Bea ihr heute die Patientinnenaufklärung überlassen hatte, empfand sie als große Ehre. Sie war noch nicht lange dabei.

»Alles okay?«, fragte sie, als sie Beas Gesichtsausdruck bemerkte. Ihr Strahlen wich ehrlicher Besorgnis.

»Nein. Ja, also okay. Ich muss los. Der Ausschuss.«

Sie schlug die Tür hinter sich zu, bevor die junge Ärztin noch etwas fragen konnte.

*Ich mag Frauen wie Sie.*

Darüber zerbrach sie sich den ganzen Tag den Kopf und konnte es doch nicht zufriedenstellend einordnen.

*Hey Tom, was meinst du damit?*

*Na ja, was ich sage. Ich mag dich.*

Sie straffte die Schultern. Jetzt fühlte sie sich gewappnet. Seine Worte taten ihr gut, und ja, irgendwie freute sie sich schon darauf, ihn hoffentlich bald wiederzusehen. Sie hatte nämlich Fragen. Viele Fragen.

»Haben Sie meinen Tom kennengelernt?«

Margarete Zeidler war ausnahmsweise allein. Den ganzen Tag hatte ein stetes Kommen und Gehen geherrscht, das Bea immer mal wieder beobachtet hatte. Kurz vor dem Abendessen verschwand die letzte Freundin mit einem Winken. Jetzt, kurz vor sieben Uhr, kehrte Ruhe auf der Station ein. Bea war auf dem Heimweg, wollte aber noch mal nach Frau Zeidler schauen.

»Ihr Neffe, richtig?« Sie zog einen Stuhl heran und setzte sich ans Fußende.

»Ja, der Sohn meines Schwagers. Er kümmert sich im Moment um meine Bienen.«

Bea atmete tief durch.

»Als ich am Wochenende bei meiner Schwester war,

habe ich dort Honig gesehen. Zeidlers Bienenschwarm. Das sind Sie, nicht wahr?«

Margarete Zeidlers Gesicht leuchtete auf. »Wo war das?«

»Im Hofladen vom Schliekerhof. Er brachte eine Lieferung, es war das erste Mal. Meine Schwester war ganz begeistert, denn sie hat sofort so viel verkauft, dass sie nachbestellen will.«

Sofort schwand das Lächeln auf Frau Zeidlers Gesicht und machte Enttäuschung Platz. »Am Wochenende erst, ach so.«

»Habe ich etwas Falsches gesagt?«

»Nein, ach … Ich habe ihm schon vor Wochen gesagt, dass er die Pakete zum Apfelhof bringen soll. Ist ja kein Weg, gerade drei Kilometer übers Land.« Sie schwieg, ihr Blick ging unstet zum Nachtschränkchen.

»Möchten Sie lieber Ihre Ruhe?«, fragte Bea.

»Ach was. Ich freu mich ja, dass Sie hier sind.« Sie faltete die Hände auf der Bettdecke. »Hatten Sie einen guten Tag?«

Komisch; das fragte sie sonst niemand. »Wie man's nimmt«, sagte sie leichthin.

»Und wie nehmen Sie's?«

Bea lachte. Frau Zeidler ließ sich nicht so leicht ablenken. »Schwer«, gab sie zu. »Aber ich denke, anderen geht's auch nicht gut. Da sollte ich mich wohl nicht beklagen, oder?«

»Na ja. Ich liege hier nur. Mache mir so meine Gedanken und ein paar Notizen.« Frau Zeidler zeigte auf das Nachttischchen, wo die Kladde lag.

»Hilft es Ihnen? Das Schreiben.«

»Ach, na ja. Meine Freundinnen sind eine willkommene Ablenkung. Irgendwann dreht man sich im Kreis.«

»Man könnte meinen, Sie haben einen ganzen Schwarm davon.«

»Die Freundinnen, meinen Sie? Ja, wir sind schon ein verrückter Haufen. Wenn eine Hilfe braucht, sind die anderen da.«

Sie schwiegen, und schließlich ergriff Margarete Zeidler wieder das Wort. Zögerlicher als zuvor, als müsste sie erst anprobieren, ob das Gesagte für sie passte. »Zu viel Zeit zum Nachdenken tut nicht gut.«

»Ich kann gerne die Psychologin zu Ihnen schicken. Sie kann mit Ihnen sprechen. Über die Behandlung.«

»Hilft das?«

»Manchen schon.«

»Ach, lassen Sie's. Ich hab schon so viel geschafft. Das hier wird mich auch nicht umhauen.«

Bea schaute auf ihre Hände. Sie hätte gern mehr gesagt, sie spürte doch, dass Margarete Zeidler irgendwas bewegte. Eine Krebserkrankung war nie ein Spaziergang, selbst wenn sie gerade versuchte, es so hinzustellen.

»Sie dürfen Schwäche zeigen«, sagte sie schließlich leise. »Wenn Ihnen alles zu viel wird. Dann dürfen Sie das sagen. Wir machen es Ihnen so leicht wie möglich.«

»Tun Sie das denn auch? Also sagen, wenn es *Ihnen* zu viel wird?«

Bea lachte verlegen. »Ich übe noch.«

»Dann üben Sie fein weiter, und ich halte mich dran fest, dass es schon irgendwie gut gehen wird. Muss doch.«

Muss doch. War das noch Vertrauen in eine höhere Kraft oder schon Fatalismus? Nachdem Bea sich verabschiedet hatte, holte sie ihre Sachen. Und weil sie mit niemandem reden wollte, weil sie nichts mehr hören mochte vom Krankenhaus, von den Menschen um sich herum, steckte sie die Kopfhörer in ihre Ohren, spielte Musik auf ihrem Handy ab.

*If I find my courage*
*Would it be enough?*
*To break the bars right open*
*And know which way to run*

Dieser Song … Er gehörte zu einem Mix, den Stefan für sie mal zusammengestellt hatte. Eine Playlist. Früher hätte man so einen Mix auf CD gebrannt oder auf Kassette überspielt. So hatte sie diese Songs jetzt immer bei sich. Aber sie vermied es, die Musik zu hören – weil es sie noch zu sehr schmerzte.

Heute aber brauchte sie den Schmerz. Sie musste sich darüber klar werden, wer sie war, wohin sie steuerte. Wer sie sein wollte. Das ging nur so, denn die Musik ging unter die Haut. So sehr, dass sie den Panzer zu sprengen drohte, in den sie sich in den vergangenen Monaten und Jahren gezwängt hatte.

Etwas musste sich in ihrem Leben ändern. Schon wieder. Als hätte die Trennung von Stefan nicht gereicht, sondern im Gegenteil nur die Tür zu etwas Neuem einen Spaltbreit aufgestoßen.

War sie bereit, diese Tür zu öffnen und einzutreten? Bea wusste es nicht.

Diese Ärztin … Margarete wurde nicht schlau aus ihr. Anfangs hatte sie gedacht, sie wäre auch eine von diesen Halbgöttinnen in Weiß, die einmal täglich – wenn überhaupt! – in das Zimmer rauschten, kurz rekapitulierten, einen Ausblick gaben, keine Fragen zuließen und dann so schnell verschwanden, wie sie gekommen waren. Und dann war sie als Patientin allein. Mit ihren Ängsten, ihrem Kummer, mit dem Krebs, der sich durch ihren Körper fraß. Mit all den Fragen, die in ihrem Kopf umhergeisterten.

Inzwischen wusste sie ja – der Krebs ließ sich Zeit, das war immerhin ein gutes Zeichen. Aber die schlechten Zeichen sah sie auch. Die Müdigkeit. Der fehlende Lebenswillen. Sie hasste es, nicht länger dort zu sein, wo sie aufblühte – bei ihren Bienen, in der Natur, draußen, wo sie kilometerweit laufen konnte …

Und dann hatte Dr. Heinemann ihr etwas verraten, das Margaretes Sorgenpaket noch um ein weiteres Päckchen vergrößerte. Dass Tom die versprochene Lieferung an den Schliekerhof erst an diesem Wochenende erledigt hatte, obwohl er ihr gegenüber behauptet hatte, er hätte sich schon vor Wochen gekümmert. Das war genauso wenig in Ordnung wie seine ständige Weigerung, sich anhand ihrer Aufzeichnungen um den Jahreslauf der Bienen zu kümmern. Sie machte sich Sorgen. Große Sorgen. Im Sommer hätte sie schon direkt in Panik verfallen können, denn die Bienen so sich selbst zu überlassen hätte schlimmstenfalls dazu führen können, dass die Hälfte der Königinnen mit ihren Völkern ausschwärmten und sich ein neues Heim suchten. Das war existenzbedrohend für ihre Imkerei! Ohne die Bienen gab es keinen Honig.

Jetzt im Winter mochte Toms Weigerung nicht ganz so dramatische Auswirkungen haben, denn die Bienen hielten ihre Winterruhe. Lediglich der Schutz vor Mäusen, die Kontrolle auf Varroamilben und natürlich der Verkauf auf den Weihnachtsmärkten mit den damit verbundenen Vorbereitungen standen an. Auch viel Arbeit, aber sie hatte alles in den letzten Jahren gut allein bewältigen können, da sollte es einem jungen, kräftigen Mann wie Tom doch nicht schwerfallen…

Aber Tom war eben irgendwie anders. Nicht so eifrig. Wenigstens zuverlässiger als vor knapp zwanzig Jahren; damals hatte sie bereits versucht, ihn fürs Imkern zu begeistern. Als sie ihn letzten Sommer fragte, ob er in den kommenden Monaten aushelfen könnte, weil ihr partout niemand sonst einfiel, war seine Antwort ein lakonisches »Warum nicht? Habe grad nichts Besseres vor«. Und nachdem absehbar war, dass sie selbst gesund nicht mehr in der Lage sein würde, ihre Arbeit voll zu erfüllen, versuchte sie, mit ihm darüber zu reden. Was danach wurde. Wie er sich das vorstellte. Sie war über siebzig, da durfte man sich auch mal Gedanken um die Nachfolge machen.

Tom aber? Den interessierte das gar nicht, sie hatte das Gefühl, sobald es ihr besser ging, würde er wieder verschwinden.

Als könnte es etwas Besseres geben als das Leben mit den Bienen.

Sicher gab es für viele Menschen etwas Besseres. Es gab ja auch genug Leute da draußen, die sich vor den Bienen fürchteten. Aber das war nie Toms Problem gewesen. Er vermittelte ihr das Gefühl, als wüsste er allein aufgrund der wenigen Monate, die er damals bei ihr ausgeholfen hatte, alles über die Bienen. Und das konnte nicht sein. Selbst für Carl hatte es bis zum Schluss Überraschungen gegeben, wenn seine Bienen nicht das machten, was er von ihnen erwartete. Und immer hatte sich rückblickend herausgestellt, dass die Bienen einfach schlauer waren und ihren Instinkten folgten.

Nun waren es ihre Bienen, viele Jahre schon, aber immer wenn sie auf ein Problem stieß, fragte sie sich als Erstes, was Carl wohl unternommen hätte. Doch solange sie hier im Krankenhaus lag, konnte selbst sie wenig tun. Und wenn sie heimging, ohne sich behandeln zu lassen, wäre die Müdigkeit nicht fort, die Erschöpfung würde weiter an ihr nagen und sie könnte ohnehin nichts ausrichten, außer meckernd hinterm Küchenofen zu hocken, wenn Tom von den Bienen kam. Kaum vorstellbar, dass sie die zweihundert Meter Weg rüber zum Waldrand zu Fuß bewältigte. Wenn Schnee läge, könnte Tom sie mit dem Schlitten rüberziehen. Aber so?

Nein, dachte sie. Er musste es allein schaffen, so wie sie nach Carls Tod hatte lernen müssen, allein zurechtzukommen. Sie wusste, dass Tom das Zeug dazu hatte, ihm fehlte nur ein bisschen… ja, Unterstützung.

Die Kladde. Darin stand alles, was sie über die Jahre gelernt hatte, und noch ein bisschen mehr. Die könnte sie ihm zukommen lassen. Aber mehr konnte sie nicht für Tom und die Imkerei tun. Wenn sie nicht mehr da war, konnte er sie schließlich auch nicht mehr fragen.

Sie lag die ganze Nacht wach. Das kleine Nachtlicht über ihrem Bett leuchtete, sie bewegte sich nicht viel, nur wenn ihre Knochen schmerzten, verlagerte sie das Gewicht.

Und dann war Carl wieder da. Die Tür ging auf, ein greller Lichtkeil fiel durch den Spalt, seine Schritte auf dem Linoleum. Er war nicht mehr so müde wie zum Schluss, als sein Herz ihm zusehends zu schaffen machte. Frisch und rosig war er, schwungvoll schritt er herein und hockte sich zu ihr auf die Bettkante. »Grete, meine Rose«, sagte er voller Zärtlichkeit, und sie hätte weinen können, so sehr hatte sie seine Stimme vermisst. Denn seine Stimme war das Erste, was in ihrer Erinnerung endgültig verblasst war und für immer im Meer ihrer Erinnerungen eines gemeinsam gelebten Lebens schwand.

»Du hast dir ganz schön Zeit gelassen, mich zu holen«, klagte sie.

Er lachte leise. Seine Hand war warm, umschloss ihre. Sie hatte immer bewundert, wie diese großen Hände die filigransten Arbeiten hatten ausführen können. Er war einer dieser bemerkenswerten Imker, die eine Bienenkönigin mit bloßen Fingern in die kleinen Weiselkörbchen setzten, und nie wurde er von ihnen gestochen. Sobald er in der Nähe war, schien es, als würde der ganze Stock ruhiger summen, fast schon wohlig brummen. Als wüssten sie, dass er ihnen nichts Schlechtes wollte.

»Ich hol dich nicht«, sagte er. »Dafür ist es noch viel zu früh.«

Schade, dachte sie. War das alles nur ein Traum? Wenn es so war, zählte er zu den schönen, angenehmen. Zum ersten Mal seit Tagen wurde ihr warm, ihre Augen fielen zu …

»Du musst mir sagen, was ich mit unseren Bienen machen soll«, murmelte sie kurz vorm Wegdämmern.

Er beugte sich vor, küsste sie sanft auf die Stirn. »Aber das weißt du doch schon längst«, flüsterte er.

Sie lächelte. Das wusste sie tatsächlich …

## 24. Februar

*Wunder über Wunder. Oder soll ich mich gar nicht mehr wundern?*

*Erstes Wunder: Meine Bienen. Warum habe ich an ihnen gezweifelt, als sie vor gut drei Wochen ausflogen? Warum befürchtet, sie könnten ihre erste Brut zu früh legen, so dass sie dann zu viele verlieren? Sie haben mich wieder mal eines Besseren belehrt. Die Stockkontrolle heute früh zeigte: Nur in dreien sind erste Bienen kurz vor dem Schlüpfen, und das geschieht nur bei den robustesten Völkern. Bei denen mit einem guten Vorrat, die – man könnte es so sagen – gut gewirtschaftet haben über den Winter. In den anderen setzte die Bruttätigkeit erst nach und nach ein, so dass ich nun denke, sie werden alle gesund und voller Tatkraft in den Frühling starten.*

*Und dann das zweite Wunder, gestern Abend. Da saß einer vor der Tür, verwildert könnte man sagen, einen schmutzigen Rucksack geschultert, die Schnürbänder an den dünnen Segeltuchschuhen (er belehrte mich später: Chucks heißen die) ausgefranst, die Hose zerrissen (das trägt man wohl so, aha). Jedenfalls, die Hauptsache an diesem Jungen ist: Er ist ein Zeidler, Carls Neffe, Sohn seines Bruders, der ein gutbürgerliches und wohlsortiertes Leben im Rheinland führt, aus dem der Junge nun ausgebrochen ist. Er erzählte mir das alles bei einem Teller Suppe, zu dem er drei trockene Brötchen verschlang. Schule abgebrochen, keine Ausbildung, keinen Bock auf nichts, da ist ihm wohl die alte Tante im Norden eingefallen. Viel konnte ich ihm nicht aus der Nase ziehen am Abend (und jetzt schläft er noch, zur Mittagsstunde!), habe aber mit seiner Mutter telefoniert, die hat die Lücken gefüllt. Er will nicht mehr zur Schule, gar nichts will er. »Ja, und was soll ich nun mit ihm machen?«, fragte ich sie. Da hörte ich Ina seufzen, sie wisse es doch selbst nicht so genau.*

*Gerade hörte ich ihn im Haus und ging rein. Er stand in der Küche und versuchte sich einen Kaffee zu kochen. Da habe ich ihm mal geholfen, und dabei unterhielten wir uns ein bisschen. Schule will er nicht, muss er ja auch nicht, habe ich ihm gesagt. Er ist seit ein paar Monaten achtzehn, eigentlich kann ihm keiner mehr was sagen. Ich ahne, Carl hätte ihm eine Menge zu sagen gehabt, aber nun ja.*

*Ich habe ihm angeboten zu bleiben, eine Zeit lang zumindest. Dann aber muss er auch mitarbeiten, ohne geht's nicht. Ich füttere keinen durch, der sich nur bedienen lässt. Wenn er das sucht, soll er heim zu seiner Mutter.*

*Wir einigten uns, dass wir's miteinander probieren. Ich schlug ihm vor, die Stunden, die er arbeitet, zu vergüten. »Sieben pro Stunde«, sagte ich, und er starrte mich an. »Euro oder D-Mark?«*

*Also bitte. So senil bin ich nun auch wieder nicht, dass ich ihm D-Mark anbiete. An die Währungsumstellung habe selbst ich mich mittlerweile gewöhnt.*

*Also sieben Euro pro Stunde. Na, mal sehen, ob er überhaupt fürs Arbeiten taugt. Gerade ging ich durch den Hausflur – ich habe ihm das Gästezimmer gegeben – und ein süßlicher Rauch zog herunter. Muss ich noch ein ernstes Wort mit ihm reden. Rauchen im Haus geht mal gar nicht.*

# Kapitel 5

»Wir sind schon fertig?« Bea blinzelte verwirrt.

Donnerstag. Gestern hatte sie sich freigenommen, weil sie nicht aus dem Bett kam. Sie rief frühmorgens an, entschuldigte sich mit einer Erkältung, der ihre teils immungeschwächten Patientinnen nicht ausgesetzt werden sollten. Dann blieb sie liegen, stand nur auf, wenn sie aufs Klo musste oder Hunger bekam. Lena brachte ihr abends was zu essen vorbei, konnte aber nicht lange bleiben. Schade. Sie hätte gern mit ihr geredet, über das ganze Chaos in ihrem Kopf.

Und nun die tägliche Visite, die sie nicht im Schnelldurchgang, aber doch so zügig hinter sich gebracht hatten, ohne dass es sich gehetzt anfühlte. So dass Zeit für ein paar Fragen blieb. Exzellente Vorbereitung, stellte Bea fest.

»Das war's.« Pia Dresen nickte glücklich. Sie hatte sich seit Beas jüngstem Vertrauensbeweis getraut, sich und ihre Fähigkeiten etwas weiter nach vorn zu stellen, sie war schnell mit Antworten auf Beas Fragen zur Stelle. Bea gefiel das Engagement. Sie würde das im Blick behalten, denn früher oder später würde sie eine neue Oberärztin brauchen.

»Was ist mit Frau Zeidler? Zimmer 318?«

»Frau Zeidler ist nicht mehr bei uns.« Dafür brauchte Pia nicht mal in die Akte zu schauen.

Bea blinzelte. Sie merkte, wie ihr kalt wurde, wie sich

etwas in ihrem Inneren zusammenzog, als würde es sie bleischwer nach unten ziehen. »Wieso nicht mehr bei uns? Ich dachte, ihre Chemo fing gestern an? Hat sie denn nicht …?«

»Sie bekam gestern Vormittag die Chemo und hat danach die Klinik verlassen«, erklärte Pia Dresen. Sie schien Beas Verwirrung gar nicht zu bemerken und sagte beim Abschluss der Visite: »Sie hat für Sie noch ein Päckchen dagelassen. Liegt in Ihrem Zimmer.«

Du meine Güte, was für ein Schreck! Und kurz hatte sie gedacht …

Bea drehte sich auf dem Absatz um. Sie lief zu ihrem Büro, im Laufen zückte sie bereits den Schlüssel, auch wenn sie ahnte, dass die Imkerin ihr vermutlich eine der obligatorischen Merci-Schachteln dagelassen hatte, die es unten im kleinen Kiosk zu kaufen gab und die hier oben auf der Onkologie wirklich niemand mehr sehen konnte.

Aber nein, was da auf ihrem Schreibtisch lag, sorgfältig in Packpapier eingeschlagen, das war keine Schokolade. Sie setzte sich auf den Schreibtischstuhl, dessen ergonomisch geformten Polster ihren Rücken umfassten, der heute unerklärlicherweise ziemlich schmerzte. Na ja, oder auch nicht so unerklärlich, sie hatte eben gestern den ganzen Tag rumgelegen. Auch mal eine lehrreiche Erfahrung, wie hielten ihre Patientinnen das aus?

Obenauf lag ein Klappkärtchen.

*Ich hab's nicht mehr ausgehalten. Sorgen Sie dafür, dass mein Neffe Tom das hier bekommt? Ich danke Ihnen für alles, Ihre Grete Zeidler*

Aha, okay. Manche Patientinnen hielten es wohl nicht aus …

Aber was genau hieß das? Was musste Bea sich darunter vorstellen?

Sie öffnete das Päckchen. Etwas Festes war darin, leicht biegsam … Bea atmete aus. Sie hielt die alte, schwarze Kladde in der Hand, abgegriffen nach all den Jahren, in denen Margarete Zeidler sie in den Händen gehalten hatte, der Buchschnitt leicht vergilbt. Die Bienen auf dem Deckel wirkten neu, vielleicht hatte ihr Neffe sie mit den Aufklebern überrascht. Bea zögerte, bevor sie das Buch aufschlug, denn für sie fühlte es sich an, als wäre dies ein zutiefst intimer Einblick in das Leben ihrer Patientin. Und sie hatte doch geschrieben, es sei für ihren Neffen Tom.

Aber wieso hatte Margarete Zeidler ihm das Journal nicht direkt zukommen lassen? Wieso vertraute sie es Bea an, die sie doch kaum kannte? Es *war* ein unglaublicher Vertrauensbeweis, aber in diesem Moment empfand Bea ihn auch als eine schwere Bürde. Wenn das alle Patientinnen machten, ihr irgendwelche Nachlässe auf den Schreibtisch kippten, damit sie schon dafür sorgte …

Aber Margarete Zeidler war eben nicht wie andere Patientinnen. Das hatte Bea doch auch gespürt, sonst wäre sie nicht Samstagabend noch zu ihr gefahren. Sonst hätte sie nicht nach dem Dienst nach ihr geschaut. Es ging nicht nur darum, dass sie sich ein bisschen in Tom verguckt hatte, das war ja ohnehin nur eine kleine, dumme Schwärmerei, die sie vom Dunkel ihres Alltags ablenkte. Ein bisschen war Margarete Zeidler wie ein Mond, der sie aus ihrer gewohnten Umlaufbahn um die Sonne herausstupste.

Also, was tun? Sollte sie wirklich das Büchlein zu Tom bringen? Wo wohnte er überhaupt? Gut, das ließe sich rasch ermitteln, sie bräuchte bloß Alix nach der Adresse von Zeidlers Bienenschwarm zu fragen. Oder googeln. Frau Zeidler hatte erwähnt, es sei nicht weit vom Schliekerhof.

Sie könnte am Samstag rausfahren, bei der Gelegenheit auch noch mal bei Alix vorbeischauen. Die würde sich ganz schön wundern, so viel Aufmerksamkeit war sie von Bea nicht gewohnt.

Blieb nur eine Frage. Wohin war die alte Frau Zeidler verschwunden? Wenn sie schrieb, es sei ihr zu viel geworden, sie halte das nicht mehr aus – war das ein Grund zur Beunruhigung? Gerade alte Menschen, die mit ihrer Diagnose konfrontiert wurden, waren oftmals der Ansicht, sie hätten ihr Leben ja gelebt, jetzt könnten sie für die Jungen Platz machen und müssten vorher nicht noch ein elend langes Siechtum ertragen. Aber Margarete Zeidler konnte wieder ein gesundes, weitgehend unbeeinträchtigtes Leben führen, wenn sie jetzt ihre Behandlung wie geplant durchführen ließ.

Also kein Grund, ihr Leben wegzuwerfen.

Eigentlich schätzte sie die ältere Dame nicht so ein, aber …

Bea fasste einen Entschluss. Sie wollte das nicht auf sich beruhen lassen. Konnte sie auch gar nicht, der Gedanke war gedacht, wenn sie den jetzt den ganzen Tag mit sich herumschleppte und doch etwas passierte, würde sie sich das kaum verzeihen.

»Ich muss noch mal weg«, rief sie in das kleine Schreibkämmerchen am Ende des Gangs, in dem die Sekretärinnen der Onkologie die Termine koordinierten und sich um den ganzen Papierkram kümmerten, den der Klinikalltag so mit sich brachte. Leichtfüßig tanzte sie durchs Treppenhaus – direkt in die Arme von Carsten Holler.

»Nanu, Frau Kollegin. Schon im Feierabend?« Er fing

sie auf, als sie über die letzte Stufe stolperte. Ach, sie mochte ihn einfach nicht. Fachlich mochte er ja gut sein, aber diese schmierigen, langen Haare, die bis auf seine Schultern fielen, mit denen er vergeblich davon ablenken wollte, dass sich schon in so jungen Jahren eine veritable Glatze im Stil eines Guildo Horn gebildet hatte…

Äußerlichkeiten. Nun ja. Wenn sie danach urteilte, wäre sie nicht gerade anders als all die Männer, die Wert darauf legten, dass Frauen immer adrett und hübsch waren.

Zumal seine grauen Augen sie gerade prüfend musterten. Sah sie etwa Besorgnis darin? Nein, bestimmt nicht. Vermutlich lauerte er nur auf ein Anzeichen der Schwäche bei ihr, um ihr den Job streitig machen zu können. Dabei war er in der Notaufnahme gut aufgestellt, wurde von allen Kolleginnen sehr geschätzt.

»Noch im Dienst, es geht um eine Patientin.« Nicht mal gelogen.

Sie hätte ihn gern gefragt, warum er sie so belauerte. Aber sie lächelte nur, wünschte ihm einen schönen Tag und lief weiter.

Draußen hatte ein leichter, pudriger Schneefall eingesetzt, der sich schon nach wenigen Minuten zu einem dichten Schneegestöber mauserte, das die Scheibenwischer ihres Autos zu hektischer Betriebsamkeit anregte. Während sie fuhr, machte sie leise Musik an – passenderweise lief gerade *White Christmas* im Radio.

Bea musste blinzeln. Ach Mann, dachte sie. Irgendwie war sie in den letzten Tagen ziemlich gefühlsduselig. Woran das wohl lag?

Ich bin einsam, fuhr es ihr durch den Kopf.

Der Schnee blieb liegen, zuckrig und federzart schmückte er die kahlen Äste der Alleebäume, glitzerte auf den Feldern und Obstplantagen, an denen sie vorbeifuhr. Alix hatte ihr die Adresse von Zeidlers Bienenschwarm genannt, als sie von unterwegs über die Freisprecheinrichtung bei ihr anrief. »Ganz leicht zu finden. Du fährst zu uns und biegst etwa einen Kilometer vorher nach rechts ab. Nicht Richtung Elbe, sondern wieder tiefer ins Alte Land. An der Ecke steht ein alter Bienenkorb, aber kein Schild.«

Den Bienenkorb fand sie, aber der Weg, der dahinter ins schneeverstöberte Nichts führte, sah wenig vertrauenerweckend aus, denn bereits zweihundert Meter nach der Abzweigung ging die asphaltierte Straße in eine holprige Schotterpiste über. Bea umfasste das Lenkrad fester. Sie fuhr nicht gerne bei schlechtem Wetter Auto, und wenn sie den Weg nicht kannte, fühlte sie sich noch unwohler.

So ein Quatsch, dachte sie. Ich behandle jeden Tag Menschen gegen Krebs, *die* haben Angst! Doch ihre Unruhe blieb, bis sie nach einer gefühlten Ewigkeit glaubte, ein Wäldchen auszumachen – und daneben ein paar kleine Gebäude.

Beim Näherkommen erkannte sie, dass das Haupthaus allenfalls ein Häuschen war – mit Lebkuchen statt Fachwerk hätte es Hänsel und Gretel angelockt. Etwas windschief stand es unter ein paar großen Eichen, der verglaste Anbau an der Seite erstrahlte heimelig im goldenen Licht der Lampen im Innern. Bea lenkte ihr Auto neben den roten Kastenwagen, der vor dem Haus stand. Sie blieb sitzen, blickte an der Fachwerkfassade hoch.

Dieses Haupthaus war längst nicht so groß wie das des Schliekerhofs. Es fehlte auch das kunstvoll verzierte Gefach, nur eine Jahreszahl war in einen Querbalken eingeritzt, daneben ein Spruch, den sie nicht entziffern konnte. Sah jedenfalls nicht aus, als hätte man im Innern viel Platz. Zu zweit trat man sich da an langen Winterabenden vielleicht schon mal auf die Füße. Auf der einen Seite gab es den gemauerten Anbau, auf der anderen eine Art Schuppen. Etwas entfernt stand ein weiteres Gebäude.

Sie stieg aus und zog sich fröstelnd ihren Wintermantel enger um die Schultern. Zum Glück brannte Licht – es bestand also durchaus die Chance, dass sie nicht hier draußen in der Kälte erfrieren musste. Die Kladde von Margarete Zeidler drückte sie fest an ihre Brust.

Es gab keine Klingel, nur einen altmodischen Türklopfer aus blankem Messing in Bienenform. Sie strich mit der Hand darüber, er schmiegte sich perfekt in die Handfläche, war aber eisig kalt. Rasch klopfte sie und wartete.

Die Tür ging auf, ein Wuschelkopf schaute heraus. Tom trug nur T-Shirt und eine Cordhose, die Füße waren nackt.

»Was gibt's?« Dann erkannte er sie. »Oh! Die Wunderärztin.«

»Nennen Sie mich nicht so«, gab sie ärgerlich zurück.

Er verschränkte die Arme. »Wie denn dann?«

Bea seufzte. »Meinetwegen Bea.«

»Okay, meinetwegen Bea. Ich bin einfach Tom.«

Sie musste fast gegen ihren Willen lachen. »Hallo einfach Tom.«

Das ließ auch ihn grinsen. Doch er machte keine Anstalten, sie ins Haus zu bitten. Der Schnee bedeckte bereits leicht ihr Haar, eine mit Flöckchen behaftete Strähne fiel ihr ins Gesicht, ungeduldig strich Bea sie weg. »Darf ich vielleicht reinkommen?«

Er nickte. Sie trat ein und stand direkt in der Wohndeele, links neben der Tür war ein alter Garderobenständer. Es war angenehm warm, und sie knöpfte direkt ihren Mantel auf und lockerte den Schal.

»Geben Sie mir den.«

Dankbar gab sie ihm Mantel und Schal.

Dann schaute sie sich um.

Die kleine Wohndeele schien fast das komplette Erdgeschoss einzunehmen. Ein Durchgang führte links in den verglasten Anbau, auf der anderen Seite gab es eine Küche. Ein Kaminofen stand an der Wand zur Küche, darin flackerte ein munteres Feuerchen. Geradeaus war unter den hohen Sprossenfenstern eine vorgemauerte Nische, auf der viele bunte Polster und Kissen lagen. Auf dem alten Dielenboden lag ein ebenso bunter Flickenteppich.

»Gemütlich haben Sie's hier.«

Er verschränkte die Arme. »Ich nehme mal an, es geht um meine Tante? Oder warum sind Sie hier?«

Okay, er hatte offenbar keine Lust auf Smalltalk.

»Gewissermaßen. Sie ist verschwunden.«

»Wie, verschwunden?« Er runzelte die Stirn.

Herrgott, war er doof? Was war denn an dieser Aussage nicht zu verstehen?

»Als die Schwester heute früh nach ihr schaute, war sie weg. Das Bett leer, der Schrank auch. Sie hat sich nicht abgemeldet, sondern einfach ihre Sachen gepackt und ist gegangen. Sie hat mir allerdings das hier dagelassen.« Bea hielt die Kladde hoch. »Sie schreibt, sie wollte, dass Sie sie bekommen.«

Tom verschränkte die Arme vor der Brust, vergrub die Zehen im Flickenteppich und starrte auf seine Füße. Er machte keine Anstalten, die Kladde entgegenzunehmen.

»Wohl kaum.«

»Wie meinen Sie das?«

»Sie wird nicht wollen, dass ich das da kriege. Ich mache ja doch alles falsch.«

Fast trotzig klang er.

»Aber sie hat es mir doch geschrieben.« Sie zog den Zettel aus der Kladde. Zumindest den nahm Tom.

Er ist überhaupt nicht so nett wie in unseren Gedankengesprächen, dachte sie. Im Gegenteil; gerade verhielt er sich wie ein bockiges Kind.

Bea blickte sich um. Konnte sie die Kladde nicht einfach irgendwo hinlegen?

»Ich mache mir außerdem Sorgen um sie«, fuhr sie fort. »Ich meine, hat sie das früher schon mal gemacht? Dass sie einfach verschwindet?«

Er zuckte mit den Schultern. »Wir sind alle erwachsen, oder?«

Bea wusste nicht, was sie darauf erwidern sollte.

Er gab ihr den Zettel zurück. »Behalten Sie die Kladde.«

»Aber da steht doch, dass Sie ihre Notizen bekommen sollen.«

»Die brauche ich aber nicht. In dem Buch steht nur, was sie alles besser weiß, wenn's um die Bienen geht.« Er blieb stur. Bea verdrehte die Augen. Er wirkte so gänzlich ungerührt vom Verschwinden seiner Tante, sie hätte ihn am liebsten geschüttelt.

»Machen Sie sich keine Sorgen? Es klingt, als könnte sie sich was antun. Ich habe schon häufig Patientinnen erlebt, die …«

»Meine Tante ist keine, die so leicht aufgibt«, unterbrach er sie. »Dafür hängt sie zu sehr am Leben. Machen Sie sich keine Sorgen.«

»Wenn sie so sehr an ihrem Leben hängt, sollte sie die Chemo machen und nicht weglaufen.«

Wieder verschränkte er die Arme vor der Brust. »Haben Sie sonst noch was auf dem Herzen?«

Sie hätte ihm gern erklärt, dass er sich ziemlich unfreundlich verhielt, dafür dass sie sich um *seine* Tante sorgte. Herzlos, das Wort kam ihr in den Sinn.

Was mache ich hier überhaupt?, fragte Bea sich. Sie hatte gedacht, sie würde etwas Gutes tun, wenn sie zu ihm fuhr. Wie konnte es ihm so gleichgültig sein, wenn es doch um seine Familie ging?

»Na dann.« Sie schaute sich noch einmal um. Dann trat sie vor, legte die Kladde auf das niedrige, alte Tischchen, das vor der gepolsterten Fensterbank stand. Sie nahm ihren Mantel vom Garderobenständer und wickelte den Schal um ihren Hals. Wenn er so unbeteiligt war – nicht ihr Problem. Frau Zeidler hatte sie gebeten, die Kladde ihrem Neffen zu bringen. Das hatte sie getan. Alles Weitere ging sie nichts an.

»Ist sie wirklich verschwunden?«

Bea stand an der Tür, einen Arm im Mantelärmel, die Hand bereits nach der Klinke ausgestreckt. Sie drehte sich zu Tom um. Er stand da, die Hände in den Hosentaschen vergraben, die Schultern hochgezogen. Wenn sie es nicht besser wüsste, würde sie sagen: ein trotziger Teenager. Aber er war in ihrem Alter, eigentlich sollte er über dieses Stadium hinaus sein. Andererseits: Wer wusste schon, was in ihm vorging. Was zwischen ihm und der alten Frau Zeidler vorgefallen war.

»Habe ich doch gesagt«, gab sie zurück, unwirscher als beabsichtigt.

»Das ist nicht irgend so ein Trick, damit ich endlich ihre Kladde annehme?«

»Nein.« Sie wurde ernst. »Es ist so, wie ich sage. Sie ist weg. Nicht mal ihre Freundinnen wussten davon, die standen auch etwas hilflos vor dem leeren Bett, hat mir eine Kollegin erzählt.«

Er fuhr mit einer Hand durch seine Wuschelhaare. »Scheiße«, fluchte er. Dann sah er sie an, beinahe flehend. »Wollen Sie nicht noch etwas bleiben? Ich mache uns Tee. Ich habe Rosinenstuten gebacken.«

Sie zog den Mantel wieder aus. Keine Ahnung, was hier los war. Wieso er dachte, seine Tante würde irgendwelche Spielchen mit ihm spielen. Aber sie war gerne bereit, sich seine Version der Geschichte anzuhören.

»Rosinenstuten klingt sehr lecker. Am liebsten esse ich ihn mit Honig.«

Da grinste er. »Das sollte sich bewerkstelligen lassen.«

Tom stand in der Küche und beaufsichtigte den Wasserkessel auf dem Ofen. In Gedanken stieß er wilde Verwünschungen in Richtung Tante Grete aus. Einfach so abzuhauen – das gehörte sich doch nicht.

Aber schon witzig. Ausgerechnet sie verschwand. Nachdem er vor so vielen Jahren schon sich selbst davongemacht hatte. Eine billige Retourkutsche, könnte er ihr jetzt vorwerfen. Aber nein … er spürte ja, es steckte mehr dahinter.

Sein Leben als Erwachsener war unstet verlaufen. Nie war er irgendwo angekommen, immer hatte ihn nach kurzer Zeit etwas weitergetrieben, nach spätestens zwei Jahren brauchte er ein neues Leben, neue Menschen um sich herum.

Er hätte nie gedacht, dass er wieder hier landen würde. Hier, wo seine Odyssee vor so vielen Jahren begonnen hatte. Doch als seine Tante ihn im Sommer anrief und erzählte, dass sie Hilfe brauchte, stand er gerade am Strand von Norderney, wo er seit über einem Jahr als Surflehrer arbeitete. Und er dachte nur: Auch wenn's hier schön ist. Für immer ist das auch nichts.

Waren die Bienen etwas für immer?

Ja.

Das mussten sie. Er wollte nicht für den Rest seines Lebens durch die Welt ziehen. Jetzt war der richtige Moment gekommen, endlich erwachsen zu werden. Vielleicht lag es an seinen Eltern, die nicht mehr da waren. Wenn die vorhergehende Generation starb, wenn zwischen einem selbst und dem Tod niemand mehr stand, veränderte das alles. Die Perspektive. Die Sehnsüchte. Und das, obwohl er mit seinen Eltern nicht mehr viel zu tun gehabt hatte. Sie hatten eben etwas anderes von ihrem Jungen erwartet – Bankerlehre, Reihenendhaus und Thermomix für die Ehefrau mit Perlenohrringen. Zwei Kinder – Junge, Mädchen. Vielleicht auch umgekehrt, man war da ja flexibel und ein bisschen auf den Zufall angewiesen.

Etwas Eigenes wollte er, das nur ihm gehörte, wo ihm keiner reinreden konnte.

Er hatte es vom ersten Moment an gespürt, als Margarete ihn letzten Sommer zu den Bienen mitnahm. Als er mit ihnen ein Wiedersehen feierte, obwohl es das strenggenommen natürlich nicht war. Selbst die Königinnen lebten nur wenige Jahre, keine der Bienen, die um ihn summten, hatte es damals bei seinem ersten Aufenthalt in der Imkerei schon gegeben. Trotzdem hatte es sich angefühlt, als wäre er zurück bei seinen alten Freundinnen.

Ein Bengel war er gewesen, der abends im Bett kiffte und keinen Bock auf Arbeit hatte. Das zumindest hatte sich geändert – wenn's sein musste, packte er gern mit an.

Seine Tante behauptete, er sei begabt für den Umgang mit den Bienen. Weil er selbst dann ruhig blieb, wenn sie unruhig wurden. Und ihn stachen sie nicht. Als wüssten sie, dass er ihnen nie auch nur einen Flügel krümmen würde.

Manches, was seine Tante ihm zeigte, hatte er früher schon höchst zweifelhaft gefunden. Bienen mit Ameisensäure behandeln, um die Varroamilbe zurückzudrängen? Die Drohnenbrut aus demselben Grund entfernen? Die Bienenkönigin nebst Schwarm wieder einfangen, wenn sie im Frühsommer auf der Suche nach einem neuen Heim war? Königinnen per Post bestellen, damit sie die Züchtung aufwerteten?

Das musste doch auch anders gehen.

Seit seine Tante im Krankenhaus lag, lief daher sein Experiment des ökologischen Imkerns. Keine Chemie im Stock! Keine Quälerei für *seine* Bienen.

Sie hatte ihm ihre Kladde aufgedrängt, immer wieder. »Da steht alles drin, was du wissen musst. Was dein Onkel wusste, das ist so viel mehr als das, was ich weiß. Er war der beste Imker.«

Nein, danke.

Aber er hätte sich denken können, dass seine Tante keine Ruhe geben würde. Und nun hatte sie ihm auch noch diese junge Wunderärztin geschickt. Musste die nicht Todkranke heilen, statt durchs Hamburger Umland zu fahren und ihm … genau, die schwarze Kladde hinzuhalten? Das machte ihn wirklich wütend.

Wer war diese Dr. Bea? Viel wichtiger war aber: Warum schickte Tante Grete sie zu ihm? Was sie tat, hatte immer ein Ziel, und sei es, ihn kolossal zu nerven. Hier aber hatte er das Gefühl, es stünde mehr auf dem Spiel. Es ginge nicht nur darum, dass er die Kladde bekam. Oder dass er sich um Grete Sorgen machte.

Er schnitt den Rosinenstuten an, stellte Teller und Becher, Stövchen und Brotkorb aufs Tablett. Ein Glas Honig, Butter, Besteck. Der Kessel pfiff, er goss das sprudelnd heiße Wasser über die Teeblätter und brachte schon mal das Tablett in die gute Stube. So hieß der kleine Anbau mit Sprossenfenstern ringsum, in dem der Esstisch stand. Dort nahm er seine Mahlzeiten ein, und dort saß die hübsche Ärztin auf einem der hochlehnigen, unbequemen Stühle, die er schon längst hatte austauschen wollen, weil die Sitzflächen aus Korbgeflecht noch aus der Mitte des letzten Jahrhunderts stammten und inzwischen einige Risse und Löcher aufwiesen.

Ihr Haar schimmerte wie dunkler Thymianhonig, sein liebster Honig, wild und würzig. Sie trug es in Wellen bis zu den Schultern. Er hätte ihr gern gesagt, wie schön er das fand, weil sie natürlich wirkte. Trug sie Make-up? (War das wichtig?) Höchstens ganz dezent, wahrscheinlich gar nicht, sonst sähen ihre Augen wohl nicht so müde aus. Aber auch müde leuchteten diese Augen auf, als er ihr das Tablett mit den Köstlichkeiten hinstellte. Sie schien jetzt erst zu merken, wie hungrig sie war, denn während er das Geschirr verteilte, half sie ihm, ihr Finger geriet dabei in die Butter und sie leckte ihn flink ab.

»Hübsch haben Sie es hier.«

Sie saß auf dem Korbsessel mit Lammfell, als wäre dort ihr angestammter Platz. Tom räumte stumm die Sachen vom Tablett auf den Tisch. Diese verflixte Kladde lag schon wieder da. Er schob sie achtlos beiseite, dass sie fast vom Tisch fiel.

Bea beugte sich vor und fing sie auf. »Das müssen Sie mir erklären«, sagte sie. »Warum wollen Sie das Tagebuch Ihrer Tante nicht?«

»Gar nichts muss ich«, gab er finster zurück. »Das ist immer noch eine Sache zwischen meiner Tante und mir.«

»Aber …«

Er ging wortlos in die Küche und goss den Tee ab.

»Was soll ich jetzt damit machen?«, fragte sie, als er zurückkam.

»Was Sie wollen. Nehmen Sie das Buch meinetwegen mit. Meine Tante wird nichts dagegen haben, wenn Sie es lesen. Oder in den Papiermüll werfen.«

Ihre Hand strich über den Einband. Er wurde aus ihr nicht so recht schlau. War sie bei allen Patientinnen so? Oder war Tante Margarete aus unerfindlichen Gründen die berühmte Ausnahme? Auf ihn machte sie nämlich eher den Eindruck, als wäre sie eine karrieresüchtige Powerfrau. Eine, die wusste, was sie wollte, die auch richtig anpackte. Was er übrigens als Kompliment meinte. Er mochte Frauen, die wussten, was sie wollten.

Sie trug keinen Ring. Das passte ins Bild.

Dass ihm das überhaupt auffiel, war hingegen schon ein bisschen komisch.

Also, na ja. Ja, er musterte sie, wie man das eben so machte, wenn eine attraktive Frau vor der eigenen Tür stand und sich nicht vertreiben ließ.

Und was er sah, gefiel ihm. Sehr.

»Wollen Sie sie sehen?«, fragte er.

»Wie bitte?« Sie strich gerade fingerdick Honig auf den Rosinenstuten. Als sie abbiss, beobachtete er sie gespannt. Und es passierte das, was so oft zu beobachten war, wenn jemand *echten* Honig probierte. Sie schloss verzückt die Augen, machte leise »mhhhh«, und weil der Honig vom Rosinenbrot rutschte und in ihrem Mundwinkel festklebte, fuhr sie sich mit einem Finger über ihre Lippen, leckte ihn ganz beiläufig ab. Sie lehnte sich zurück, das Brot legte sie auf den Teller, kaute und schluckte, blickte an ihm vorbei aus dem Fenster. Ihre Augen strahlten, und er wusste genau, warum das so war.

Er konnte ja ganz passabel backen, aber der Honig war eben von einer anderen Qualität als alles, was man im Supermarkt kaufen konnte. Und das wusste Tom.

»Das ist schon was anderes als diese gepanschte Industriezuckerplörre, was?«, fragte er und grinste.

»Mh?« Sie schaute ihn an.

»Der Honig.«

»Der ist köstlich, ja! Wieso schmeckt der so gut?«

Tom lächelte nachsichtig. »Sagte ich doch schon. Es ist echter Honig.«

Das verstand sie nicht. Aber er wollte ihr jetzt auch nicht erklären, dass es in den Supermarktregalen zu oft etwas zu kaufen gab, bei dem Honig draufstand, aber kein Honig drin war. Das hob er sich für eine andere Gelegenheit auf. Falls die sich ergeben sollte.

»Ich meinte, ob Sie die Bienen sehen wollen.«

»Oh, sehr gerne. Aber …« Sie blickte nach draußen. Das Schneegestöber hatte etwas nachgelassen. Alles war von einer dicken Schicht Puderzucker überzogen. Er freute sich über den Schnee. Nicht wie ein kleiner Junge, sondern einfach grundsätzlich, als hätte die Natur sich endlich mal wieder auf das besonnen, was sie im Herbst und Winter gefälligst zu tun hatte – nämlich sich ausruhen, bevor es im Frühling mit frischer Kraft überall knospen durfte. Zu oft hatte er in den vergangenen Jahren beobachtet, wie die Natur sich verwirrt und viel zu früh zu einem Ausbruch hatte hinreißen lassen. Der Klimawandel war real, nur kam die Natur mit so einer raschen Veränderung nicht klar. Die Bienen genauso wenig, das ahnte er. Seine Aufgabe wäre es, sie in den kommenden Jahren vor dem Schlimmsten zu bewahren – als genügte es nicht, dass die Bienen durch Pflanzengifte und Schädlinge zunehmend Stress ausgesetzt waren.

»Viel zu sehen gibt's aber nicht.«

»Ach, schade.«

»Sie halten Winterruhe. Bilden eine dicke Traube in der Mitte. Aber es sieht sehr friedlich aus, wie sie da um ihre Königin hocken und sie wärmen.«

Sie gab sich einen Ruck. »Trotzdem würde ich sie von Herzen gern sehen.«

Auf dem Weg nach draußen bemerkte er, dass sie Tante Margaretes Journal mitnahm. Auch gut, er war froh, wenn dieses Buch nicht länger bei ihm herumlag. Sollte sie es doch mitgehen lassen.

Fröstelnd schlüpfte Bea ins Bett. Sie war immer noch ganz durchgefroren von ihrem Nachmittag draußen in der Imkerei. Sie schmiegte die Füße an die Wärmflasche, die sie schon vor dem heißen Vollbad ans Fußende ihres Betts gelegt hatte, und seufzte wohlig. Herrlich. Schöner wäre natürlich ein Hund, der sich auf ihre Bettdecke kuschelte, aber sie wollte nicht länger dem nachtrauern, was nicht mehr war. Lieber sich an den Dingen erfreuen, die sie hatte.

Sie hangelte die Kladde vom Nachttisch und schlug sie auf. Mit Kugelschreiber eng beschriebene Seiten, von der Zeit vergilbt. Sie knisterten leise, wenn Bea umblätterte. Als sie von den Bienen zurückgekommen waren und Tom mit dem dreckigen Geschirr in der Küche verschwunden war, hatte sie die Kladde kurzerhand in ihrer Umhängetasche versenkt und sich schnell verabschiedet. Ein wenig plagte sie deswegen das schlechte Gewissen; sie tröstete sich aber damit, dass Tom Zeidler wenig Interesse daran gezeigt hatte. Eher im Gegenteil.

Und vielleicht fand sie ja auf diesen Seiten einen Hinweis darauf, wo Margarete Zeidler sich aufhielt.

Komisch, dass ihr Neffe Tom sich so wenig Sorgen machte.

Trotz Schneegestöber hatten Tom und sie es ziemlich lange bei den Bienen ausgehalten. Sie standen vor den Beuten, und Bea lauschte seiner dunklen, warmen Stimme. Er erklärte, wie Bienen natürlich lebten und wie er versuchte, diesem natürlichen Rhythmus möglichst nahezukommen. »Ich will sie zukünftig nicht am Schwärmen hindern«, sagte er zum Beispiel.

»Aber wenn sie schwärmen, sind sie dann nicht weg?« So viel hatte sie immerhin schon verstanden.

Er zuckte mit den Schultern. »So ist die Natur. Da greife ich nicht ein. Außerdem schwärmen nicht alle Bienen eines Volks, nur ein Teil. Mit den anderen kann ich ja ein neues Volk aufbauen.«

Sie wusste nicht, was genau sie an dieser Vorstellung störte. Außer vielleicht, dass er sich doch seiner Lebensgrundlage entzog, wenn er die Bienen unkontrolliert herumziehen ließ. Oder machte man das so? Sie merkte, dass sie im Grunde nichts über Bienen wusste. Sie aß gern Honig auf Brot, aber wie der Honig ins Glas kam, wusste sie nicht.

Sie hatten sich irgendwann auf einen alten Kinderholzschlitten gesetzt, der etwa zwanzig Meter entfernt von den Beuten stand. Tom wischte mit der Hand den Schnee herunter, ehe er eine einladende Handbewegung machte. Der Schlitten war breit genug, dass sie zu zweit bequem darauf sitzen konnten, ohne einander zu nahe zu kommen.

Als sie keine Fragen mehr zu den Bienen hatte – und das dauerte lange, ihr Popo war kalt, die Füße kleine Eisklötzchen –, wollte sie doch noch mal wissen, warum er so entspannt mit dem Verschwinden seiner Tante umging.

»Wir sind erwachsen, oder? Sie macht immer, was sie will. Darin sind wir uns ähnlich.«

Wir sind alle erwachsen? Na, bravo. Wenn sich ihre Familie so wenig für sie interessieren würde … Sie hatte wenig mit ihren Schwestern zu tun, aber wenn Bea von heute auf morgen aus dem Krankenzimmer floh und sich damit einer überlebenswichtigen Behandlung entzog, würde ihre Familie sofort handeln, davon war sie überzeugt. Und wenn es einer ihrer Schwestern schlecht ging, wäre sie sofort zur Stelle. Tom hatte doch bisher auch genau das für seine Tante getan. Sich gekümmert. An ihrem Bett gesessen. Kaffee ins Krankenzimmer geschmuggelt.

Bea seufzte und begann, in dem Journal zu lesen.

Die akkurate, nach rechts geneigte und kleine Handschrift füllte fast alle Seiten. Beim Blättern fiel ihr auf, dass es ganze Monate, teils Jahre gab, in denen kein Eintrag gemacht worden war. Einer lautete: *Ein gutes Jahr für die Bienen und mich, gut verdient. Danke, Carl. Hast mir alles beigebracht.*

Obwohl es schon spät war und sie die Müdigkeit in den Gliedern spürte, dauerte es lange, bis Bea an diesem Abend das Licht ausschaltete. Alles, worüber Margarete

Zeidler schrieb – die Bienen, ihre Königinnen, das Imkerhandwerk, den alltäglichen Kampf –, warf im ersten Moment mehr Fragen auf, als es Antworten lieferte. Bevor sie sich wenigstens ein paar Stunden Schlaf gönnte, durchsuchte sie den Onlinekatalog der Buchhandlung in ihrem Viertel und bestellte vier Bücher übers Imkern. Sie wollte verstehen. Sowohl die Faszination als auch, warum das Thema sie nicht losließ. Es gab etwas, das sie zu den Bienen zog. Aber um das herauszufinden, musste sie mehr wissen, so viel mehr.

## 12. Juni

*Ich hätte gern irgendwem gesagt »habe ich es doch gewusst«, aber ich habe es nicht gewusst, ich habe es wohl nur geahnt.*

*Tom ist weg. Gestern hat er seine Sachen gepackt, heute Morgen den ersten Bus genommen Richtung Hamburg. Glaube nicht, dass ich ihn wiedersehen werde. Zuletzt gab es um alles Streit, die Arbeit war ihm zu viel, vor allem die.*

*Habe ich ihm zu viel abverlangt? Vielleicht ist er zu jung für die ganze Verantwortung. Achtzehn, denke ich, na ja. Da habe ich Carl kennengelernt, wir saßen an unserem ersten Abend bei den Bienen auf einer alten Obstkiste, die fast zu klein für uns beide und gerade deshalb genau richtig war, man kam sich nahe und konnte es auf die Platznot schieben, nicht darauf, dass man sich nah sein wollte. Und wir sahen zu, wie die Sammlerinnen heimkehrten. Beim zweiten Treffen mussten wir eine schwärmende Königin einfangen, danach war's um mich geschehen. Ich wusste, ihn gibt's nur mit den Bienen, und die Bienen nur mit ihm.*

*Schwärmen ist das richtige Stichwort, deshalb sind wir so in Streit geraten. Ich ahne es schon eine Weile, in einem der Stöcke ist so ein Aufruhr. Blau-4 ist es, die im Frühjahr so zeitig dran war mit ihrer Brut. Inzwischen ist die Beute zu klein, ich habe weitere Rähmchen eingesetzt und aufgestockt. Aber wenn ich sie nicht in eine größere Beute umsiedeln kann, wird sie wohl schwärmen gehen, und ich werde hinter ihr herhetzen, bis ich sie wieder eingefangen habe. Nicht schlimm, dann werden aus einem Volk eben zwei. Aber*

*Tom fing sofort an zu meckern, er meinte, die Bienen wollten frei sein, dann soll ich sie doch bitte auch freilassen. Dass meine Bienen bei einem Leben in »Freiheit« vermutlich keinen Platz finden außer in einem gebauten Bienenstock, weil es nun mal zu wenig hohle Baumstämme gibt, davon wollte er nichts hören.*

*»Soll ich sie denn verlieren?«, habe ich ihn gefragt. »Sollen sie da draußen ohne einen geeigneten Stock früher oder später eingehen?«*

*»Ja, vielleicht! Dann sterben sie wenigstens frei!«*

*Frei. Als ob.*

*Neue Königinnen sind bestellt. Ich weiß schon, das hätte Carl nicht gefallen. Aber drei kamen nicht vom Hochzeitsflug zurück, ich fürchte, sie sind verloren. Die Ammenbienen aber machen keine Anstalten, neue Weiselzellen anzulegen. Ich mache mir ernste Sorgen.*

*Tom wird seinen Weg wohl machen. Aber schade. Ich hätte ihn gern bei uns gehalten, er hätte der neue Zeidler werden können – dann wäre der Fortbestand von allem hier für die nächsten Jahrzehnte gesichert gewesen. Muss ich mir wohl eingestehen, dass er dafür nicht taugt.*

# Kapitel 6

»Sie schon wieder.«

Tom Zeidler schien nicht erfreut zu sein, dass Bea erneut bei ihm vor der Tür stand. Samstag, dieses Wochenende hatte sie den Hund nicht – und das hieß vor allem, dass sie viel Zeit hatte. Deshalb war sie erst zu Alix gefahren, doch die hatte natürlich mit ihrem Hofladen genug zu tun, es reichte nur für einen kleinen Plausch, und damit es nicht so aussah, als suchte Bea Anschluss, kaufte sie drei kleine Seifenstücke aus Alix' Manufaktur. Weil sie schon in der Gegend war, schaute sie noch mal bei der Imkerei vorbei.

Der Besuch bei Alix war nur ein Vorwand, das wusste sie selber.

Der Schnee vom Donnerstag war schon am nächsten Morgen geschmolzen, geblieben war nur das schmutzige Novembergrau, das schon bald vom ähnlich tristen Dezembergrau abgelöst werden würde. In sechs Wochen war Weihnachten.

»Hoffentlich störe ich nicht.« Sie schenkte ihm ihr gewinnendstes Lächeln. »Ich war gerade in der Gegend.«

Tom schnaubte, als glaubte er ihr kein Wort. Er schlüpfte in die Stiefel neben der Tür, warf sich eine Jacke über und zog die Haustür hinter sich zu. »Ich habe zu tun«, behauptete er. »Sie können ja mitkommen, wenn Sie unbedingt wollen. Aber nicht im Weg stehen, okay?«

Schade. Sie hatte irgendwie gedacht, nachdem sie sich beim letzten Mal so gut verstanden hatten, würde er ihr diesmal etwas offener begegnen.

»Darf ich helfen?«, fragte sie.

»Meinetwegen.«

Sie lief ihm nach. Tom steuerte den Schuppen an, öffnete das Vorhängeschloss und löste den Riegel.

»Ich habe nachgedacht«, plapperte sie drauflos, bevor sie der Mut verließ. »Über Ihre Bienen.«

»Hmhm«, brummte er. Das Deckenlicht flackerte auf. Sie zog die Tür hinter sich zu. Kalt war es im Schuppen. Tom machte sich an einem Bullerjan zu schaffen, der in einer Ecke stand. Schon bald verströmte der kleine Ofen aus schwarz lackiertem Blech warme Luft.

Neugierig sah sie sich um. Dank der Bücher, die sie gestern Abend nach dem Dienst aus dem Buchladen abgeholt und direkt verschlungen hatte, erkannte sie einiges wieder. Die Rähmchen zum Beispiel – kleine, aus Holz gezimmerte Gestelle, in denen Wachsplatten eingefasst wurden. Die hängte man in die Beuten, damit die Bienen etwas kontrollierter ihre Waben bauten. Oder die große, stählerne Trommel – das war die Honigschleuder. In dieser wurden die Rähmchen eingespannt, und dann wurde der Honig dank Zentrifugalkraft aus den Waben geschleudert. Vorher musste man die Waben entdeckeln, dafür gab es eine spezielle Gabel, die etwa ein Dutzend lange Zinken hatte. Auch die sah sie auf dem Tisch liegen, neben einem Haufen Wachs, das beim Entdeckeln anfiel und anschließend weiterverarbeitet werden konnte. Offenbar hatte Tom seine Arbeit vorhin mittendrin unterbrochen.

Tom hantierte mit einem Blecheimer.

»Oh, und meine Schwester lässt ausrichten, sie

möchte gerne noch mehr von Ihrem Honig. Drei Kisten mit je zwölf Gläsern. Verkauft sich wohl gut.«

»Ihre Schwester?« Er starrte sie mit gerunzelter Stirn an.

»Alix Richter. Vom Schliekerhof.«

Er nickte. »Mach ich fertig. Wenn ich dazu komme.«

»Was machen wir denn?«, fragte sie. Zeigte auf die Wachsreste: »Wollen Sie die zu neuen Wachsplatten gießen? Daraus werden dann Kerzen, stimmt's?«

»Hören sie, Dr. Heinemann.« Er betonte den Doktor, so dass es ironisch klang. »Wenn Sie hier sind, um zu helfen, können Sie das gerne tun, kann Sie ja nicht vom Hof jagen. Aber dann behalten Sie Ihr Buchwissen für sich und machen einfach, was ich Ihnen sage, okay?«

Der Blecheimer, den er öffnete, enthielt Honig. Ein süßer, warmer Duft stieg davon auf, und Bea fand, dass die Werkstatt dadurch direkt gemütlicher wirkte. Aber sie hielt den Mund und beobachtete stattdessen, wie Tom den Eimer auf den Tisch wuchtete. Aus einem angrenzenden Kabuff brachte er ein paar Kartons mit Gläsern, die er auf den Tisch stellte.

»So, wir füllen Honig ab«, sagte er nur, als müsste ihr das als Erklärung genügen. »Der hier steht schon ein bisschen, den können wir einfach in die Gläser füllen.«

Er stellte die Schraubgläser neben dem Eimer auf. Bea biss sich auf die Zunge; sie hätte zu gerne gefragt, ob er die Gläser nicht sterilisieren wollte oder ob der Schaum, den sie obenauf in dem Honigeimer sah, nicht vorher abgeschöpft werden musste. Aber na ja, er kannte sich doch aus, oder?

Jedenfalls sah das, was er da tat, ziemlich routiniert aus.

»Was kann ich machen?«, fragte sie, nachdem er die ersten Gläser abgefüllt hatte.

»Zuschrauben. Die Etiketten liegen da drüben im Regal.« Er zeigte mit der kleinen Kanne, die er verwendete, um über dem Eimer den Honig in die Gläser rinnen zu lassen, zur gegenüberliegenden Wand.

In dem Regal lag alles Mögliche, weshalb Bea zwischen Heften, Handschuhen, einem Imkernetz, fertigen Rähmchen ohne Wachsplatten und allerlei anderem Kram wühlen musste, bis sie eine Mappe mit Etiketten fand. Sie brachte die Mappe zum Tisch. »Welche Sorte ist das?«, fragte sie. »Lindenblüte? Raps? Sommertracht?«

Er legte den Kopf schief, wischte sich den Schweiß von der Stirn. Der Bullerjan heizte ganz schön auf. »Sommertracht«, entschied er.

Sie verschloss die einzelnen Gläser und klebte die Etiketten möglichst gerade auf. Es machte Spaß, mal etwas anderes zu tun, als den Tag im weißen Kittel zu verbringen, und sie stellte fest, dass es besonders angenehm war, neben Tom zu arbeiten, der einfach still vor sich hin werkelte.

Bis er die kleine Kanne in den fast leeren Eimer warf. »Schei…benkleister«, fluchte er.

»Was ist?«, erkundigte sie sich.

Tom fuhr sich mit beiden Händen durch die Haare, bemerkte seinen Fehler zu spät. Vom Honig verklebt standen die Wuschelhaare jetzt in alle Richtungen ab.

»Hm, Sie haben nicht zufällig die Gläser sterilisiert?«, erkundigte er sich. »Oder … ähm.« Er spähte in den Eimer. »Den Schaum abgeschöpft?«

»Nein, weder noch.«

Er stieß seinen angehaltenen Atem aus, blickte hin und her.

»Okay, dann machen wir erst mal Pause. Die Gläser können wir wohl nicht verkaufen. Mögen Sie Honig?«

Sie lachte. Oh, sie mochte ihn, komischerweise. Er nahm nicht alles so super genau, er ließ fünfe gerade sein und kam damit dann doch irgendwie über die Runden. Sie war so ganz anders, stolperte mit ihrem angelesenen Wissen in seine Werkstatt, wusste es besser und hielt doch lieber den Mund, damit er sich nicht über sie aufregte.

»Ich esse total gerne Honig«, sagte sie und lächelte.

»Aber jetzt erst mal Kaffee. Ich habe auch noch Brot, da können wir das erste Glas direkt verbrauchen.« Er nahm eines der fertigen Gläser mit. Bea folgte ihm. Tom warf das Glas in die Luft, fing es lässig wieder auf.

Was machte sie hier eigentlich? Wollte sie einfach nicht allein sein? War sie fasziniert von den Bienen oder doch eigentlich von Tom? Hatte Margarete Zeidler ihr das Tagebuch überlassen, weil sie geahnt hat, dass sich Bea nicht den Bienen oder ihrem Neffen – oder gar beiden – würde entziehen können? Seine Tante hätte genauso gut eine Krankenschwester bitten können, es ihm zuzuschicken. Aber nein, sie ließ es ihr zukommen, damit sie es Tom brachte.

Die Vorstellung, wie Margarete Zeidler sich als Kupplerin betätigte, war eher absurd. Bea schob sie beiseite. Da sprach wohl wieder diese kleine Stimme aus ihr, die ein klitzekleines bisschen verknallt sein wollte – in Tom Zeidler, in diesen kleinen Imkerhof, die Bienen.

Viel wahrscheinlicher schien es doch, dass ihre Patientin bemerkt hatte, was sie selbst erst sah, seit sie sich mit den Bienen beschäftigte. Dass sie mehr brauchte als den stressigen Klinikalltag. Eine Welt jenseits der sterilen Flure und kalten Zimmer.

Im Haus jedenfalls war es genauso bollerwarm wie draußen in der geheizten Werkstatt. Tom hockte sich vor den Ofen und warf ein paar Scheite nach, dann hörte sie ihn in der Küche rumoren. Bea zog ihren Mantel aus und den Pullover darunter gleich mit. Sie trug jetzt nur noch T-Shirt und Jeans. Auf einmal verstand sie, warum er neulich barfuß durchs Haus gelaufen war. »Kann ich helfen?«

»Bloß nicht!«, rief er.

»Okay.« Sie hob gespielt unschuldig die Hände.

»Setzen Sie sich, ich komme gleich.«

Sie ließ sich auf dem Fenstersitz nieder, knautschte sich eines der großen, bunten Polsterkissen in den Rücken und blickte nach draußen in den trüben Novemberregen. Ach, so ein richtig kalter Winter, dachte sie. Das wäre schön. Man könnte bei Apfel, Nuss und Mandelkern am Kamin sitzen, Honigkuchen knabbern und im Schein der Bienenwachskerzen ein gutes Buch lesen. Gelegentlich in der Küche werkeln, Kekse backen oder einen Bratapfel ins Ofenrohr schieben, eine wärmende Suppe auf dem Herd, schön scharf, mit Kürbis, Ingwer und Chili …

Ja, das wäre mal ein etwas anderes Leben. Weniger technisch, einfach … urtümlicher.

Wie zur Bestätigung hörte sie in der Küche etwas scheppern, und dann Tom, der vor Schmerz aufschrie und darauf laut fluchte.

Mit solchen Schreien kannte sie sich aus. Bea sprang auf und rannte in die Küche.

Er hielt mit der rechten Hand die linke umschlossen, die Haut am Handrücken verfärbte sich bereits krebsrot. Auf dem Fußboden lag der Wasserkessel, offenbar hatte er ihn vor Schreck fallengelassen, als er sich beim Kaffeeaufbrühen das kochend heiße Wasser über die Hand gekippt hatte.

»Warte, ich helfe dir.«

Mit einem Schritt war sie am Waschbecken und ließ Wasser über ein Geschirrtuch laufen. Steril war das nicht, aber für den Anfang besser als nichts. Das mit kaltem Wasser getränkte Tuch legte sie behutsam auf seine Hand. »Hat das Wasser dich noch woanders erwischt?«, fragte sie. Tom schüttelte den Kopf. Er war etwas blass um die Nase unter der Sonnenbräune. »Wo ist deine Hausapotheke?«

»Im Bad.« Er sah sie mit großen Augen an, gerade so, als stünde plötzlich eine ganz andere Frau vor ihm. Was ja irgendwie stimmte, denn sie war jetzt ganz im Ärztinnenmodus und reagierte so, wie sie es gelernt hatte.

»Komm, setz dich erst mal hin.« Sie führte ihn ins Wohnzimmer, schob ihn auf den Fenstersitz. Eine Decke breitete sie über seine Knie aus, vermutlich dauerte es nicht lange, bis der Schock einsetzte und er jämmerlich fror. Dann lief sie die Treppe hoch, fand das kleine, enge Badezimmer und in dem – zu ihrer Überraschung ziemlich gut sortierten – Medizinschränkchen eine Brandsalbe mit Beinwell, Arnika und Ringelblume.

»Welch ein Glück, dass du nicht an Schwurbelmedizin glaubst«, sagte sie, als sie wieder nach unten kam. »So, und jetzt lass mich mal gucken.«

Tom hob das feuchte Handtuch an. Die Verbrennung war nur ersten Grades, das war schon mal gut. Außerdem war sie wirklich nur auf dem Handrücken. Bea untersuchte seine Hand gewissenhaft, bevor sie anfing, die Salbe aufzutragen. Tom zog scharf die Luft ein.

»Schwurbelmedizin?«, fragte er.

»Na, Homöopathie.«

»Die Hausapotheke hat Tante Grete bestückt.«

Na, schau an, dachte Bea. War die Bienenhüterin doch nicht so schulmedizinfeindlich, wie ihr Verhalten den Anschein erweckte. Einfach vor der Chemotherapie wegzulaufen …

Doch jetzt musste sie sich um die Hand kümmern.

»Ich weiß, das tut weh«, murmelte sie. »Wird gleich besser.«

»So richtig einfühlsam bist *du* aber nicht.«

Erst jetzt fiel ihr auf, dass sie ihn seit dem Moment seines Unfalls duzte. Sie runzelte leicht die Stirn. Störte es ihn etwa? Klang fast so.

»Ich kann *Sie* gerne in eine Notfallpraxis fahren, wenn Ihnen das lieber ist«, sagte sie möglichst gelassen. »Dort sitzen Sie dann mindestens sechs Stunden herum, denn ein Notfall ist das da wirklich nicht. Und die dortige Ärztin wird nichts anderes tun, als ich jetzt mache.«

»Meine Tante schmiert immer Honig drauf, wenn sie sich verbrennt«, murmelte er.

»Honig.« Zweifelnd blickte sie von seiner Hand zu ihm hoch. Wollte er sie jetzt auch noch veräppeln?

Na ja, das wäre immerhin ein gutes Zeichen, dann hätte er seinen Humor nicht gänzlich verloren.

»Im Ernst. Sie hat da immer so eine Salbe gerührt, damit tat es ruckzuck nicht mehr weh.«

»Ich möchte ja nicht wissen, was Sie in Ihrer Jugend so getrieben haben, dass Sie ständig von Ihrer Tante mit dieser Salbe versorgt werden mussten.«

Er grinste. Lausbubenhaft. Sie biss sich auf die Unterlippe, damit sie nicht laut lachte. Es machte ihr Spaß, mit ihm so zu reden – spielerisch und ohne Hintergedanken.

»Das sollten Sie häufiger machen«, hörte sie ihn sagen.

»Was denn?«

»Na ja, so lächeln.«

Sofort wurde sie wieder ernst. Konzentrierte sich ganz auf die Hand, die unter der Salbe jetzt rot glänzte. Ein Verband wäre vielleicht ganz gut, locker angelegt, damit er nicht ständig an der empfindlichen Haut rieb.

»Ich bin gleich wieder da.«

Oben im Schränkchen hatte sie mehrere Verbandspäckchen gesehen. Sie holte eins, und bis sie wieder unten im Wohnzimmer war, hatte sie sich so weit wieder im Griff, dass sie ihm die Hand verbinden konnte, ohne dass ihre Gesichtszüge noch einmal in irgendeine Richtung entglitten. Vorhin hatte sie kurz geglaubt, sein kleines Malheur würde sie einander näherbringen. Und das hatte ihr gefallen.

Doch jetzt fragte sie sich, ob sie das überhaupt wollte. Und wenn sie es wollte, warum. Konnte ja nicht nur daran liegen, dass seine Tollpatschigkeit ihn für sie interessant machte, nur weil sie ihr eigenes Leben im Griff hatte. Das ging nun wirklich nicht.

*Weil ich in Gedanken mit dir rede.*

*Bisschen verrückt bist du schon, weißt du das?*

Und dabei sah sie wieder dieses halbe Lächeln, ein bisschen verstohlen, als müsste er sich das ganz breite Grinsen verkneifen. Flirtete er etwa mit ihr?

Herrje, sie war aus diesem Spiel schon so lange raus, sie hätte nicht sagen können, ob er flirtete oder sie für ihn einfach nur eine Fremde war, die ihm etwas zu sehr auf die Nerven ging.

Sie riss das Verbandsmaterial auf. Spürte Toms Blick auf ihren Händen, während sie seine Hand bandagierte. Danach bewegte er probeweise die Finger und verzog das Gesicht. Klar, die Haut spannte und tat weh.

»Danke.« Er wirkte trotzdem erleichtert.

»Wenn Sie Schmerzen haben, können Sie ruhig was dagegen nehmen.« Sie räumte alles zusammen. Der Kaffee war vergessen, irgendwie hatte der ganze Nachmittag mit Toms Missgeschick ein abruptes Ende gefunden. Honig abfüllen würde er heute sicher nicht mehr.

Bea stand schon an der Tür und schlüpfte in ihren Mantel, als Tom fragte: »Wieso gehen Sie denn jetzt?«

Sie hielt in der Bewegung inne. »Ich dachte …«

Er hob die Hand. »Was denn, sobald ich hilflos hier sitze und kaum mehr was machen kann, lassen Sie mich allein?« Dieses Lächeln. Sie seufzte und zog den Mantel wieder aus.

»Was brauchen Sie denn?«, fragte sie.

»Also, irgendwie war ich gerade beim Kaffeekochen …«

»Kaffee also. Und was noch?«

»Honigbrot? Und ein bisschen Gesellschaft wäre schön.«

Sie sah ihn an. Er grinste.

»Ich bleibe aber nicht über Nacht, so schlimm ist Ihre Verletzung nun auch wieder nicht. Es ist nur eine Verbrühung ersten Grades, damit würden Sie in keinem Krankenhaus über Nacht bleiben. Also nichts, was die dauerhafte Anwesenheit einer Ärztin erfordern würde.«

»Ja, nee.« Er druckste herum. »Vielleicht möchte ich auch gar keine Zeit mit Ihnen als Ärztin verbringen.«

»Sondern?«

Sag jetzt nichts Falsches, dachte sie. Ich bin noch nicht dafür bereit, ich stehe noch immer mit einem Bein in meinem alten Leben …

»Sondern mit Ihnen als … Freundin. Weil Sie so angenehm sind.«

Angenehm. Das hatte erst selten jemand über sie behauptet. Doch hier, in Toms Gesellschaft und umgeben von den Bienen dort draußen, mochte es vielleicht sogar stimmen.

*Aber du siezt mich wieder so konsequent. Ich meine, klar, ich bin Hanseatin und von Natur aus eher zurückhaltend, aber …*

Sie gab sich einen Ruck. »Ich könnte uns was zu essen kochen. Für heute Abend.«

»Einverstanden.« Er lächelte dankbar.

Sie ertappte sich dabei, wie sie in die Küche tänzelte, den Kaffee erneut aufbrühte und den Inhalt des alten, roten Kühlschranks sichtete, der in der Ecke stand. Sie mochte es in diesem kleinen, alten Fachwerkhaus unter den Eichen, sie mochte vor allem Tom und war so froh, noch ein bisschen Zeit mit ihm verbringen zu können.

Das Klappern von Geschirr aus der Küche. Das Geräusch, wie sie den Kühlschrank öffnete und wieder schloss. Dann eine ganze Weile gar nichts. Tom legte die verbrühte Hand auf ein Polster und lehnte sich zurück. Schloss die Augen, lauschte.

Er war froh, dass sie blieb.

Vorhin hatte er eine andere Bea gesehen – Dr. Heinemann im Dienst quasi. Wie sie mit wenigen Handgriffen seine Hand versorgte, die Salbe auftrug und den Verband anlegte. Einerseits ganz der effiziente Doc, aber irgendwie lag auch etwas Ruhiges, fast Verletzliches darin, wie sie sich um ihn kümmerte. Er verstand jetzt etwas besser, warum seine Tante sie in den höchsten Tönen gelobt hatte. Denn die andere Seite von ihr – die Ärztin im weißen Kittel, streng und akkurat – hätte ihn überhaupt nicht gereizt.

Aber das hier? Sie trug jetzt wieder den zimtfarbenen Wollpulli zu der Jeans. Chucks anstatt der teuren Stiefel wie bei ihrer letzten Begegnung. Und sie stellte sich geschickt an, er hatte sie ja vorhin im Schuppen beobachtet. Er mochte, wie ihr die honigfarbenen Strähnen – jawohl, honigfarben! – in die Stirn fielen, die sich aus dem unordentlichen Knoten gelöst hatten, während sie die Honiggläser etikettierte. Zu dumm, dass er mal wieder alles verbockt hatte mit seiner Unaufmerksamkeit. Der abgefüllte Honig war für seinen Vorrat – und für Bea, der konnte er ein paar Gläser schenken.

Kein Drama, das mit dem Honig. Der Lagerraum stand voll mit den Eimern der sommerlichen Ernte, sie warteten nur darauf, dass Tom sie abfüllte. Bisher hatte er das vor sich hergeschoben, weil er viel nachdenken musste. Über die Imkerei. Darüber, wie er es richtig machte. Und während er noch grübelte, passierten diese teuren Fehler.

Er wusste selbst nicht, warum ihm ständig solche Sachen passierten. Er in Gedanken schon drei Schritte weiter war. Den Honig hätte er eigentlich problemlos abfüllen und Bea dann die Kartons nebst Rechnung mitgeben können, wenn sie wieder ging. Dann hätte er nicht noch mal zum Schliekerhof fahren müssen.

Es war ja schön, wenn der Honig sich verkaufte. Aber wie viel Arbeit dahintersteckte, das hatte er vorher nicht gewusst. Selbst jetzt im Winter war ständig was zu tun, er kam überhaupt nicht hinterher. Teilweise hatte er den Honig noch nicht einmal aus den Waben geschleudert, sie lagerten noch in Kisten in einem angrenzenden Verschlag hinter der Werkstatt. Seine Tante hatte ihn sonst immer ermahnt, was er unbedingt tun müsste.

Und nun war sie verschwunden und hatte ihm stattdessen Bea geschickt, davon war er überzeugt. Damit sie ihm auf die Finger klopfte. Das konnte er überhaupt nicht leiden. Außerdem hatte er seine eigenen Pläne mit der Imkerei. Wenn Tante Grete unbedingt wollte, dass er sie übernahm, dann sollte sie ihm auch sein Tempo lassen.

»Ich könnte uns Spaghetti mit rotem Brokkoli-Pesto machen.«

Sie trug das Tablett mit Kaffeebechern und Honigbroten in die Wohnstube. Tom rückte beiseite, damit sie sich zu ihm setzen konnte, und weil ihm nicht mehr kalt war, lüpfte er einladend die Decke.

Sie schüttelte den Kopf, sie schlüpfte aus ihren Chucks und zog die Füße unter den Po, rückte etwas von ihm ab.

Schade.

Dabei ging es ihm nicht darum, mit ihr auf Tuchfühlung zu gehen, nein, nein. Er hätte ihr einfach gern die warme Decke überlassen. So als Gentleman.

»Geht's der Hand schon besser?«

Er schaute auf die Hand, drehte sie hin und her, bereute es sofort und verzog vor Schmerz das Gesicht. »Wenn ich sie nicht bewege.«

Sie lachte.

»In der Küche habe ich eine Flasche Wein gefunden.«

»Ja, ich trinke Alkohol. Für Sie als Ärztin ist das bestimmt moralisch total verwerflich.«

»Ach, Rotwein ist okay. Da streiten sich die Gelehrten ja noch, ob er nun gesund ist oder nicht. Solange sie weiter darüber streiten, trinke ich ihn.«

Ihr Mundwinkel zuckte, sie versteckte das Gesicht

schnell hinter dem Kaffeepott. Okay, sie hatte also auch Humor, auch wenn es eine etwas verdrehte Art von Humor war. Die er aber mochte, stellte er fest.

»Dann können wir uns den Wein ja heute Abend teilen.«

»Als ich das letzte Mal mit einem Mann Wein geteilt habe, musste ich im Gästezimmer nächtigen.«

»Hm, das ist ein Problem«, meinte er. »Ich habe kein Gästezimmer.«

Seit Tante Gretes Krankenhausaufenthalt wohnte er oben in ihrem Schlafzimmer, und bisher hatte er gedacht, das wäre bloß vorübergehend. Nach ihrer Rückkehr, so der Plan, hätte er hier unten auf dem Fenstersofa geschlafen wie schon seit dem Sommer.

»Ich könnte bei meiner Schwester übernachten.«

Interessant. Warum genau wollte sie so gerne mit ihm Wein trinken?

»Duzen Sie mich dann wieder? Also, wenn wir miteinander Wein trinken.«

»Was?« Sie runzelte die Stirn.

»Vorhin haben Sie mich geduzt. Fand ich cool.«

Ihn nervte dieses Gesieze ohnehin, nur hielt er sich gern an die Grenzen, die andere aufzogen. Bei Bea war es eher eine Mauer als eine Grenze. Vielleicht brauchte sie das in ihrem Beruf, damit ihr keine Patientin zu nahekam. Aber hier war sie doch ganz privat, oder nicht?

»Ach, das. Hm. Sie klangen vorhin, als wäre es Ihnen nicht recht. Ich bin da wohl etwas übers Ziel hinausgeschossen.« Sie wirkte peinlich berührt.

Er stellte umständlich den Kaffeebecher ab und streckte ihr die Rechte hin. »Also ich fänd's schön. Ich heiße Tom.«

»Bea.« Sie nahm seine Hand. Kühl und irgendwie schmal fühlte sich ihre Hand an, dabei durchaus zupackend.

Konnte das sein? Dass ihm einfach alles an ihr gefiel?

Das hieße ja … Ach nein. Nicht darüber nachdenken.

»Okay, Bea. Ab wann kann man denn ungefähr den Wein aufmachen?«, hörte er sich fragen.

## 17. Juli

*Ach, es ist ein Kreuz mit der Arbeit. Und alles hängt an mir. Carl, du fehlst. Aber das sage ich schon seit letztem Herbst, und seitdem fällt mir nichts Besseres ein, als zu jammern. Ich könnte mir ja Hilfe suchen. Nachdem Tom abgehauen ist, habe ich aber auch was das angeht alle Hoffnung verloren.*

*Also allein weiter. Die Sommertracht. Regelmäßige Stockkontrolle. Es geht den Völkern gut, die Ernte war dieses Jahr reichhaltig. Aromatisch. Sie haben viel Raps gefunden, das mögen die Leute. Ich hoffe auf die späte Tracht, dann vielleicht wieder Lindenblüte?*

*Außerdem habe ich die Werkstatt umgebaut. Ich habe ein paar Rezepte im Kopf, die ich ausprobieren möchte. Honig ist schön und gut, auch die Wachskerzen verkaufen sich recht anständig auf den Weihnachtsmärkten, aber übers Jahr hinweg ist das zu wenig. Ich möchte mehr anbieten können. Seifen. Eine Brandsalbe auf Honigbasis. Honigbonbons? Es gibt so viele Möglichkeiten. Man muss sie nur ausprobieren. Leichter wär's, wenn jemand hier wäre, mit dem ich über all meine Ideen reden könnte. Der sie abklopft oder mir den Vogel zeigt, wenn es Quatsch ist, was ich mir da ausdenke.*

*Merke: Imkern sollte kein einsames Geschäft sein. Nichts sollte man allein machen müssen, eine zweite Stimme schadet nie. Ich hätte mir gewünscht, dass Tom diese zweite Stimme wird. Sicher. Er ist sehr jung, unerfahren, nicht so zuverlässig, wie ich es mir wünschen würde. Und ja, ich geb's zu – seine Ansichten, seine Meinung, das alles stößt mich vor den Kopf, weil ich im ersten Moment denke, er hat doch keine Ahnung, woher soll er wissen, wie man mit einer Imkerei sein Brot erwirbt?*

*Und das ist der Punkt. Er hat keinerlei Erfahrung, aber mit allem, was er sagt und denkt, bringt er neue Impulse. Und ich habe zu spät gemerkt, wie gut mir das im Grunde tut, wenn er mich zum Nachdenken bringt. Das macht mich auch zu einer besseren Imkerin.*

*Vielleicht habe ich nicht gut genug aufgepasst, vielleicht habe ich es drauf ankommen lassen, weil Tom mir so viel reingequatscht hat. Als Blau-4 vor drei Wochen plötzlich schwärmte, habe ich sie ziehen lassen, die Königin und ein großer Teil ihres Volks sind fort. Ich hoffe, sie haben ein schönes Plätzchen gefunden. Der Stock war danach so erschreckend leer. Ich hätte eine der bestellten Königinnen reinsetzen können, habe dann aber darauf verzichtet. Die Königinnen waren schon anderweitig verplant, und ich wollte sehen, was passiert.*

*Wenn eine Königin schwärmt, nimmt sie viele Arbeiterinnen mit – zwei Drittel der Population, heißt es. Erstaunlich ist, was danach im Stock passiert, denn eine der Arbeiterinnen – eine Ammenbiene, sonst dafür zuständig, dass sie die Larven füttert und pflegt – legt Eier. Verrückt, nicht wahr? Wie das wohl im Bien bestimmt wird, wer da nun die Weiselzellen baut und wer die Eier ablegt, also vorher von den anderen Bienen mit Gelée Royale gefüttert werden muss …? Die Mysterien eines Bienenvolks sind so zahlreich. Und auch wenn Carl mir so viel beigebracht hat – alles weiß ich noch immer nicht.*

*Blau-4 wird also überleben – und vielleicht ist das Verschwinden der alten Königin nicht nur der natürliche Lauf der Dinge, sondern gar notwendig, damit das Volk gestärkt aus dieser Krise hervorgehen kann.*

*Ich werde das beobachten. Und ich hoffe sehr, dass schon bald die erste Königin schlüpft. Die Königin ist tot – lang lebe die Königin!*

# Kapitel 7

Es wurde dunkel, und Bea saß immer noch bei Tom auf dem Fenstersitz. Inzwischen hatten sie die Decke über seine und ihre Beine ausgebreitet, und während sie am Wein nippten, den sie dann doch schon vor dem Abendessen geöffnet hatten, redeten sie. Erstaunlicherweise gingen ihnen die Themen nicht aus, eher im Gegenteil. Tom erzählte von seinen vielen Jobs und all den Reisen. Sie erzählte von einem Leben auf der perfekt geplanten Karriereleiter. So unterschiedlich waren sie, aber nun saßen sie hier beisammen, fühlten sich wohl und wollten beide nicht, dass es allzu schnell vorbei war.

Sie hatte die Kladde seiner Tante bei sich, ursprünglich hatte sie geplant, sie hierzulassen, sie hatte schließlich kein Recht darauf. Zwei Tage hatte sie darin gelesen, zusammen mit den Büchern, die sie sich besorgt hatte, bekam sie langsam ein Bild von der Imkerarbeit und den Bienen, eine Skizze nur bisher, denn das ganze Thema war so komplex. Sie hätte Tom tausend Fragen stellen können, stattdessen lauschte sie seinen Erzählungen.

Tom winkte ab, als sie das schwarze, abgegriffene Journal hervorzog und es ihm wiedergeben wollte. »Behalt es. Vermutlich war das Teil von Tante Gretes Plan.«

»Welcher Plan?«

»Dass ich es hier nicht verbocke mit ihrer Imkerei. Das denkt sie immer noch.«

»Hast du von ihr gehört?«, fragte Bea.

»Nee. Seit sie verschwunden ist, nicht.« Das schien ihm überhaupt kein Kopfzerbrechen zu bereiten, und sie wusste nicht, ob sie seine Sorglosigkeit bewunderte oder sich darüber aufregen sollte. Margarete Zeidler war krank. Sie würde nicht morgen oder übermorgen sterben, wenn sie ihre Chemotherapie vor sich herschob, aber es wäre schon wichtig, dass sie die Behandlung wie geplant abschloss.

»Sie hat immer schon ihr Ding gemacht. Scheint in der Familie zu liegen. Ich war da auch nicht anders. Bin's vielleicht bis heute nicht.« Er beugte sich vor, stellte das Weinglas ab und wollte nach der Flasche greifen. Sie kam ihm zuvor, denn als er das zuletzt versucht hatte, war der Tisch großzügig in Wein gebadet worden, weil er mit der Linken nun mal nicht so geschickt war. Die letzten Tropfen rannen aus der Flasche in sein Glas.

»Oh, ups.« Sie kicherte. »Hast du noch eine?«

»Irgendwo bestimmt.« Seine Stirn legte sich in Falten, Tom blickte nach draußen. »Musst du nicht deiner Schwester Bescheid sagen, dass du bei ihr übernachtest?«

»Ich kann doch auch hier auf dem Sofa pennen. Gemütlicher als alle Pritschen im Bereitschaftsdienst, auf denen ich in meinem Leben genächtigt habe.«

»Okay. Wenn es dich nicht stört, dass ich keine Zahnbürste für dich habe.«

Was war das nur mit den Männern und den Zahnbürsten? »Ich kann ja deine benutzen.«

Tom lachte. »Mich würde es nicht stören, aber ich wette, das machst du nicht.«

Womit er recht hatte. Das war eine Form der Intimität, von der sie nicht einmal mehr wusste, ob Stefan und sie sie überhaupt je erreicht hatten.

Und wie kam sie auf so eine verrückte Idee? War das der Rotwein, der sie so wagemutig machte? Vermutlich sollte sie auf das dritte Glas verzichten. Aber Tom war schon aufgestanden und in der Küche verschwunden. Sie hörte ihn in einem der Schränke kramen.

»Kannst du mal kommen?«

Sie stand auf. Hoppla, der Boden hatte ja Seegang. Sie war den Alkohol einfach nicht gewohnt …

Tom stand in der Küche mit seiner verbundenen Hand etwas ratlos vor der Weinflasche, die er auf der Arbeitsfläche abgestellt hatte. Wortlos nahm Bea ihm den Korkenzieher aus der Hand und öffnete die Flasche.

»Deine Tante schreibt in ihrem Journal darüber, was man alles mit Honig machen kann. Hat sie das auch umgesetzt?«, fragte sie. »Und machst du das weiter?«

»Wieso interessierst du dich so für die Imkerei?«, fragte er gereizt.

Sie zuckte mit den Schultern. »Weil es spannend ist. Wusstest du, dass der Bien wie ein einziger Organismus funktioniert und man nicht so genau weiß, warum?«

»Der Bien.«

»Na, ein Volk eben.«

»Du klingst, als wärst du Expertin für Bienen. Hat Tante Grete dich deshalb hergeschickt?«

Überrascht blickte sie auf. »Hat sie das?«

»Na ja. Sonst hätte sie dir kaum ihr Journal überlassen. Sie weiß, dass ich nichts von ihren Weisheiten halte. Und du bist doch bestimmt auch schon auf den Trichter gekommen, dass sie damit ein Ziel verfolgt hat, oder?«

»Das wirst du mir erklären müssen. Welches Ziel sollte sie haben?«

»Lange Geschichte.«

»Okay. Aber ich habe langsam Hunger und werde uns erst mal was kochen.«

Tom nahm ihr die Weinflasche ab und stellte sie auf den Küchentisch. Er holte die Gläser aus dem Wohnzimmer und schenkte ihnen ein, Beas halbherzigem Protest zum Trotz. Der Küchentisch wurde auch wieder großzügig versorgt.

Während sie sich um das Abendessen kümmerte, wischte Tom den Tisch ab und erzählte ihr von der Imkerei.

»Zeidlers Bienenschwarm gibt's seit über siebzig Jahren. Schon mein Onkel Carl ist damit aufgewachsen, und mit Tante Grete hat er die Imkerei groß gemacht. So groß, dass er zeitweise sogar Angestellte hatte.« Er schüttelte betrübt den Kopf, als würde allein die Vorstellung, dass es hier einst Angestellte gab, sein Weltbild erschüttern. »Nach seinem Tod machte sie weiter. Damals war ich ein paar Monate hier. Hatte gerade die Schule abgebrochen. Aber ich mochte schon damals nicht, wie sie imkerte. Sie kauft Königinnen zu, die sie in ein für die Königin fremdes Volk setzt. Hast du eine Vorstellung davon, wie viel Stress das für die Königin und das Bienenvolk bedeutet? Außerdem behandelt sie die Stöcke regelmäßig mit Ameisensäure oder Oxalsäure. Davon kriegen die Bienen auch was ab und haben danach Flügel, die aussehen wie verbrannt, und dann verrecken sie. Das ist die Realität. Sie sterben, nur wegen so einem Parasiten. Weil wir der Natur nicht ihren Lauf lassen.«

»Varroa«, murmelte Bea. Sie hatte natürlich darüber gelesen, denn die Varroamilbe war die größte Angst jedes Imkers. Dieser Schädling konnte einen ganzen Stock befallen, und wenn dieses Volk, geschwächt, wie es war, dann von einem anderen überfallen wurde – ja, die Natur war grausam, der Nektar eines geschwächten Volks war für andere Völker eine leichte Beute –, trugen sie die Varroa in ein gesundes Volk, wo sie dann weiter wütete.

»Ich mach da nicht mit. Ich behalte die Bienen im Blick, ja. Aber sie mit Oxalsäure behandeln? Nein. Das nicht.«

»Was machst du stattdessen?«

»Nichts.«

Sie sagte nichts dazu. Er war der Experte.

»Es geht mir nicht nur um die Varroa«, erklärte er. »Sie ist nur ein Symptom des Bienensterbens. Wir entziehen ihnen systematisch ihre Lebensgrundlage. Erst gibt es nicht genug Feldraine, nicht genug Wildblüher, weil in unserer Kulturlandschaft immer alles sofort ausgerupft und abgemäht wird. Und dann zurren wir die Beuten dutzendweise auf die Ladefläche eines LKW und fahren mit ihnen in irgendeine Obstplantage, damit sie dort genug zu fressen kriegen. Das ist alles andere als nachhaltig. Es stresst die Bienen, es stresst den Menschen. Und das alles nur zur Gewinnmaximierung.«

»Wow«, murmelte Bea.

»Was denn?«

»Du redest dich richtig in Rage.«

»Ist doch wahr.«

»Also … die Bienen und die Imkerei. Die übernimmst du von deiner Tante?«

Er zuckte mit den Schultern. Inzwischen hatte er wieder sein Rotweinglas in der Hand, während sie am Herd werkelte. Sein Angebot mitzuhelfen, schlug sie aus. Allein war sie schneller.

»Ich bin ein Zeidler. Darum wollte sie unbedingt, dass ich übernehme. Das war ihr so wichtig, dabei ist es nur ein Name. Früher nannte man die Leute, die in den Wald gingen und einen wilden Bienenstock leerräumten, Zeidler. Aber nur wegen eines Namens etwas machen? Ich weiß ja nicht. Aber ich … na ja. Hätte gern etwas, das länger hält.«

»Aber wenn du die Völker nicht pflegst, entziehst du dir die Lebensgrundlage.« Vorsichtig lugte Bea zu ihm hinüber.

»Ist das so? Letztlich müsste es die Völker stärken, wenn nur die überleben, die sich gegen Schädlinge und Krankheiten durchsetzen.«

»Du argumentierst wie ein Impfgegner«, schimpfte sie.

»Oh, wow. Das musst du mir erklären.«

Sie trug die beiden Teller zum Tisch. Über die Spaghetti mit dem roten Brokkoli-Pesto hatte sie ordentlich Parmesan gestreut.

»Hmmm«, machte Tom. »Sieht köstlich aus.«

»Also, Impfgegner«, fing sie an, nachdem beide die Spaghetti geschickt mit der Gabel aufgewickelt und gekostet hatten und Tom ihre Kochkünste überschwänglich gelobt hatte. Er schenkte Wein nach, diesmal widersprach sie nicht. »Die sagen, es wäre für die Entwicklung eines Kindes total wertvoll, wenn es eine Krankheit durchmacht. Masern zum Beispiel.« Sie schüttelte den Kopf. »Wenn man einmal in der Klinik ein Kind gesehen hat, das als Spätfolge einer Masernerkrankung eine Gehirnentzündung bekommt. Die nicht heilbar ist. Da liegt also ein Kind, das sich langsam wieder zurückentwickelt, das irgendwann nicht mehr laufen kann, nicht mehr essen, nichts mehr, es ist auf Pflege angewiesen, rund um die Uhr. Und das passiert erst fünf bis zehn Jahre nach der durchgemachten Masernerkrankung. Es kann jedes Kind treffen, man weiß es vorher nicht. Und diese Impfgegner stellen sich hin und erklären großspurig, dass so eine Viruserkrankung mit hohem Fieber das Kind in seiner Entwicklung weiterbringt, man ihm das nicht verwehren darf. Nee, wirklich super.« Wenn sie sich aufregte, wurde sie immer schnell sarkastisch.

»Ja, klingt schlimm. Und was hat das mit den Bienen zu tun?«, wollte er wissen.

»Du weißt nicht, welche Auswirkungen dein Nichthandeln irgendwann auf das Volk hat. Ob es wirklich gestärkt daraus hervorgeht. Oder ob es das Gegenteil bewirkt. Ich denke immer, es ist besser, eine Krankheit zu bekämpfen. Nicht darauf zu warten, dass sie vielleicht wie durch ein Wunder verschwindet. Dafür sind Wunder zu selten.«

»Da spricht die Ärztin aus dir.«

»Ja, und dafür schäme ich mich nicht. Wir wissen ohnehin viel zu wenig darüber, wie die Welt funktioniert, ständig stoßen wir irgendwo an unsere Grenzen. Ich ...«

Tom unterbrach sie: »Dein Handy.«

»Was?«

»Dein Handy. Es klingelt. Meins macht nicht so komische Geräusche.« Er zeigte in die Wohnstube, aus der das leise Gedudel ihres Handys erklang.

Bea sprang auf und lief nach nebenan. Manchmal kam ein Anruf ungelegen. Der hier kam genau richtig, bevor sie sich in irgendwas reinsteigerte. Sie wollte auch gar nicht streiten, aber das Thema Impfen war eines, das sie sehr bewegte, seit sie während ihres Praktischen Jahrs auf einer Kinderstation gearbeitet hatte und einen kleinen Patienten erlebt hatte, der an den Spätfolgen der Masern litt.

»Hallo?«

»Hey. Du klingst atemlos.«

»Stefan!« Sie freute sich, von ihm zu hören.

»Ich habe dich zu Hause nicht erreicht, und ich wollte dich fragen, ob du Montag mal bei mir vorbeikommen kannst.«

»Abends?«

»Na ja, nachmittags. Im Büro. Es gibt etwas, das ich mit dir besprechen möchte.«

»Oh.« Also nichts Privates. Aber wieso auch.

»Rein beruflich«, fügte er hinzu.

»Ja, klar.« Sie spürte die Enttäuschung, die in ihr hochstieg. Schob dieses Gefühl aber sofort wieder beiseite. Es gab keinen Grund, enttäuscht zu sein. Wirklich nicht. »Ich schreib's mir auf.«

»Alles okay bei dir?«

Sie zögerte. »Wieso?«

»Du klingst so merkwürdig.«

»Könnte am Wein liegen«, nuschelte sie.

»Muss ich mir Sorgen machen?«

»Nein, wieso?«

»Weil Samstagabend ist und du allein Wein trinkst.«

»Ich bin nicht allein.«

Sie merkte, wie ihn diese Eröffnung überraschte. Erst war's ganz still in der Leitung, dann hörte sie ihn leise sagen: »Ja dann …«

Sie schwiegen noch ein bisschen, aber schließlich verabschiedete Bea sich, und Stefan tat es ihr nach. Sie legte auf und schaltete das Handy stumm. Keine Störungen mehr, bitte.

Tom hatte auf sie gewartet, und als sie jetzt wieder auf den Stuhl sank, hielt er die Weinflasche in Richtung ihres Glases.

»Ich hatte genug«, sagte sie leise.

In ihrem Kopf herrschte auf einmal ein merkwürdiges Durcheinander. Es war nicht Stefans Art, sie abends anzurufen. Am Wochenende dazu. Dann auch noch in einer Sache, die genauso gut bis Montagfrüh Zeit gehabt hätte. Und sie saß hier mit einem anderen Mann, den sie zumindest sehr mochte, trank Wein, bis die Grenzen zwischen mögen und mehr wollen zu verschwimmen drohten.

*Das bin ich nicht.*

Vielleicht wäre sie das gerne, weil es das leichter machte. Noch ein Glas Wein, auf dem Fenstersofa aneinanderrücken, erst zufällige Berührungen, dann Küsse. Schön wäre das, keine Frage. Die Hand eines anderen Menschen, die ihre Hand berührte, dann ihre Schulter, ihre Wange streichelte … Sie schluckte.

Bea sprang auf. Der Wein war ihr zu Kopf gestiegen.

»Ich sollte lieber gehen«, murmelte sie.

Tom stand ebenfalls auf. »Sicher nicht. Du bleibst hier.«

»Aber …«

»Ich lasse dich jetzt nicht mehr fahren. Du hattest mindestens so viel Wein wie ich.«

Okay, das verstand sie schon. Irgendwie. Und ohnehin hatten sie sich ja bereits darauf geeinigt, dass Bea auf dem Sofa in der Wohnstube schlafen konnte. Sie ging hinüber, er folgte ihr. Als sie sich auf die Polster kuschelte, spürte sie eine Decke, die er über sie zog. Er löschte das Licht, bevor er wieder in der Küche verschwand. Sie hörte ihn mit Geschirr klappern und leise vor sich hin summen.

Erschöpft schloss Bea die Augen.

Was mache ich überhaupt hier?, fragte sie sich.

Ich habe mir nicht die Zähne geputzt.

Das war ihr letzter Gedanke. Und dann schlief sie einfach ein. Sie ließ die Müdigkeit zu, die sie sonst immer erfolgreich verdrängte. Weil zu viel Müdigkeit einen irgendwann nun einmal übermannte. Und wenn man dann an einem sicheren Ort war, konnte man ihr auch einfach nachgeben.

Hier war sie sicher.

Und dieses Gefühl – das hatte sie schon lange nicht mehr gehabt.

Tom öffnete die Küchentür einen Spalt. Da lag sie unter einem Deckenberg, den Kopf auf einem der Kissen. Sie schlief tief und fest, war geradezu umgekippt. Erst noch diese hitzige Diskussion übers Impfen und seine Bienen, dann bekam sie einen Anruf und wirkte danach irgendwie … angeschlagen. Ein besseres Wort fiel ihm dafür nicht ein.

Vielleicht hatte ihr auch der Rotwein den Rest gegeben. Jedenfalls schlief sie jetzt in der Wohnstube, abends um neun. Vermutlich würde sie bis morgen früh nicht aufwachen. Er holte aus der kleinen Speis hinter der Küche eine Flasche Wasser, trug sie mit einem Glas ins Wohnzimmer, stellte beides behutsam auf den Tisch, um sie nicht zu wecken. Falls sie doch schon nachts und mit Durst aufwachte. Das Licht in der Küche ließ er brennen, die Tür einen Spaltbreit offen, damit sie sich zurechtfand.

Die Küche war notdürftig aufgeräumt, soweit seine Hand das eben zuließ. Es ärgerte ihn, dass er nicht in der Lage war, die Ordnung herzustellen, die er brauchte, um am Morgen mit einem zufriedenen Gefühl die Küche zu betreten. Aber morgen ging es ihm hoffentlich besser.

Er ärgerte sich sowieso. Besonders über seine eigene Ungeschicklichkeit. Das Pochen seines Handrückens war in den letzten Minuten heftiger geworden. Der Wein, dachte er. Auch nicht seine schlauste Entscheidung, er trank selten, schon gar nicht eine halbe Flasche auf einmal.

Ein letzter Blick zum honigfarbenen Schopf unter der Wolldecke, dann stieg er langsam die schmale Treppe hoch und ging in sein Schlafzimmer.

Er wurde nicht ganz schlau aus ihr. Aber wie auch, sie kannten sich kaum. Und wenn er eins begriffen hatte in seinen Vagabundenjahren, dann wohl dies: Jeder Mensch war nicht nur die eine Eigenschaft, die sofort ins Auge fiel. Es gab immer noch all die Facetten, die es sich zu ergründen lohnte. Sie war auf den ersten Blick für ihn die Ärztin, die ganz in ihrem Beruf aufging. Sehr korrekt, fast ein bisschen strikt. Und dann, der Blick auf die Facetten. Sie machte sich um seine Tante Sorgen. Er übrigens nicht, er kannte Tante Grete. Vermutlich saß sie bei einer Freundin und mümmelte Platenkuchen. Früher oder später würde sie wieder nach Hause kommen, davon war er überzeugt.

Wenn Bea Wein trank, war es ein bisschen so, als würde sie Schicht für Schicht all das abstreifen, was sie aus professioneller, beruflicher Sicht ausmachte. Dann war sie eine Frau, nicht mehr ganz jung und naiv, aber weit davon entfernt, alt zu sein. Und wenn sie die Strenge verlor, die sie sich vielleicht über die Jahre zugelegt hatte, um die Arbeit nicht zu nah an sich heranzulassen, war sie darunter … weicher.

Ein besseres Wort fiel ihm auf die Schnelle nicht ein.

Sie gab mehr von sich preis, und er bekam eine Vorstellung davon, wie es wohl wäre, mit ihr befreundet zu sein. Oder sie noch besser zu kennen …

Sie war eine Besserwisserin, oje. Aber selbst das gefiel ihm irgendwie an ihr. Wie sie erst ganz ahnungslos tat und ihm dann Fragen stellte. Gerade so, als wäre sie es gewohnt, das Wissen aus anderen herauszukitzeln.

Vermutlich wusste sie jetzt schon mehr übers Imkern als er. »Ich habe ein bisschen gelesen«, waren das nicht ihre Worte gewesen? Beinahe entschuldigend, tut mir leid, dass ich mir da was angeschaut habe, es interessiert mich so sehr.

Weil sie Tante Gretes Journal gelesen hatte.

Er warf sich im Bett hin und her, und weil das mit der Müdigkeit nirgendwo hinführte, stand er dann doch auf und schlich wieder nach unten. Seine Hand pochte schmerzhaft, und die Tabletten lagen auf dem Küchentisch.

Auf dem Weg zurück nach oben sah er das Journal neben der Wasserflasche auf dem Kaffeetisch liegen. Nach kurzem Zögern nahm er es mit. Er schluckte zwei Ibuprofen trocken herunter, ein bisschen auch aus Trotz, weil er vermutete, dass Bea ihm bestimmt erklären würde, man müsse die Schmerztabletten mit genügend Wasser und am besten zu einer kleinen Mahlzeit einnehmen.

Sie ging ihm nicht aus dem Kopf. Sobald er die Gedanken schweifen ließ, landeten sie bei Bea.

Offenbar war das mit dem Schlafen in Kombination mit Wein, seiner schmerzenden Hand und dem Schmerzmittel heute Nacht nicht möglich. Nun denn. Konnte er sich ja auch mit Tante Gretes Journal befassen. Er würde darin sicher nichts lesen, was sie ihm nicht schon tausendmal erzählt hatte, aber was anderes hatte er gerade nicht zur Hand, um sich von der hübschen Ärztin abzulenken, deren weicher Kern unter der rauen Schale ihm mehr gefiel, als gut für ihn war.

## 7. August

*Die Sommertracht, die Pracht. Dunkel und üppig rinnt der Honig aus der Schleuder in den Eimer unter dem Ausguss. Ich sitze manchmal einfach davor und sehe zu, wie es rinnt und läuft. Das ist es. Dafür schufte ich das ganze Jahr, manchmal sogar bis spät in die Nacht.*

*Ich sitze dort aber auch, weil ich Sorge habe. Dass es dieses Jahr nicht reicht. Es begann so verheißungsvoll, ein warmer, blütenreicher Frühsommer, die Frühtracht war so voll wie nie. Und dann, nicht aufgepasst, schwärmten mehrere Völker davon. Ich konnte sie nicht einfangen, und das eine, bei dem es mir dann doch gelang, strafte mich mit mehr Bienenstichen, als ich je zuvor erlebt hatte. Ich war unvorsichtig, habe mit dem Schwarmkorb hantiert und dachte, ich käme ohne Rauch aus. Aber der Rauch war nötig, sie wurden wütend, wollten nicht mit zurück in ihre gemütliche, heimische Beute – und dann passiert so was. Sie gingen auf mich los, als wollten sie mich umbringen, als ob plötzlich nicht mehr meine friedliche Apis mellifera im Baum hockte, sondern eine afrikanisierte Wildbiene.*

*Killerbienen sollte man auch die nicht nennen. Aber ein bisschen gestorben bin ich schon vor Angst, als sie auf mich losgingen. Ach, ach. Ich war unvorsichtig. Trug nur Schleier und Handschuhe, und so fanden sie ihren Weg, stachen mich in die Handgelenke und die Füße. An den Handgelenken war's besonders arg, sicher ein Dutzend Stiche an jedem, ich konnte sie gar nicht zählen, bevor alles zuschwoll, rot und brennend. Ich brachte den Schwarm zur Räson, atmete tief durch, pflückte die letzten Bienen von meiner Kleidung und ging zurück ins Haus. Abstand bringen zwischen dieses renitente Völkchen und mich. Ich kühlte die Stiche, saß im Haus und jammerte. Es muss ein elender Anblick gewesen sein, wie ich dahockte.*

*Und dann fiel mir die Brandsalbe ein, die ich vor einigen Monaten angerührt hatte. Vorerst ist das Rezept nur experimentell, und ich habe mich nicht weiter damit befasst, weil ich es genehmigen lassen müsste, bevor ich die Salbe verkaufen kann. Aber ein kleines Selbstexperiment – warum nicht?*

*Ich habe die Salbe in einen kleinen Tiegel gefüllt und bewahre sie im Kühlschrank auf. Und schon nach dem ersten Auftragen bemerkte ich eine deutliche Verbesserung. Ich will nicht sagen, dass die Mischung genial ist – aber ich konnte danach immerhin ruhig schlafen, und am nächsten Morgen ging es den Handgelenken schon besser. Natürlich dauerte es drei Tage, bis die Schwellung einigermaßen zurückgegangen war. Aber das genügte mir fürs Erste.*

*Ich muss das weiterverfolgen, also dass sie mir ins Schwärmen geraten. Denn die Sommertracht ist zu wenig, die Völker sind schwach, ich werde mehr zufüttern müssen. Aufpassen, dass es kein Verlustgeschäft wird. Carl wird schön schimpfen, wenn ich das, was seine Familie seit über fünfzig Jahren betrieb, nach nur zwölf Monaten zugrunde richte.*

# Kapitel 8

Mit einem Ruck fuhr Bea hoch. »Fuck, willst du mich zu Tode erschrecken?«, rief sie und starrte Tom wütend an, der sich auf den kleinen Couchtisch gesetzt hatte und sie – wer wusste schon wie lange – beobachtete.

»Guten Morgen«, sagte er ganz ruhig. »Entschuldige, aber bist du jetzt wach?«

»Wie lange sitzt du schon da und beobachtest mich wie so ein Psychopath?«, erkundigte sie sich. Sie setzte sich mit dem Rücken ans Fenster, stopfte ein paar Kissen zwischen sich und die kühle Glasscheibe und zog die Decke bis zum Hals hoch.

»So zwanzig Minuten?« Er zuckte mit den Schultern. »Es ist schon nach neun, ich warte seit Stunden, dass du wach wirst.«

»So spät …?« Sie schüttelte die Müdigkeit nur langsam ab. Herrje, wann hatte sie zuletzt so lange geschlafen? Sie erinnerte sich nicht, wenn sie ehrlich war, und irgendwie war das beunruhigend.

*Du bist eben müde gewesen.*

»Möchtest du Kaffee? Frühstück? Ein Glas Wasser?«

»Gerne. Wasser zuerst.« Sie gähnte hinter vorgehaltener Hand. Tom stand auf. Er legte etwas auf den Tisch und ging in die Küche. Sie goss sich ein Glas Wasser ein; ihre Zunge klebte wie ein kleines Pelztier am Gaumen. Nie wieder Wein, schärfte sie sich ein. Jedenfalls nicht gleich wieder so übertreiben.

Dann entdeckte sie, was er neben der Wasserflasche abgestellt hatte. Bea nahm den Tiegel zur Hand, schraubte ihn auf, schnupperte am Inhalt. Eine Creme oder Paste war darin, süßlich duftend. Ringelblume, ein bisschen auch das herbe Aroma von Kamille. Olivenöl? Vor allem aber: süß. Wie Honig …

»Was ist das?«, rief sie Richtung Küche.

»Darum habe ich dich geweckt.« Tom tauchte in der Küchentür auf. »Das habe ich gestern Abend noch gefunden, war mir aber nicht sicher, ob ich es verwenden kann. Ist schon ein paar Jährchen alt.«

Sie schnupperte noch mal daran. So weit roch es ganz okay, fand sie. Jedenfalls nicht ranzig oder verdorben. Sie stippte einen Finger in die Creme und verrieb sie auf ihrem Handrücken.

»Macht auf mich einen guten Eindruck.« Auf dem Tiegel war einer von diesen papiernen Aufklebern, die Margarete Zeidler auch für ihre Honiggläser verwendete. »Zeidlers Brandlotion«, aha. Sie hatte ja in dem Journal bereits davon gelesen, dass die Imkerin ein paar Experimente mit Honigsalben gemacht hatte. Auf die Idee, dass es diese nach so langer Zeit noch gab, war sie noch gar nicht gekommen.

»Dann kann ich es ja benutzen.« Bevor Bea protestieren konnte, hatte auch Tom seinen Finger in den Tiegel gesteckt und verteilte großzügig die Salbe auf seiner Verbrennung.

»Hey, so geht das nicht!«, rief Bea. »Du weißt doch gar nicht, ob die für diese Verwendung zugelassen ist.«

»Hauptsache, es hilft.«

»So einfach ist das nicht.« Sie spürte, wie sie zornig wurde. Oh Mann! Was war das mit Tom, dass er einfach immer *machte*, während sie offenbar nur damit beschäftigt war, ihn vor Fehlern zu bewahren? Erst mit dem Abfüllen des Honigs, und nun schmierte er sich eine uralte Salbe auf die Brandwunde, gerade so, als könnte da schon nichts passieren …

Wenn er so auch die Imkerei führte, verstand sie Margarete Zeidlers Sorge, dass alles vor die Hunde ging. Das hatte ja schon in den Aufzeichnungen von vor knapp zwanzig Jahren mitgeschwungen, als Tom das erste Mal hier war und nach kurzer Zeit wieder verschwand, weil ihm das alles zu anstrengend war.

Natürlich war es anstrengend, wenn man nicht exakt arbeitete, sondern nur so ungefähr; wenn man vor sich hin wurschtelte wie er, musste man sich echt nicht wundern. Das mochte bei anderen Berufen ja funktionieren, als Künstler oder Musiker – obwohl: Auch da musste man ja diszipliniert sein, selbst mit Talent fiel einem nichts in den Schoß.

Tom war wieder in der Küche verschwunden. Entschlossen schwang Bea die Beine vom Sofa, warf die Decke ab und marschierte Richtung Bad. Sie brauchte jetzt eine heiße Dusche, dann einen süßen, starken Kaffee. Anschließend würde sie Tom mal zeigen, wie man eine Imkerei richtig führte.

»Verrätst du mir, was dein Problem ist?«, erkundigte Tom sich und verschränkte die Arme vor der Brust. Seit dem Aufwachen war Bea auf Krawall gebürstet. Er hatte gedacht, nach den Gesprächen am gestrigen Abend hätten sie so etwas wie erste Freundschaftsbande geknüpft, aus denen, ginge es nach ihm, ruhig mehr werden könnte. Also rein freundschaftlich, natürlich, denn an einer Beziehung war er nun wirklich nicht interessiert. Sie offenbar auch nicht, denn wie sie da jetzt mitten in seiner Werkstatt stand und ihn mit in die Hüften gestemmten Fäusten anfunkelte, machte sie nicht gerade Werbung für sich.

Obwohl – er mochte ja Frauen, die wussten, was sie wollten. Die Temperament hatten. Nein, stopp. Er mochte es viel lieber, wenn Frauen ihn nicht anmaulten, weil er ihrer Meinung nach die Imkerei in den Ruin stürzte. Das hatte Tante Grete schon zur Genüge getan, und ja, ganz eindeutig: Bea war von ihr geschickt worden, damit sie ihm zeigte, wie viele Fehler er machte.

»Du musst dich auf die Märkte vorbereiten«, sagte sie. Ihr Blick ging durch die Werkstatt, über die kleinen Kartons mit gezogenen und gerollten Kerzen. »Ist das alles, was du hast? Keinen Honig in Geschenksets? Was ist da hinten drin?« Bevor er etwas einwenden konnte, betrat sie den Vorratsraum hinter der Werkstatt, wo die Eimer und Waben mit Honig lagerten. »Du hast noch nicht mal alle Waben ausgeschleudert«, rief sie.

Tom folgte ihr. Mit verschränkten Armen lehnte er sich an den schmalen Alutürrahmen. »Ich wüsste nicht, was dich das angeht.« Es belustigte ihn fast ein bisschen, wie sie durch den dunklen Raum tastete, immer auf der Suche nach weiteren Verfehlungen von ihm. »Du kannst mir vertrauen, ich weiß, was ich tue.«

Sie hielt inne. Richtete sich auf, strich eine Strähne aus dem Gesicht. Ein Schmutzstreifen verlief quer über ihre Stirn. Pustete die Backen auf, stieß die Luft langsam aus, sagte aber nichts. Merkte sie etwa, dass sie gerade weit übers Ziel hinausgeschossen war? Ihre Hände sanken herab, ratlos stand sie da.

»Hm«, machte sie. »Ich dachte …«

»Ich habe das im Griff«, behauptete Tom. Er schob sich an ihr vorbei und zeigte auf die Kartons und Kisten hinter der Tür. »Da, siehst du? Alles bereit für den Wintermarkt heute Nachmittag auf dem Obsthof Werder. Darum kann ich dich leider nicht länger unterhalten.«

»Ach, na gut.«

Dabei wusste er genau, wie wenig Ware in den Kartons war; gut möglich, dass ihm bei guten Verkäufen heute schon die ersten Produkte ausgingen.

Sie stand in der Kammer und sah so verloren aus. »Sorry«, murmelte sie. »Ist wohl besser, wenn ich …«

Jetzt hätte er sie gern in den Arm genommen und getröstet. Stattdessen fragte er sanft: »Was ist denn los?«

»Ich weiß es selbst nicht so genau«, flüsterte sie. »Ich glaube, ich brauche mal einen Moment für mich, okay?«

Er grinste. »Du kannst jederzeit nach Hause fahren.«

Bea schüttelte den Kopf. Das überraschte ihn. »Da wartet nichts auf mich«, erklärte sie lapidar.

»Also sorgst du lieber hier für Unruhe.«

Sie schien ernsthaft bemüht, sich wieder in den Griff zu bekommen. »Ich muss hier raus«, sagte sie. »Entschuldige …«

Sie kam aus der Kammer, drängte sich an ihm in der Enge der Werkstatt vorbei und öffnete die Tür. Den Kopf gesenkt, um ihn auf keinen Fall anzusehen.

»Setz dich zu den Bienen«, riet er ihr. »Ist im Moment nicht viel los, aber das finde ich immer sehr beruhigend.«

Sie nickte, gab sich einen Ruck und verließ die Werkstatt. Tom trat in die offene Tür, blickte ihr nach, wie sie mit hochgezogenen Schultern zu den Beuten lief und sich auf den Schlitten setzte. Die Haare fielen offen über ihren Rücken.

Er hätte ihr gern etwas Tröstendes gesagt.

Was war mit ihr los? Seit sie gestern telefoniert hatte, war sie nicht mehr sie selbst – soweit er das überhaupt beurteilen konnte, denn im Grunde kannten sie sich nicht.

Ging es ihn denn überhaupt etwas an?

Nein.

Tja, oder doch. Irgendwie. Denn das musste er sich ja nicht von ihr gefallen lassen, dass sie ihn derart attackierte, gerade so, als wäre er schuld an ihrer schlechten Laune.

Er sah sich in der Werkstatt um. Er gab es ungern zu, aber natürlich hatte Bea recht. Tante Grete hatte im Sommer, bevor es ihr so schlecht ging, noch ein paar Anmeldungen für verschiedene Weihnachtsmärkte vorgenommen; die Standmieten waren bezahlt, er müsste nur noch an den Adventswochenenden den Kastenwagen vollpacken und hinfahren – und dann eben verkaufen, was die Imkerei so hergab. Aber der Honig war nicht abgefüllt, die Wachsplatten nicht zu Kerzen verarbeitet, auch die kleinen Geschenkkörbchen – Holzkisten mit drei kleinen Honiggläsern und einer wie ein Bienenkorb geformte Kerze – hatte er noch nicht zusammengestellt.

Im Moment lebte er von einer Bestellung zur nächsten, schaute nicht zu oft aufs Konto, um sich nicht verrückt zu machen, weil es tiefrot im Minus war. Er machte sich lieber keine Gedanken darüber, wie er ohne die Weihnachtsmärkte und die gelegentlichen Verkäufe an den Schliekerhof von Beas Schwester über die Runden kommen sollte. Man musste doch das große Ganze betrachten, und da ging es für ihn in erster Linie darum, dass die Bienen gesund blieben. Gesunde Bienen lieferten den besten Honig, oder?

Und mit steigender Qualität könnte er auch die Preise anheben, weniger Honigwaben entnehmen … Es wäre ein Gewinn für alle.

Noch hing er aber weiter an Tante Gretes eher konventionellen Bewirtschaftung fest, und das hieß, dass er massenweise Waben ausschleudern musste, den Honig filtern, abfüllen, die Gläser etikettieren, verpacken – und das war nur der erste Schritt. Die leeren Waben musste er zum Imkerbedarf bringen, soweit er sie nicht selbst weiterverarbeiten wollte. Wofür er übrigens gar keine Zeit hatte, wenn man es genau nahm. Damit käme wenigstens noch ein bisschen Geld herein. Und darüber hinaus … ah nein, so weit wollte er lieber nicht denken. Das war schon mehr Arbeit, als einer allein schaffen konnte.

Wie hatte Tante Grete das früher bewältigt?

Darüber schrieb sie in ihrem Journal nämlich nichts.

Erst mal Kaffee kochen. Danach machte er sich an die Arbeit, einen Schritt nach dem anderen. Es brachte ja nichts, wenn er den ganzen Tag hier rumstand und nach draußen blickte, wo das Honighaar im leisen Wind wehte. Wo der Schneefall wieder einsetzte und sich die zarten Flocken auf Beas Scheitel setzten.

Er seufzte. Traurig sah sie aus, wie sie dasaß. Als könnte man das allein an ihrem Rücken ablesen.

Er schob die Tür zu, heizte den Bullerjan an und machte sich an die Arbeit. Für Kaffee wäre später noch genug Zeit.

Sie hätte jetzt gern einen Becher Kaffee von der Sorte, wie Tom ihn kochte: Stark, unwiderstehlich süß und fast schon ölig. Den hatte er ihr vorhin serviert, als sie aus dem Bad kam. Ein Kaffee, der die Lebensgeister weckte und es vermochte, die dunklen Wolken zu vertreiben, die sich über ihrem Kopf ballten.

Traurig war sie nicht, merkte sie, obwohl es sich im ersten Moment so anfühlte; es war eher eine Erschöpfung, die sie so nicht kannte. Seit sie gestern Abend vom Wein beschwipst aufs Sofa gefallen war … Nein. Gar nicht wahr.

Stefans Anruf war's. Der hatte sie aus dem Gleichgewicht gebracht. Weil er so überraschend kam. Auch wegen seiner Irritation, dass sie nicht allein war. Was hatte er denn gedacht? Dass sie sich nach der Trennung die Augen nach ihm ausweinte? Oder dass sie für was auch immer zugänglicher wäre, wenn sie erst mal ein paar Monate getrennt lebten?

Er hielt schließlich ein halbes Dutzend originalverpackter Zahnbürsten vor, falls er Übernachtungsbesuch hatte. Tom war nicht so vorausschauend, weshalb sie heute früh mit sehr schlechtem Gewissen nur auf sein Mundwasser zurückgreifen konnte. Klar, wenn sie einmal nicht die Zähne putzte, würden sie nicht sofort Karies kriegen.

Aber küssen wollte sie so auch niemanden.

Ach, Quatsch. Wer war denn hier zum Küssen …?

*Du könntest mich küssen.*

»Halt die Klappe«, murmelte sie. Herrgott, konnte die Stimme in ihrem Kopf nicht endlich mal die Klappe halten?

*Willst du denn, dass ich die Klappe halte?*

Das war es ja – auf keinen Fall. Sie wollte mit Tom reden. Über alles. Und deshalb hatte sie sich in einer Situation wiedergefunden, in der sie ihm Vorträge darüber hielt, wie man eine Imkerei betrieb. Sie wusste ja, dass sie besserwisserisch sein konnte, und ihre Position als Chefärztin trug nicht gerade dazu bei, dies zu entschärfen. Stefan hatte immer betont, dieses Beharren auf Wissen sei auch ihre größte Stärke, es dürfe nur eben nicht in allen Lebensbereichen überhandnehmen.

*Tja, das ist wohl gerade passiert, oder? Tut mir echt leid, Tom.*

Sie sah wieder sein Halblächeln, frech und ein bisschen herausfordernd.

*Schon okay. Ich mag das.*

*Oh, was magst du denn noch alles …?*

Als ob es irgendjemand mochte, wenn eine Klugscheißerin daherkam und einem sagte, wie man seinen Job zu machen habe. Das war in der Onkologie okay, weil sie sich dort *wirklich* auskannte. Hier war's einfach nur daneben.

Sie fühlte sich beobachtet, sich und ihre Gedanken über Stefan, Tom, die Imkerei, Zahnbürsten und Küsse. Als könnte man ihrem Hinterkopf ansehen, dass sie sich gerade vorstellte, einen anderen zu küssen als ihren bald Ex-Mann.

Sein Anruf. Hätte sie den mal überhört, dann ginge es ihr jetzt nicht so komisch. Genau, der war schuld. Gar nicht die Tatsache, dass sie sich gerade vorstellte, wie ein Imker sie wärmte und küsste.

Dabei war es ja gar nicht um etwas Privates gegangen, sondern um das, was immer im Mittelpunkt ihrer Beziehung gestanden hatte: die Arbeit. Und dann blieb er auch noch so kryptisch, wollte gar nicht damit herausrücken, worum es ging. Wollte er ihr ein Angebot machen? Ein letzter Versuch, sie an seine Klinik abzuwerben, sie in die Forschung zu holen?

»Gib's auf«, flüsterte sie in den leisen Schneefall und zog den Mantel enger um ihre Schultern. Sie hatte ihre Mütze im Haus vergessen, und mit ihren dünnen Chucks war sie auch nicht gerade optimal auf das Wetter vorbereitet. Wer rechnete auch im November schon mit Schneefall?

Sie beobachtete die Bienen. Das war seltsam entspannend, und angenehm war es auch, denn von den Beuten, die vor ihr standen, flog keine Biene auf. Bienen beobachten hieß also, auf die bunten Bretter unter den Einfluglöchern zu schauen, auf denen *keine* Bewegung war. Wie viel aufregender musste es im Sommer sein, wenn ein stetes Kommen und Gehen herrschte und die Sammlerinnen von ihren Ausflügen heimkehrten, am Flugloch empfangen wurden, ihre Schwestern ihnen den Nektar abnahmen, damit sie rasch wieder ausfliegen konnten … Bea hatte sich ja ein wenig Wissen darüber angelesen, wie Bienen lebten, und sie hätte sich gern mit Tom darüber ausgetauscht. Er wusste bestimmt noch mehr, schließlich arbeitete er täglich mit den Bienen.

Sie runzelte die Stirn. Allerdings … Die Fluglöcher bei den Beuten dort drüben, die sahen irgendwie komisch aus … größer als bei den anderen, oder?

Hatte Tom etwa vergessen, sie bei diesen Beuten für den Winter zu verkleinern? Das war wichtig – hatte sie gelesen –, damit keine Vögel oder Spitzmäuse in den Stock eindrangen und die Bienen räuberten.

Bea stand auf und ging etwas näher. Sie blieb etwa fünf Meter von den Beuten entfernt stehen, legte den Kopf schief, beobachtete einfach nur. Ein bisschen flößten ihr die Bienen schon Respekt ein, auch wenn sie genau wusste, dass sie zu dieser Jahreszeit *schliefen*.

Trotzdem – die Vorstellung, dass da pro Beute ungefähr zehntausend Bienen dicht aufeinanderhockten und einander wärmten, das war schon eine beeindruckende Zahl …

Und es wäre zu schade, wenn ein Stockräuber den Bienen Schaden zufügte …

Sie gab sich einen Ruck und stapfte zurück zur Werkstatt. Durch das Sprossenfenster neben der Werkstatttür sah sie im Innern Bewegung. Tom stand über die Honigschleuder gebeugt und bestückte sie gerade mit neuen Waben. Seine Bewegungen waren ruhig, dabei effizient und entspannt. Sie mochte, wie er arbeitete. Er schien ganz in dieser Aufgabe aufzugehen, das gefiel ihr.

Tom blickte auf, als sie hereinkam.

»Ich frage mich, ob du vielleicht ein paar Fluglöcher vergessen hast«, platzte sie heraus.

Er richtete sich auf. Gerade hatte er die Flussgeschwindigkeit überprüft und stellte nun einen neuen Eimer für den Honig auf. Diesmal hatte er an das Sieb auf dem Eimer gedacht, mit dem man direkt nach dem Schleudern Wachsreste und andere Bestandteile aus dem Honig filtern konnte.

»Wo habe ich Fluglöcher vergessen?«

»Als du die Bienen winterfest gemacht hast.«

»Ach so.« Er kratzte sich am Nacken. »Da fehlen welche?«

»Glaub schon.«

»Okay, ich komme gleich.«

Er blickte noch mal auf den Honig und versuchte abzuschätzen, ob er jetzt dabei weggehen konnte, ohne dass der süße Nektar überlief.

»Wenn du sie schon störst, kannst du vielleicht auch auf Varroa prüfen?«, schlug Bea vorsichtig vor. Zu eindrücklich waren ihr die Einträge in Margarete Zeidlers Journal in Erinnerung, in denen sie darüber schrieb, wie sie einen Teil ihrer Bienen durch die Varroamilbe verloren hatte.

»Varroa haben die nicht. Ich habe sie im Herbst genau beobachtet«, versicherte Tom ihr selbstbewusst.

»Hm«, machte Bea.

Er zögerte. »Na ja, ist schon etwas her, seit ich sie geprüft habe. Wir schauen mal, okay?«

Er ging hinaus, und als Bea ihm nicht sofort folgte, rief er: »Kommst du? Ich kann das kaum alles allein tragen.«

»Willst du denn, dass ich helfe?«, fragte sie.

Er blieb stehen. Sie folgte ihm etwas langsamer.

»Bisher hatte ich nämlich nicht den Eindruck«, fügte sie hinzu.

Er steckte die Hände in die Hosentaschen seiner Jeans, kickte einen imaginären Stein vor sich her.

»Also gut, ich geb's zu. Du nervst schon sehr mit deinem angelesenen Wissen.«

Bea lachte. »Mich nervt das ja auch«, räumte sie ein.

»Aber du kannst nicht anders?«

Sie zuckte hilflos mit den Schultern.

»Na, dann komm. Wollen wir doch mal sehen, ob wir das theoretische Wissen in ein praktisches Tun verwandeln können.«

Bea lächelte, denn irgendwie fühlte sie sich gerade ein bisschen so, als hätte er sie als freie Mitarbeiterin bei Zeidlers Bienenschwarm aufgenommen.

Die Beuten standen in einer nicht erkennbaren Ordnung; manche vorne, viele in der Mitte, alle mit dem Flugloch in dieselbe Richtung. Bea blieb bei dem Kinderschlitten stehen, während Tom zu der Beute ging, von der sie glaubte, sie sei nicht in Ordnung. Er bückte sich, untersuchte das Flugloch. Sie hörte ihn brummeln, gerade so, als bemerkte er seinen Fehler, wollte ihn aber nicht offen zugeben.

»Ich kümmere mich darum«, sagte er.

»Und die Varroa?«

Sie versuchte, ihrer Frage die Schärfe zu nehmen, sagte es leise, fast ehrfürchtig. Tom seufzte. Er richtete sich auf, seine Hand fuhr in den Nacken. »Die Varroa ist kein Problem«, beharrte er. »Ich habe das im Griff.«

»Machst du regelmäßig eine Stockkontrolle? Und behandelst du sie? Mit Oxalsäure oder mit Ameisensäure?«

Sie merkte selbst, dass sie mit ihren Fragen übers Ziel hinausschoss. Tom aber grinste nur. »Möchtest du mal in den Bienenstock hier schauen?«, fragte er.

Sie nickte und kam langsam näher. Als könnte jede heftige Bewegung einen riesigen Bienenschwarm aufstöbern.

»Sie sind ganz ruhig und entspannt«, versicherte er ihr.

»Ich habe keine Angst«, beteuerte Bea.

»Als ich das erste Mal bei den Bienen war, hatte ich riesige Angst. Habe ich mir nicht anmerken lassen. Nicht mal die Bienen haben was bemerkt, ich war einfach der coole Achtzehnjährige, der einzelne Arbeiterinnen mit den Fingern von einem Rähmchen fegte. Es ist ganz normal, wenn du dich anfangs unwohl fühlst. Sie sind dir fremd. Das bist du ihnen aber auch. Und wenn du sie lieb bittest, lassen sie sich gern anschauen.«

Bea runzelte die Stirn. Meinte er das ernst?

*Du kannst mir vertrauen.*

Das sagte er ja damit. Sie wollte ihm vertrauen, und neugierig war sie auch. Also näherte sie sich der Beute. Tom nahm den Deckel ab und lehnte ihn seitlich an den

Holzkasten. Von oben betrachtete sie die Rähmchen, die nebeneinander aufgereiht waren. In der Mitte der Beute konnte sie zwischen zwei Rähmchen ein paar Bienen erkennen, deren Flügel leicht bebten.

»Das sind die Mantelbienen«, erklärte Tom. »Sie sitzen außen an der Wintertraube. Wenn es ihnen dort zu kalt wird, drängen sie weiter nach innen, wo es wärmer ist. Nur die Königin bleibt den ganzen Winter in der Mitte, wo es muckelige 37 Grad hat.«

»Mh, wie eine kleine Bienensauna«, murmelte Bea.

»Sie wärmen sich aneinander. Das ist schön, oder?«

Sie lächelte still. Ja, das wäre schön. Sich von Tom wärmen lassen – sie hätte absolut nichts dagegen.

Wie um ihrem Gedanken Nachdruck zu verleihen, fröstelte sie und stampfte auf den gefrorenen Boden. Sie hatte eindeutig das falsche Schuhwerk an für diesen Ausflug zu den Bienen.

»Du frierst«, stellte er fest und machte Anstalten, die Beute wieder zu schließen.

»Nein, lass.« Sie streckte die Hand nach seinem Arm aus. »Erzähl mir mehr von den Bienen.«

Er blickte sie an, den Deckel in der Hand. Dann stellte er ihn ab. »Was möchtest du wissen?«

Sie lächelte. »Alles.«

»Aber du weißt doch schon alles.«

Bea schüttelte den Kopf. »Ich weiß nur das, was ich gelesen habe.«

Er erwiderte ihr Lächeln, und seine Stimme klang irgendwie ganz warm und fast ein bisschen zärtlich. »Aber du hast viel gelesen, seit du das letzte Mal hier warst.«

Sie spürte, wie ihre Wangen warm wurden, dem beißenden Wind trotzend, der selbst hier im Schutz des Waldrands eine erstaunliche Kraft hatte.

»Weil ich das Tagebuch deiner Tante gelesen habe.«

»Ach, hast du?« Er zuckte mit den Schultern.

»Dich stört das gar nicht.«

»Wieso auch? Sie hat es dir gegeben.«

»Ja, damit ich es dir bringe.«

»Und ich will es nicht. Mach damit, was du willst. Ich kann mich irren, aber das war eine Schenkung von ihr an mich und im Anschluss eine von mir an dich.«

Sie hätte gern etwas erwidert. Dass er so spitzfindig sein konnte!

»Wir können uns gern weiter über die Bienen unterhalten. Meinetwegen den ganzen Tag. Aber ich habe eine Bedingung«, sagte Tom.

»Und die wäre?« Ihr Herz schlug hart gegen die Brust. Wieso bloß?

*Weil ich mich gerade in dich verliebe.*

*Mach das nicht.*

Ach Mann, in ihrer Vorstellung war er entweder der zugewandte, liebe Kerl oder der distanzierte Blödmann, der den Anschein machte, nicht gut für sie zu sein.

Sie sollte sich langsam mal entscheiden.

»Ich will nichts mehr von Tante Grete hören. Sie ist erwachsen und trifft ihre eigenen Entscheidungen. Ich mache mir vielleicht Sorgen, aber sie hat dich auch benutzt, und das finde ich nicht in Ordnung. Auch wenn es schön ist, dass du hier bist«, fügte er hinzu.

»Aber ihr Journal …«

»Nein«, schnitt er ihr das Wort ab. Also doch der Blödmann?

Tom atmete tief durch. Er legte den Deckel zurück auf die Beute und machte zwei Schritte zurück. Seine Hände fuhren durchs Gesicht.

»Was ist das mit deiner Tante und dir?«, fragte Bea

behutsam, auch weil sie nicht wusste, ob sie das Recht hatte zu fragen. Sicher nicht.

Tom lachte. »Kompliziert ist das«, sagte er schließlich. »Ich meine, sie will mir das hier überlassen, aber weil ihr nicht passt, wie ich das mache, verschwindet sie aus dem Krankenhaus. Ich habe ihr nichts getan. Aber ich will es auf meine Art versuchen.«

»Auch wenn du damit den Bienen schaden könntest?« Sie dachte daran, wie er die Bedrohung durch die Varroa leugnete. Wie ein Senior, der glaubte, er müsse sich nicht gegen Influenza oder Pneumokokken impfen, das würde schon gut gehen. Ja, ging es auch. Bis es dann gründlich schiefging.

»Sie sind stärker als die Varroa. Sie müssen doch dagegen ankämpfen können, oder? Das stärkt ihre Immunität, es wird für den Herdenschutz sorgen. Wenn wir die Varroa immer wieder mit aggressiven Mitteln bekämpfen, wird der Bien es nie lernen.«

»Oder er wird daran zugrunde gehen«, murmelte Bea.

»Na ja. Heute können wir ohnehin nichts machen. Ich werde aber mal Windeln unter zehn Beuten einlegen, die kann ich dann in einer Woche auszählen. Einverstanden?«

Sie nickte. Hey, sie hatte ihn überzeugen können – das war irgendwie ein gutes Gefühl.

»Erzählst du mir jetzt mehr über sie?«, fragte Bea.

Tom lächelte. »Sehr gern«, sagte er schlicht. Und dann begann er zu erzählen.

Sie vergaß alles um sich herum. Es gab diesen Mann, die Beuten, dieses kleine Stückchen Erde, das vom Schneegestöber umschlossen völlig losgelöst schien von der Welt da draußen. Als könnte man sich einfach von allem lossagen.

Schön wäre das. Unmöglich, weil anderswo so vieles wartete. Aber zumindest kurz die Vorstellung genießen, wie es wäre – das wollte sie.

Als sie viel später zum Haus zurückspazierten, spürte sie Toms Hand an ihrem unteren Rücken, er ging halb hinter ihr, halb neben ihr, es war nur der Flügelschlag einer Berührung, damit sie stehen blieb.

Drei Rehe standen am Waldrand und ästen. Eins hob den Kopf, dann stoben sie wie auf ein stilles Zeichen davon.

»Die besuchen mich oft«, sagte er.

*Ich würde dich auch gern öfter besuchen.*

*Dann komm doch. Meine Tür steht immer für dich auf.*

Sie atmete tief durch.

»Darf ich wiederkommen?«, fragte sie plötzlich.

Er sah sie an und lachte. »Ähm, ja klar? Also, jederzeit.«

»Das ist gut.« Sie lächelte.

Nur Freunde, redete sie sich ein. Dieses andere Gefühl da, das würde sich mit der Zeit verflüchtigen.

Aber Freunde könnten sie werden, gar kein Problem.

## 6. September

*Es ist schlimm. Richtig, richtig schlimm.*

*Ich ärgere mich maßlos. Wo habe ich nicht aufgepasst? Welche Anzeichen übersehen? Nach der Ernte im Juli dachte ich, alle Zeichen stünden gut für einen friedlichen Spätsommer, in dem meine Bienen sich in aller Ruhe auf den Winter vorbereiten könnten.*

*Aber nun sitze ich hier und heule, weil ich fürchte, ich habe alles verloren. Nächste Woche jährt sich Carls Todestag. Ich dachte, ich hätte den Dreh raus, ich käme ohne ihn zurecht. Nein, komme ich nicht.*

*Es wird noch ein Weilchen dauern, bis ich alles rekonstruiert habe, aber … Ach, ich war so dumm.*

*Schon im Frühsommer hätte ich draufkommen können. Es sind einfach zu viele Königinnen geschwärmt, ich war ja manchmal schon zweimal oder dreimal pro Woche draußen und habe sie wieder eingefangen. Und als ich im Juli bei der Stockkontrolle eine Königin fand, auf der eine ausgewachsene Varroamilbe saß? Da dachte ich noch, es wird schon nicht so schlimm sein. Zumal die Arbeiterinnen auf mich einen gesunden Eindruck machten. Keine verkümmerten Flügelchen. Dachte ich. Denn offenbar hat die Varroa trotzdem gewütet, von mir unbemerkt.*

*Ich bin keine gute Imkerin. Ich hätte es sehen müssen. Dabei habe ich es gesehen, wenn ich ehrlich bin.*

*Einige meiner Königinnen sind zu schwach, sie sind alt. Ich hätte sie im Frühjahr austauschen müssen, aber ich war zu sehr mit mir selbst beschäftigt und damit, Tom zum Mithelfen anzutreiben.*

*Ich habe nicht aufgepasst. Schon im August hätte ich mir Sorgen machen müssen, ich habe immer wieder nachgeschaut, mit diesem ungefähren Gefühl, dass etwas nicht stimmt. Natürlich. Zu viel Drohnenbrut. Wozu um diese Jahreszeit? Nach der Drohnenschlacht im August dürften keine neue kommen; sie wird doch nur gebraucht, damit im Frühling und Frühsommer die jungen Königinnen auf ihrem Hochzeitsflug begattet werden. Und danach das alljährliche Massaker zum Ende des Bienenjahrs, mit dem die Völker ihre Drohnen töten, damit es über den Winter keine unnützen Esser gibt. Männer braucht's da nicht bei den Bienen, die Königin ist sich selbst genug mit ihren Wintermädchen.*

*Ich dachte wohl, es sind ältere Königinnen. Aber nun erlebe ich, wie die Arbeiterinnen sich in andere Völker einbetteln, sie tun es von sich aus und nicht, weil ich die Völker zusammenlege. Das ist fatal, denn wenn sie aus bereits betroffenen Völkern kommen, in denen die Varroa seit Längerem wütet, tragen sie die Milbe in meine letzten gesunden Völker.*

*Ich habe in den letzten Tagen nichts gemacht, außer alle Völker, wirklich alle, mit Ameisensäure zu behandeln. Ich weiß, damit schade ich auch den Bienen; sie verbrennen sich ihre zarten Flügel an den Dämpfen, und wenn ich nicht vorsichtig war, werden die Königinnen ebenso in Mitleidenschaft gezogen. Es ist ein einziges Durcheinander. Jede Beute, die ich öffne, birgt eine Überraschung. Oder mehrere. Hier neu angelegte Weiselzellen, aus denen sie eine junge Königin ziehen wollen. Dort noch mehr Drohnenbrut, die ich rigoros entferne. Zwei Völker haben ihre Königin verloren. Eine Hiobsbotschaft nach der nächsten, und ich kann von Glück reden, wenn von den vierzig Völkern, die ich bis vor wenigen*

*Wochen noch stolz mein Eigen nannte, vielleicht fünfundzwanzig oder dreißig bleiben.*

*Manche Völker sind noch gesund. Ich traue mich fast nicht, die Arbeiterinnen der Völker ohne Königin sich dort einbetteln zu lassen, aber was bleibt mir? Ich muss es wagen, und wenn ich alles verliere …*

*Ja, was dann? Ich kann nichts anderes, habe nie etwas gelernt außer das Imkern. Und selbst darin bin ich eine Versagerin, sagen wir's, wie's ist.*

*Es tut mir leid, Carl. Es tut mir so leid, dass ich dein Vermächtnis nicht besser bewahren konnte.*

# Kapitel 9

Manchmal musste man eben was riskieren.

Bea hatte es wirklich versucht. Sie hatte Tom noch geholfen, sein Auto vollzuladen, bevor sie sich verabschiedeten. Sie fuhr heim, duschte heiß und ausgiebig, zog Jogginghose und ein überdimensionales Sweatshirt an, drehte die Heizung auf und strich eine halbe Stunde vor dem Bücherregal herum, ohne sich entscheiden zu können, was sie lesen wollte.

Wem machte sie eigentlich was vor? Sie rief Lena an.

»Du musst mit mir auf den Wintermarkt auf dem Obsthof Werder gehen«, sagte sie anstatt einer Begrüßung.

»Wie schön, dass du auch mal am Wochenende was unternehmen willst.« Lena gluckste. »Leider habe ich heute schon was vor.«

»Oh, Lena! Das kannst du mir nicht antun.«

»Warum?«

Bea seufzte. »Da gibt's einen Mann. Er ist Imker.«

»Oh, ich höre? Erzähl mir mehr!«

»Ich denke, du hast keine Zeit?«

»Wenn es einen Mann gibt, habe ich alle Zeit der Welt. Hier geht gerade der Brotteig und ich bewache den Eintopf für heute Abend. Du kannst also gern herkommen und mir bei der Bügelwäsche helfen.«

»Vielen Dank, ich verzichte.«

»Also los. Woher kennst du ihn? Und was muss das für ein toller Kerl sein, dass du dich in ihn verliebst?«

»Ich habe mich nicht verliebt.« Noch nicht, fügte sie in Gedanken hinzu.

»Noch nicht.« Manchmal kannte Lena sie einfach zu gut. »Aber hey, ich freue mich sehr für dich. Und nun erzähl schon.«

Bea zog die Sofadecke über ihre Knie.

»Was willst du wissen?«

»Alles.«

Bea lachte. Und dann begann sie zu erzählen.

Zweifelnd ließ Tom den Blick über seinen Verkaufstisch gleiten. Eigentlich sah doch alles gut aus – hier die Gläser mit dem Honig, dort die Kerzen. Ein paar Wachsplättchen hatte er noch in Tüten abgepackt und verkaufte sie als Do-it-yourself für Wachstücher, darauf standen die Städter neuerdings ja. Die Anleitung dafür hatte er aus dem Internet ausgedruckt und beigelegt.

Trotzdem. Sein Tisch sah irgendwie … leer aus. Er ärgerte sich darüber. Selbst schuld; er hätte den ganzen Herbst lang Zeit gehabt, sich darum zu kümmern. Die kleinen Bienenkörbchen aus Wachs zu gießen. Geschenksets mit kleinen Honiggläsern zusammenzustellen. Flyer zu gestalten, damit Interessierte auch größere Mengen Honig direkt bei ihm kaufen konnten. Jetzt erst fielen ihm all die Dinge ein, die er hätte machen können.

»Na, das sieht ja mal en büschen mickrig aus.« Linde Werder war eine stämmige Mittfünfzigerin mit rotem Gesicht und raspelkurzem, lila gefärbtem Haar. Sie schritt die einzelnen Verkaufsstände in ihrer hohen, geräumigen Deele ab und unterhielt sich mit den Verkäuferinnen. In wenigen Minuten würden die ersten Besucherinnen kommen.

»Tja, das lief dieses Jahr nicht so gut wie erhofft.«

Sie blieb stehen. »Geht's Margarete besser?«, erkundigte sie sich.

»Ich weiß es nicht«, gab Tom zu. »Ich hoffe.«

Etwas Argwöhnisches blitzte in ihren dunkelgrünen Augen auf. »Ach?«

»Sie ist vor ein paar Tagen verschwunden. Sicher bei einer Freundin untergekrochen. Die Krankheit macht ihr zu schaffen.«

Das schien ihr einzuleuchten; klar, Margarete Zeidler, die verkroch sich lieber bei einer Freundin, statt von ihrem Neffen und Nachfolger betüddelt zu werden.

»Na dann mal schöne Grüße, wenn du sie siehst.«

»Richte ich aus, danke.«

Sie klopfte auf den halbvollen Tisch und ging zum nächsten Stand, wo zwei hagere Frauen jenseits der siebzig beisammenstanden. Ihre Hände fanden keine Ruhe, sie strickten in Rekordtempo Socken, die sich paarweise bereits auf dem Tisch häuften.

»Die Redeker-Schwestern haben sich dieses Jahr wieder mal selbst übertroffen«, rief Linde ihnen entgegen, und die beiden Damen strahlten. Sie blieb bei ihnen stehen, die drei steckten die Köpfe zusammen, eine der Strickomis guckte sogar zu ihm rüber und runzelte die Stirn.

Klar, sie redeten über ihn. Zerrissen sich das Maul darüber, dass Tante Grete nicht da war und er mit so wenig Ware angerückt war.

Es war ihm selbst peinlich. Er hatte gedacht, die Sachen würden locker für den drei Meter langen Tisch reichen. Es sah aber etwas kümmerlich aus.

Davon wollte er sich jetzt nicht unterkriegen lassen. Die ersten Besucherinnen betraten die festlich erleuchtete Deele. Linde Werder lief weiter und die Redeker-Schwestern winkten ihm zu, gerade so, als hätten sie nicht über ihn gelästert.

Er wurde vom Interesse der Kundinnen überrollt. Die ersten standen bald um seinen Tisch herum, sie befingerten die wenigen Kerzen, die er fächerförmig ausgebreitet hatte, lasen die Etiketten auf den Honiggläsern, vor allem aber kauften sie. Viele ließen Grüße an seine Tante ausrichten, gerade so, als wäre der Einkauf bei Zeidlers Bienenschwarm für sie eine feste Institution auf diesem kleinen Wintermarkt.

»Hallo.«

Er blickte auf. Gerade hatte eine Lehrerin bei ihm zehn Gläser Honig gekauft. »Das Übliche«, hatte sie gemeint. »Für die Lieblingskolleginnen.« Und ihm dann, weil er nicht wusste, wer ihre Kolleginnen waren, von der Grundschule erzählt, an der sie unterrichtete. »Grüßen Sie Ihre Tante. Wir alle vermissen sie sehr.«

»Das tue ich auch«, murmelte er.

Und nun stand sie vor ihm. Nein, nicht Tante Grete, auch wenn ihn das nicht gewundert hätte, sondern …

»Was machst du denn hier?«, murmelte er.

»Dir helfen.«

Bea schlüpfte hinter den Tisch. Sie bückte sich, zog einen Karton mit Honig darunter hervor und begann, aus den Gläsern eine hübsche Pyramide zu bauen. Sie trug einen dunkelroten Norwegerpulli über den hellblauen Jeans und wieder die Lammfellstiefel. Genau richtig, um ein paar Stunden in der zugigen Deele zu stehen. Die Haare hatte sie zu einem praktischen Pferdeschwanz hochgebunden.

»Du musst alles auf den Tisch bringen. Wenn's später leer aussieht, ist das nicht schlimm«, erklärte sie ihm. Gerade so, als hätte sie schon jahrelange Marktstanderfahrung.

Er hätte ihr gern erklärt, er kenne sich aus, vielen Dank auch, aber da trat schon wieder eine Kundin an den Tisch, und diesmal sprach sie nicht ihn an, sondern Bea. Staunend beobachtete Tom, wie sie ganz selbstverständlich die Beratung übernahm und drei kleine Schachteln mit Bienenwachskerzen verkaufte. Die Geldkassette klappte zu, sie wünschte der Kundin noch einen schönen Tag.

Eine kurze Verschnaufpause. Die nutzte er und stellte Bea zu Rede. »Was machst du hier?«

»Mir war zu Hause langweilig. Ich wollte gucken, wie das hier so läuft. Und dann habe ich gesehen, dass du viel zu tun hast.« Sie senkte den Blick. »Ich dachte, du freust dich über etwas Hilfe.«

Sofort tat es ihm leid, weil er sie so angeblafft hatte. »Könnte ich tatsächlich brauchen, hm.«

Aber es war ihr Wochenende. Sie hatte ihm heute Vormittag schon so viel geholfen.

»Nicht gut?«, fragte sie leise.

»Doch.« Er gab sich einen Ruck. »Sogar schön.«

Sie lächelte. Und vielleicht lag ihr noch eine Antwort auf der Zunge, aber dann begann schon der nächste Ansturm.

Drei Stunden später war alles vorbei, und Bea starrte völlig überwältigt auf den fast leergeräuberten Tisch. »Du meine Güte«, meinte sie. »Was war *das* denn?«

Tom schloss die Geldkassette ab und begann aufzuräumen. »Ich weiß es nicht«, gab er zu. »Aber ohne dich hätte ich das nicht geschafft.«

Sie waren ein gutes Team gewesen. Hatten den Ansturm zeitweise nur bewältigen können, indem sie Hand in Hand arbeiteten – eine beriet, einer verpackte und kassierte. Oder umgekehrt. Auf jeden Fall schafften sie es mühelos, gerade so, als würden sie das schon jahrelang gemeinsam machen. Keine Spannungen, kein Gezicke. Bea war froh über die paar Stunden, die sie bei Alix ausgeholfen hatte, denn das hatte ihr schon eine ungefähre Vorstellung davon gegeben, wie es war, im Verkauf zu stehen.

Sie war völlig erledigt. Ihre Füße schmerzten vom langen Stehen, sie hatte Durst und ihr Magen knurrte. Zwischendurch war einfach keine Pause möglich gewesen.

Sie half Tom beim Aufräumen. Als sie die dunkelgrüne Decke zusammenfalteten, die er untergelegt hatte, kam die Obsthofbesitzerin vorbei. »Ihr zwei habt das super hingekriegt!« Sie reckte beide Daumen in die Höhe. »Seid ihr nächstes Wochenende auf dem Adventsmarkt drüben in Stade?«

»Wahrscheinlich«, meinte Tom. Der Blick, den er Bea zuwarf, ging ihr durch und durch. Als wollte er wissen, ob er auch am kommenden Wochenende auf sie zählen konnte.

Ja, dachte sie. Das wäre schön. Mit Tom über die Märkte tingeln. Auch wenn's unfassbar anstrengend war und sie keine Ahnung hatte, wie sie das neben ihrer täglichen Arbeit in der Klinik schaffen sollte.

Außerdem gab es da noch ein anderes Problem …

»Drüben am Glühweinstand gibt's noch Reste. Holt euch was, geht aufs Haus.«

»Danke, Linde«, sagte Tom.

»Bratwürstchen auch. Wenn ihr mögt.« Linde – was für ein wunderschöner Name! – klopfte auf den Tisch und ging weiter.

»Hunger?«, fragte Tom.

»Und wie!«

»Ich hole uns was.« Er nahm eine der leeren Kisten hoch. »Die bringe ich schon mal weg.«

Sie hockte sich auf einen Klappstuhl und atmete tief durch. Aus der Gesäßtasche hangelte sie ihr Handy.

Mehrere Nachrichten von Stefan. Sie runzelte die Stirn.

*Du bist gar nicht zu Hause! Bud Spencer und ich wollten dich eigentlich überraschen …*

Darunter ein Foto von dem kleinen Cocker Spaniel vor ihrer Wohnungstür.

Die Nachricht war vom frühen Nachmittag, als sie bereits unterwegs zum Wintermarkt war. Glück gehabt, dachte sie. Wäre sie zu Hause gewesen, hätte sie kaum ein Argument gefunden, warum sie nicht mit ihrem Ex und dem Hund eine große Spazierrunde drehen sollte. Nicht, weil sie gern viel Zeit mit Stefan verbrachte. Aber sie hätte sich so gefreut, Bud Spencer zu sehen.

Etwas störte sie an dieser Aktion ganz gewaltig. Was bezweckte Stefan damit? Er hatte die Beziehung beendet, hatte sie mit der Trennung zutiefst verletzt. Es hatte Monate gedauert, bis sie einen halbwegs normalen Umgang mit ihm pflegen konnte, und sie sehnte den Tag herbei, an dem die Scheidung rechtskräftig wurde, sie ihren alten Namen wieder annehmen konnte. Wieso ließ er sie nicht in Ruhe?

Es wäre ja kein Problem, wenn sie sich verabredeten und er dann zu ihr kam. Aber so ein Überfall …

»Ich hoffe, du magst Currywurst.«

Sie blickte auf. Tom stellte ein Tablett auf den Tisch, es gab Glühwein aus dunkelgrünen Bechern und in Pappschälchen schwammen die kleingeschnittenen Würstchen in einer Sauce, die großzügig mit Curry bestäubt war.

»Ich habe einen Bärenhunger.«

Er grinste. »Hoch die Tassen! Und danke noch mal. Du hast mir heute den Arsch gerettet.«

»Ach was.« Sie nickte zu den leeren Kartons unter dem Tisch. »Da hast du unter der Woche aber viel zu tun.«

Er wirkte etwas ratlos. Mit dem Pappschälchen in der Hand setzte er sich neben sie auf den zweiten Klappstuhl. Ziemlich *dicht* neben sie. Bea lehnte sich ein bisschen zu ihm herüber, mit ihrer Holzgabel mopste sie ihm ein Stückchen Wurst.

»Hey!« Seine Augen blitzten vergnügt.

»Das ist nur fair, ich arbeite schließlich ohne Bezahlung.«

»Hm, stimmt«, brummte er.

»Du könntest mich in Honig bezahlen.«

»Ich habe auch Kerzen. Oder nein, im Moment leider nicht.«

»Schaffst du das? Ich meine, die Kerzen und den Honig bis zum kommenden Wochenende zu produzieren?«

»Schon. Aber nächstes Wochenende läuft da nichts. Ich habe vergessen, die Standmiete zu überweisen. Bei allen anderen Märkten hatte Tante Grete das noch gemacht.«

»Oh nein, wie ärgerlich.« Sie wusste aus dem Journal seiner Tante, wie wichtig die Märkte im Advent für ihr Einkommen gewesen waren. Wenn einer von fünf Märkten wegbrach, bedeutete das eine ganz schön heftige Umsatzeinbuße.

»Wird schon. Habe ich mehr Zeit für die anderen Märkte. Hast du Lust?«

Sie lächelte. »Worauf genau?«

»Mir zu helfen. Ich würde dich nicht fragen, du hast sicher genug zu tun. Aber du warst hier, hast mit angepackt, gerade so …« Er zuckte mit den Schultern, spießte das letzte Stückchen Currywurst auf und faltete die Pappschale zusammen. »Als gehörtest du dazu.«

Seine Worte erzeugten eine Wärme in ihrem Bauch, und zu gerne hätte sie sich ganz diesem Gefühl hingegeben. Hätte sich noch mal bei ihm angelehnt. Aber gerade, als sie genau das tat, stand Tom auf, trank seinen Glühwein aus und streckte die Hand nach ihrem Becher aus. »Kann ich den mitnehmen?«

Bea wäre fast auf seinen leeren Stuhl gekippt. Sie stützte sich ab, sah bestimmt total bescheuert aus, wie sie da zwischen den Stühlen hing. Der Rest Glühwein aus ihrem Becher ergoss sich über ihren geliebten Norwegerpulli. Wie sinnbildlich für ihr aktuelles Leben!

»Hoppla. Alles okay?«

»Nix passiert!« Wie zum Beweis hob sie beide Hände. Er blieb stehen, musterte sie. Lächelte so wohlwollend auf sie herab, dieses warme, kribbelige Gefühl wollte gar nicht mehr verschwinden.

»Das war ein toller Tag«, sagte er dann. »Mit dir.«

»Das ging mir auch so.«

Erneut streckte er die Hand aus, und in ihrer Verwirrung dachte sie kurz, er wollte ihre Hand nehmen. Tom lachte, als sie ihm ihre leere Hand entgegenreckte. »Der Becher!«

»Ach klar, hier.« Sie gab ihm den Becher und stand auf. Tom marschierte mit dem Tablett zum Glühweinstand. Sie steckte die Hände in die Gesäßtaschen ihrer Jeans und blickte ihm nach.

»Ihr passt gut zusammen!«

Linde Werder drehte sich kurz zu Bea um, sie machte ihre letzte Runde und verabschiedete gerade die Strickomis, die mit leicht geröteten Wangen die letzten Kisten mit Socken nach draußen schleppten.

Bea lächelte nur.

Passten sie gut zusammen? Der chaotische, naturverbundene und in wirtschaftlichen Dingen völlig ungeschickte Tom Zeidler und die naturwissenschaftliche, kühl rechnende Dr. Bea Heinemann? Sie könnten kaum verschiedener sein.

Und trotzdem: Ein Fünkchen Wahrheit war dran an diesen Worten. Sie beschloss, dass sie ruhig auch mal was riskieren konnte.

»Ich bringe dich heim, okay?«

Tom war zurück. Er nahm den letzten Karton vom Tisch. Bea folgte ihm.

»Ich kann selbst fahren«, widersprach sie. Außerdem musste sie ja morgen früh zur Arbeit, wie sollte das ohne Auto gehen?

»Ach so. Ja, dann …«

Er begleitete sie zu ihrem Wagen. Der Hof lag leer im Dunkeln, die meisten Ausstellerinnen waren inzwischen schon weggefahren. Bea winkte den Redeker-Schwestern und ärgerte sich; ein Paar Wollsocken wären jetzt genau das Richtige für ihre trotz ihrer dicken Stiefel zu kleinen Eisklötzchen gefrorenen Füße.

»Mach's gut.« Sie stand mit dem Schlüssel in der Hand neben ihrem Auto.

»Du auch.« Er regte sich nicht. Bea seufzte, jetzt verstand sie – sein Angebot war mehr als pure Höflichkeit gewesen und sie hatte ihn direkt abblitzen lassen. Verflixt! Sie war einfach viel zu unerfahren in diesem Spiel.

»Bis bald?«, fragte sie.

Seine Miene hellte sich auf.

Dieses Lächeln blieb ihr, als sie vom Hof fuhr. Sie schaltete das Radio ein, sang leise mit. Selbst *Last Christmas* von Wham konnte sie jetzt nicht aus ihrer überaus feierlichen Stimmung reißen.

Tom und sie hatten doch alle Zeit der Welt. Sie mussten sie nur richtig nutzen.

## 13. September

*Ich kann nicht mehr. Ich dachte, nach dem Trauerjahr wird alles besser, aber nun stehe ich vor dem Nichts, und nein, gar nichts wird besser. Seit zwölf Monaten versuche ich, ohne dich klarzukommen, Carl. Aber es geht nicht. Du fehlst zu sehr.*

*Ich überlege, ob ich alles verkaufen soll, das Haus, den Grund, die Bienen, den Berlingo. In die Stadt ziehen, Sozialhilfe beantragen, so ein Leben führen, das sich wertlos anfühlt.*

*Und jetzt ist auch noch die Honigschleuder kaputt. Ich mag nicht mehr.*

# Kapitel 10

Modern, viel Glas und wenig Beton, so präsentierte sich das Klinikgebäude, als Bea am Montag gegen sechzehn Uhr auf den Parkplatz für das Personal fuhr und ihren Wagen neben Stefans Mercedes abstellte. *Du kannst neben mir parken, der Kollege ist auf einem Kongress,* hatte er ihr am Morgen noch geschrieben. Sie blieb kurz sitzen, sah zu dem fünfstöckigen Bau hoch, der sich in beiden Richtungen vor ihr erstreckte. Ganz schön protzig und schick, dachte sie, aber was hatte sie erwartet? Die Klinik war bekannt für ihren exzellenten Ruf – und auch für die moderne Ausstattung, denn dank der Privatisierung und Spezialisierung auf einige lukrative Fachbereiche war es möglich, einen Teil des Gewinns in die Außenwirkung zu stecken, was wiederum zahlungskräftige Patientinnen aus dem Ausland anlockte, die sich hier ein Wunder erhofften.

Es war eine zwiespältige Sache, das mit der Privatisierung der Kliniken. Sicher gab es auch Vorteile, wenn Überschüsse in die Ausstattung investiert wurden und damit allen Patientinnen zugutekamen. Aber die Nachteile überwogen dort, wo der Personalschlüssel – einer der größten Kostenfaktoren, wie es immer so schön hieß – stetig in die falsche Richtung verschoben wurde. Zu wenig Pflegekräfte, so dass ein menschenwürdiger Klinikbetrieb kaum mehr möglich war. Vermutlich wäre es hier noch schlimmer als in ihrem Klinikum am anderen Ende der Stadt, denn der Betreiber war an der Börse notiert und natürlich an einer Gewinnmaximierung interessiert.

Sie betrat den Eingangsbereich und meldete sich am Empfangsschalter. Die junge Frau, die dahinter saß, griff sofort zum Telefonhörer. Die Atmosphäre war gediegen, fast schon ein bisschen zu leise. Bea zog ihren Mantel aus und setzte sich auf einen der bequemen Sessel.

Sie musste nicht lange warten, bis der Fahrstuhl am anderen Ende der Halle aufging und Stefan mit weit ausgreifenden Schritten auf sie zueilte. Sie stand auf, und bevor sie wusste, wie ihr geschah, hatte er sie in die Arme geschlossen. Er drückte sie länger als unbedingt nötig an sich, und Bea nahm seinen sauberen, fast ein bisschen antiseptischen Geruch wahr, vermischt mit dem Aftershave, das sie ihm zu Weihnachten letztes Jahr geschenkt hatte. Kurz bevor sie sich trennten.

Weihnachten … Nicht mal mehr vier Wochen, dachte sie. Bloß schnell weg mit dem Gedanken. Sie musste sich jetzt konzentrieren.

»Wie schön, dass du hier bist. Komm, ich habe oben einen kleinen Konferenzraum für uns reserviert.«

Sie fuhren in den fünften Stock und betraten einen modern ausgestatteten Konferenzraum; auf dem ovalen Tisch warteten bereits Kaffee und Kekse, und auf der angrenzenden Dachterrasse hatte man einen Blick weit ins Grüne hinein.

»Schön ist es hier«, sagte sie mehr aus Höflichkeit, weil sie langsam das Gefühl bekam, sie müsste etwas sagen.

»Ja, mir gefällt es auch sehr gut. Es hat etwas Heilsames. Kaffee?«

Sie nickte. Stefan goss Kaffee in zwei Tassen und gab

für sie zwei Stückchen Zucker hinein, keine Milch. Er wusste natürlich, wie sie ihn am liebsten trank.

»Bevor du dich fragst, wieso ich dich treffen wollte, komme ich wohl lieber zur Sache.« Er räusperte sich. Schlug ein Bein über das andere, lehnte sich zurück. Beas Hände hielten sich an der Kaffeetasse fest.

*Bitte kein Angebot, Stefan. Ich habe schon mal Nein gesagt, ich weiß nicht, ob ich das ein zweites Mal schaffe …*

»Ich möchte dir ein Angebot machen.«

Sie schloss resigniert die Augen.

»Für ein Forschungsprojekt. Eine Zusammenarbeit. Du in deiner Klinik, ich in meiner.« Er lächelte entschuldigend. »Ich habe nämlich nachgedacht. Über das, was du gemacht hast, als ich hierher gewechselt bin.«

»Du hast es mir vorgeworfen. Weil ich nur auf meine Karriere schaue, dabei machst du dasselbe. Deshalb hast du diesen Job angenommen.«

Seine Hand glitt über die Tischkante, er wirkte nachdenklich. »Das war ein Fehler«, gestand er. »Einer, den ich gern korrigieren würde.«

Im privaten oder nur beruflichen Kontext?, hätte sie ihn gern gefragt. Aber sie hielt den Mund, denn im Moment war allein die Vorstellung einer Zusammenarbeit schon fast zu viel für sie.

»Warst du deshalb gestern bei mir? Wenn diese Aktion nicht von dir gekommen wäre, hätte ich mich darüber sehr aufgeregt.«

Sein Lächeln wirkte auf einmal verunsichert, als wäre er sich keiner Schuld bewusst. »Wie meinst du das?«

»Du stehst unangekündigt vor meiner Tür? Was soll ich denn da denken? Wäre ich zu Hause gewesen, ich hätte dich kaum fortgeschickt, oder? Selbst wenn ich lieber allein geblieben wäre.«

»Aber …«

»Das geht so nicht«, unterbrach sie ihn. »Lass das, bitte.«

»Bea …« Er seufzte. Blickte aus dem Fenster, und sie ließ ihm die Zeit, weil sie wusste, nur so würde die Erkenntnis bei ihm reifen, dass sie recht hatte.

»Okay. Kommt nicht wieder vor. Besser?« Er klang verschnupft, aber das war ihr gerade egal. Wichtiger war, dass es nicht wieder zu solchen Aktionen kam.

Was hätte er denn gemacht, wenn sie Besuch gehabt hätte? Wenn ein Mann bei ihr gewesen wäre – sie vielleicht sogar mit diesem anderen Mann gerade so beschäftigt gewesen wäre, dass sie nur sehr widerwillig hätte öffnen wollen? Okay, natürlich dachte sie in dem Zusammenhang gerade an Tom. Aber das musste Stefan ja nicht unbedingt wissen. Weil es ihn schlichtweg nichts anging.

Ich hätte nicht herkommen sollen, dachte sie.

»Möchtest du nun unser Angebot hören?«, fragte Stefan in die Stille hinein.

»Ja«, sagte sie nur.

Stefan lächelte zufrieden, als hätte er sie allein mit dieser Zustimmung schon für sich gewonnen. Er reichte ihr die Mappe, die mitten auf dem Tisch gewartet hatte. »Wie du siehst, haben wir Forschungsgelder übrig, die wir gern in ein Projekt investieren würden, mit dem ein paar Naturheilmittel bei Übelkeit nach einer Chemotherapie erprobt werden sollen.«

Darum ging es ihm also. Er wollte an ihre Patientinnen herankommen.

Bea hörte ihm kaum zu, denn in Gedanken war sie bei den Menschen, für die sie jeden Tag aufs Neue das Beste tat. Für die sie alles gab. Manchmal war es zu wenig. Manchmal reichte es gerade so. Zum Glück konnte sie mit ihrem Team oft genug den Unterschied machen.

»… darum habe ich an dich gedacht«, beendete Stefan seinen Vortrag, dem sie nur mit halbem Ohr zugehört hatte. »Also? Was denkst du? Es wäre für alle ein Gewinn.«

Sie dachte daran, wie hässlich die Trennung verlaufen war, gerade mal zehn Monate war das her. Wie sie versucht hatte, ihn am Gehen zu hindern. Und jetzt? Kaum sah er, dass sie wieder ein Privatleben hatte, versuchte er, sie durch die Arbeit erneut an sich zu binden? Ausgerechnet die Arbeit, die sie letztlich entzweit hatte. Weil sie seiner Meinung nach zu viel arbeitete. Zu sehr auf die Karriere schaute, statt sich – wie es sich für jede Frau gehörte – endlich ins Private zurückzuziehen und seinem Wunsch entsprechend ein Kind zu bekommen.

Aber wäre er bereit gewesen, in Elternzeit zu gehen, damit sie in ihrer Karriere keinen Nachteil hatte?

Und das warf irgendwie eine andere Frage auf, über die sie nicht so genau nachdenken wollte. Und überhaupt, so viele Fragen. So vieles war noch nicht zu Ende gedacht nach der Trennung, so fühlte sich das an.

Ging es ihm wirklich um diese Studie? Oder versuchte er über die Hintertür Arbeit wieder in ihr Privatleben einzudringen?

Ich habe damit angefangen, dachte sie. Ich bin zum Abendessen geblieben, und dann habe ich im Gästezimmer geschlafen. Zu viel Wein, aber auch einfach … Freundschaft.

Vielleicht hatte Stefan ja gar keine Hintergedanken, sondern versuchte wirklich nur, sie in seine Arbeit einzubinden. Damit sie irgendwann doch noch seine Nachfolgerin wurde. Es wäre eine großartige Chance; sie könnte beides haben – Chefärztin der Onkologie und seine prestigeträchtige Forschungsarbeit unterstützen.

Vom Privatleben müsste sie sich aber durch die zusätzliche Arbeit verabschieden …

Bis vor zwei Wochen hatte sie kein Privatleben gehabt, und das war für sie okay gewesen. Morgens zur Arbeit, abends nach Hause, gelegentlich traf sie sich mit Lena. Das hatte ihr genügt. Aber jetzt hatte sie Alix besucht. Mehrfach. Es gefiel ihr auf dem Schliekerhof.

Ach, wem machte sie etwas vor? Ohne Privatleben hätte sie vermutlich auch kaum mehr Zeit, sich mit Tom zu treffen. Und als sie sich gestern verabschiedeten, wussten beide, dass sie sich schon bald wiedersehen würden.

Wenn es nach ihr ginge, sogar sehr bald.

Was sie jetzt schon ganz hibbelig vor Ungeduld machte.

Bea stand auf. Sie nahm die Mappe an sich, trank den Kaffee aus. »Das klingt spannend«, sagte sie. »Du hast doch nichts dagegen, wenn ich es mir erst mal in Ruhe anschaue, oder?«

»Nein, natürlich nicht. Lass dir Zeit. Es reicht mir, wenn du in zwei, drei Wochen antwortest.«

Er stand ebenfalls auf. Mit hängenden Armen stand er hinter dem Tisch.

»Wie geht es Bud Spencer?«, fragte Bea sanft.

Er zuckte mit den Schultern. »Gut, denke ich. Die Hundesitterin schickt mir täglich Bilder. Soll ich ihr Bescheid sagen, dass du auch gern welche hättest?«

Bea zögerte. »Das wäre lieb, ja.«

Er bemühte sich so sehr. Sie wollte lieber nicht wissen, warum das so war.

Bereute er die Trennung? Noch waren sie verheiratet, auch wenn die Scheidung in Beas Augen eher eine Formsache war.

Dachte er wirklich, die Zeit ließe sich einfach zurückdrehen?

Worte, die fallen, bleiben liegen. Und er hatte damals deutliche Worte gefunden. Egoistisch, karrieregeil, unzugänglich. Das war hängengeblieben. Und nichts davon konnte Bea mit sich selbst in Einklang bringen. Es verletzte sie. Noch immer. Aber wieso auch nicht; so viele Jahre wischte niemand einfach weg. Auch nicht, wenn der Ehepartner einem vorwarf, gefühlskalt zu sein.

Sie musste einfach dringend hier weg. Sonst bekam sie keine Luft mehr.

»Ich melde mich«, sagte sie. Zum Abschied hob sie nur schwach die Hand, dann verließ sie fast fluchtartig den Konferenzraum. Im Fahrstuhl lehnte sie sich mit dem Rücken an eine Wand, schloss die Augen.

*Ich werde verrückt. Was soll ich denn jetzt machen?*

*Hast du denn noch Gefühle für ihn?*

Nein. Und sie würde auch keine Gefühle mehr zulassen. Niemals. Diese Tür hatte Stefan selbst zugeschlagen.

Aber irgendwohin musste sie mit diesem inneren Aufruhr. Sie konnte das nicht länger mit sich selbst ausmachen.

Tom fuhr aus dem Schlaf. Er spürte den anderen Körper neben sich, eine verschlafene Frauenstimme. »Was ist?«, fragte sie.

Draußen war es schon fast dunkel. Und da, wieder: Ein Klopfen dröhnte durch das Haus. Eine Stimme drang durch das geschlossene Fenster, da rief jemand ziemlich laut. »Tom, bist du da?«

Er erkannte die Stimme.

*Bea.*

»Verdammt«, murmelte er.

Was hatte sie hier zu suchen?

Er stieg aus dem Bett, schlüpfte in seine Sachen. Riss das Fenster auf und lehnte sich hinaus in die Eiseskälte.

Tatsächlich, da stand sie im Nieselregen. Die Arme um ihren Oberkörper geschlungen. »Hey«, rief er nach unten. Sie blickte hoch.

»Machst du mir auf?«, fragte sie.

Er zögerte. Dann gab er sich einen Ruck. »Bin sofort unten.«

»Wer ist das denn?«, fragte Dana mit verschlafener Stimme vom Bett. Ihre dunklen Locken ergossen sich über das Kissen. Sie streckte den nackten Arm aus, ihre Hand drückte den Lichtschalter der kleinen Nachttischlampe.

Er zog die Socken an. »Eine Kundin«, log er. »Will vermutlich den Honig abholen, den ich ihr fertig gemacht habe.«

Er schlüpfte in die Jeans, streifte den dicken Wollpullover über das T-Shirt. »Bin gleich wieder da. Soll ich uns was kochen?«

»Mh«, machte sie und rekelte sich genüsslich unter seiner Bettdecke. Heute früh hatte er Biberbettwäsche aufgezogen, zum ersten Mal in diesem Winter. Monde und Sterne auf dunkelblauem Grund, gerade als Dana ihm schrieb, dass sie auf dem Weg zu ihm sei. Sie hatten sich seit Monaten nicht gesehen.

Ehrlich gesagt hatte er gedacht, sie würden sich auch nicht wiedersehen. Aber da stand sie vor seiner Tür, und mit ihrem Lächeln allein war die Trennung vergessen und ja, irgendwie auch spätestens dann vergeben, als sie auf ihn zutrat und ihn küsste. Dabei hatte er sich vorher fest vorgenommen, dass genau das nicht passieren würde. Auf keinen Fall.

Diesmal war es aber anders. Sie wollte keinen Sex wie sonst immer. Nur reden, erzählen, was in ihrem Leben passierte. Er spürte, dass sie nicht die ganze Wahrheit sagte. Müde war sie. Das Leben machte sie müde, sagte Dana. Er kochte ihr Tee, sie saßen zusammen, und als Dana sich das Gähnen nicht länger verkneifen konnte, schickte er sie in sein Bett, wo sie einschlief. Er lag neben ihr und wachte über ihren Schlaf. Es war merkwürdig, aber er fühlte sich ihr nicht mehr so nah wie früher.

Nun lag sie also in seinem Bett. Da war der Moment verpasst, in dem er ihr hätte erklären können, dass das so nicht mehr ging.

Er polterte die Treppe herunter, sammelte Danas Pullover von dem Treppenpfosten und warf ihn Richtung Garderobe. Dann riss er die Tür auf. Bea stand davor, ein bisschen schnatternd von der Kälte, unter den Augen dunkle Ringe.

»Hi«, sagte sie leise. »Ich hoffe, ich störe nicht?« Sie machte einen Schritt nach vorne, und zu seiner Überraschung umarmte sie ihn vorsichtig. Er erwiderte die Umarmung und hielt ihren zitternden Körper fest.

»Das ist eine Überraschung«, murmelte er in ihr Thymianhonighaar, das fast ein bisschen nach dem würzigen Küchenkraut roch.

Sie löste sich von ihm, atmete tief durch. Sah sich im dunklen Erdgeschoss um. Tom drückte den Lichtschalter hinter der Garderobe, und die in der Decke verbauten Strahler leuchteten auf. »Ich hoffe, ich störe nicht.«

»Nein, gar nicht.«

Verflixt, doch. Natürlich störte sie. Aber nicht, weil er sie nicht hier bei sich haben wollte. Im Gegenteil; in den vergangenen 24 Stunden hatte er ziemlich oft an Bea gedacht und sich gefragt, ob es nicht irgendeinen Grund gab, warum sie sich vor dem nächsten Marktwochenende wiedersehen konnten. Zum Glück war ihm seine Sorge um Tante Grete eingefallen – die ja eigentlich keine war – und dass er sie deshalb heute Abend anrufen könnte. Aber nun stand Bea ausgerechnet im allerungünstigsten Augenblick vor ihm.

Großer Schlamassel.

Er hatte nicht damit gerechnet, dass Dana noch mal auftauchte. Oder dass Bea auf einmal vor seiner Tür stand. Letzteres hätte sein Herz tanzen lassen. Unter anderen Umständen jedenfalls. Jetzt schlüpfte er rasch in seine Gummistiefel. »Komm, wir gehen in die Werkstatt.«

Sie folgte ihm über den Hof, unter den niedrig hängenden Ästen der Obstbäume zum Schuppen. Tom sperrte die Tür auf, er schaltete das Licht an. Auf dem Arbeitstisch standen die drei Kartons mit der Nachbestellung für den Schliekerhof, die hatte er auch heute früh schon gepackt.

»Oh, du hast aufgeräumt!«, rief sie.

Er grinste verlegen. »War nötig nach dem gestrigen Chaos«, meinte er. Doch er sagte es nicht ohne einen gewissen Stolz.

Er hatte nicht nur die Bettwäsche gewechselt, sondern auch das Haus gesaugt und sogar ein bisschen aufgeräumt. Seit er gestern Abend heimgekommen und die Einnahmen gezählt hatte, war sein Ehrgeiz geweckt. Das konnte er selbst nicht so genau erklären; vielleicht war es der Wunsch, Bea zu zeigen, dass seine Vorgehensweise mindestens so erfolgreich sein konnte wie die seiner Tante Grete.

»Kannst du die Kartons mit zu deiner Schwester nehmen?«

Er tippte auf die drei Kartons auf dem Packtisch.

Sie wirkte überrascht. »Eigentlich wollte ich heute nicht mehr dorthin fahren.«

»Ach so. Na ja, ich krieg's bestimmt selbst hin in den nächsten Tagen.«

Sie standen sich schweigend gegenüber. Er hätte gern etwas gesagt, damit sie blieb. Oder sie gefragt, warum sie hier war. Aber Dana lag immer noch in seinem Bett, und es war nur eine Frage der Zeit, bis sie aufstand und leicht bekleidet durch das Haus lief, gerade so, als gehörte sie dorthin.

Früher hätte das ja auch gestimmt. Früher.

Ehrlichkeit war vielleicht der beste Weg, dachte er.

»Du hast gestern gesagt, ich könnte jederzeit zu dir kommen«, sagte sie leise. »Ich hatte gerade ein Gespräch mit meinem Ex, das mich ziemlich fertigmacht. Ich könnte jemanden zum Reden brauchen.«

Er atmete aus. Verdammt. Sie kam damit zu ihm. Das bedeutete etwas. Und es bedeutete genau das, was er insgeheim hoffte.

Ich bin so ein verdammter Idiot, dachte er. Nur weil Dana und ich uns seit Jahren kennen, weil ich sie vermisst habe, musste ich für diesen winzigen Moment meinen Verstand ausschalten. Statt ihr zu sagen, dass sie nicht in meinem Bett schlafen kann …

»Ich würde dich jetzt echt gern zum Abendessen einladen. Ich habe Hühnersuppe auf dem Herd stehen. Aber ich bin nicht allein«, fing er an. »Eine alte Freundin ist da, und, hm …«

Ihr Lächeln fiel in sich zusammen und machte der dahinter lauernden Erschöpfung Platz.

»Ach klar, verstehe ich«, sagte sie. Er hätte sie gern getröstet. Damit, dass es nicht so war, wie es aussah. Dabei wäre das eine Lüge gewesen, und sie war nicht dumm, sie hätte sie sofort durchschaut.

»Ich gehe dann mal.«

»Tut mir leid«, sagte er. Und sie tat ihm wirklich leid, wie sie vor ihm stand. Sie sah müde aus. Er hätte sie gern in den Arm genommen und ihr versichert, dass alles wieder gut werden würde.

Insgeheim wollte er sie fragen, warum sie an ihn gedacht hatte, als sie jemanden zum Reden brauchte, aber tief im Inneren freute er sich auch einfach darüber.

Seite an Seite verließen sie die Werkstatt. Tom verriegelte sorgfältig alles hinter sich.

»Ich habe über die Rezepte nachgedacht, die deine Tante in ihrem Tagebuch notiert hat. Ich weiß, du willst nichts mehr davon hören«, fügte sie hastig hinzu, weil er schon die Augen verdrehte. »Aber vielleicht hilft es dir, wenn du dein Sortiment damit erweiterst?«

»Was sind das für Rezepte?«, fragte er.

»Cremes und Salben. Ein Rezept dürfte die Brandsalbe sein.« Sie zeigte auf seine Hand, um die er nur noch eine lockere Bandage trug. »Hat sie geholfen?«

»Ja, sehr«, sagte er. »Hat mich selbst überrascht.«

»Klasse.« Sie wirkte ehrlich beeindruckt. »Das Rezept habe ich. Soll ich dir das mal mischen? Ich müsste meine Schwester fragen, ob sie mir die fehlenden Zutaten besorgen kann.«

Er zuckte mit den Schultern. »Klar, wieso nicht?« Und freute sich: Sie würde wiederkommen.

Sie reichte ihm die Hand, im übertragenen Sinne.

Und er ergriff sie, denn das hieß ja, dass sie ihm die Sache mit der alten Freundin nicht krumnahm.

»Okay, dann melde ich mich, sobald ich was habe.«

Sie erreichten Beas Auto. Sie wollte zum Abschied winken, aber da trat er schon näher, zog sie in seine Arme. Einfach so. Weil er ihr zeigen wollte, dass es nicht an ihr lag. »Manchmal bin ich ein Idiot«, flüsterte er so leise in ihr Haar, dass sie es vermutlich nicht gehört hatte. Einen Moment lang verharrten sie so.

Er blickte ihr nicht nach, als sie wegfuhr. Er hoffte nur. Dass sie wiederkommen würde, dass sie sich von ihm nicht abschrecken ließ.

Sie hatte den Honig vergessen.

Zwei Kilometer weiter trat sie auf die Bremse. Überlegte. Dann drehte sie um; sie brauchte gerade einfach jemanden, der ihr Gesellschaft leistete, und mit dem Honig hatte sie den perfekten Vorwand, wieder bei Alix auf der Matte zu stehen.

Nicht Tom öffnete ihr diesmal die Tür, sondern eine sehr hübsche, dunkelhaarige Frau mit dunklen Augen und einem strahlend hellen Lächeln.

»Ja?«, fragte sie.

»Ähm, ich wollte nur den Honig holen. Habe ich vorhin vergessen.«

Die Schöne runzelte die Stirn. »Tom? Was habt ihr vorhin denn gemacht, wenn ihr sogar den Honig vergessen habt?«

Sie bat Bea nicht herein, ließ die Tür offen und lief Richtung Küche. Bea trat ein, blieb aber neben dem Garderobenständer stehen und wartete.

Er kam aus der Küche, wischte die Hände an einem Geschirrtuch trocken.

»Der Honig«, sagte sie leise. Herrje, das war jetzt aber unangenehm.

»Ach ja.« Er grinste. »Haben wir bei unserer Diskussion über die Salbe ganz vergessen.«

»Hm.«

Er nahm den Schlüssel vom Brett, sie wartete, bis er in seine Schuhe geschlüpft war. Schweigend gingen sie zum Schuppen.

»Da sind sie.« Er blieb draußen, während sie die Kartons holte. »Warte. Mann, wie blöd von mir. Ich trage dir die Kartons zum Auto. Schließt du ab?«

Wortlos übergab sie ihm die Kartons. Er wartete, bis sie das Schloss vorgelegt und abgeschlossen hatte.

»Es ist wirklich nicht das, wonach es aussieht«, sagte er leise.

»Ich weiß ja gar nicht, wonach es aussieht.« Sie schluckte. Ihn mit so einer schönen Frau zusammen zu sehen, versetzte ihr einen Stich. Sie könnte nie so aussehen – frisch und leger gestylt, als wäre sie gerade aus dem Bett gestiegen und in die knallenge Jeans geschlüpft. Und dieser dunkelrote Pullover, der ein Stückchen vom Bauch freiließ, wenn man die Arme hob.

»Na ja, so, als wäre da was.«

Sie zuckte mit den Schultern. Beschleunigte ihre Schritte, öffnete den Kofferraum. Tom stellte die Kartons hinein. Als er sich aufrichtete, streckte sie ihm die Hand hin. »Tschüss«, sagte sie.

»Nee«, sagte er. Ging einen Schritt auf sie zu.

*Küss mich nicht, Tom. Bitte. Ich ertrage das jetzt nicht.*

*Warum denn nicht?*

*Das weißt du ganz genau.*

Seine Lippen streiften ihre Wange. Sie schloss die Augen, seufzte leise und hoffte, dass er es nicht hörte. »Bitte, komm wieder. Die Brandsalbe«, hörte sie ihn sagen.

Sie blieb stehen, als er zurück zum Haus ging.

Die Tür schloss sich hinter ihm. Irgendwo da drin setzte er sich jetzt mit der anderen Frau zum Abendessen. Wie hatte er sie vorhin bezeichnet? Eine alte Freundin? Und er hatte sie, Bea, nicht dabeihaben wollen, weil …?

Ja, keine Ahnung. Sie verstand es nicht. Sein Verhalten verletzte sie, verwirrte sie. Und eigentlich durfte beides nicht sein; er war schließlich durch nichts an sie gebunden.

Trotzdem.

Sein Versprechen, sie könnte jederzeit zu ihm kommen. Darum hatte sie heute all ihren Mut zusammengenommen und war hierhergekommen. Nur um zu erkennen, dass er eben nicht für sie da war. Weil es gerade nicht passte.

*Ich habe ja keinen Anspruch auf dich.*

Seine Stimme in ihrem Kopf antwortete nicht.

Bea setzte sich ins Auto. Es wäre auch zu schön gewesen, wenn sie jemanden gehabt hätte, mit dem sie über Stefans Angebot hätte reden können. Mit jemandem, der einen unverstellten Blick von außen hatte. Weder bei ihrer Schwester Alix noch bei Mama hätte sie das Gefühl, dass sie eine unvoreingenommene Meinung bekommen hätte. Und von Lena sowieso nicht.

Na ja. Wenn sie ehrlich mit sich war, ging es ihr nicht allein darum, Tom von dem lukrativen Forschungsauftrag ihres Ex-Mannes zu erzählen. Es ging auch darum, ihm nahe zu sein.

Zum Abschied hatte er sie geküsst. Das hieß doch, dass er ihr auch nahe sein wollte, oder? Oder nicht?

»Ich bin viel zu lange raus aus diesem Spiel«, murmelte sie frustriert.

Am Ende des Feldwegs fuhr sie nicht nach rechts zurück Richtung Stadt, sondern nach links.

Zum Schliekerhof.

Wenn sie das nächste Mal zu Tom fuhr, würde sie ihm etwas mitbringen. Eine neue Brandsalbe zum Beispiel. Und damit das klappte, brauchte sie die Hilfe ihrer seifensiedenden Schwester Alix.

## 15. September

*Ich hab mich berappelt. Weil es immer irgendwie weitergeht. Muss es ja.*

*Wenn ich gar nichts mehr schaffe – und das Gefühl ist im Moment übermächtig –, koche ich einen Tee, setze mich zu den Bienen und lausche ihnen.*

*Ihre Stimmen ändern sich im Jahreslauf; sind sie im Frühjahr so emsig und fast übermütig, sobald sie wieder draußen Nahrung finden und sich die Wintertraube nicht länger von einer Wabengasse zur nächsten durch die Beute ernährt, bis nichts mehr übrig ist oder ich wieder zufüttere, so ist es im Sommer fast schon ein vor Erschöpfung und Dankbarkeit stilleres Summen. Etwas aufgeregter zur Zeit der Drohnenschlacht, und dann werden sie immer leiser, bis sie im Winter fast vollständig verstummen. Aber irgendwie höre ich sie immer, wie ein Hintergrundrauschen, das mein Leben schon seit so vielen Jahren begleitet.*

*Ich lasse euch nicht im Stich. Euch nicht.*

*Es reicht mir, dass ich Carl verloren habe.*

*Bereite nun die Wintermärkte vor. Stelle die Salbe her, den Lippenbalm, die Handcreme. Carl hat immer darüber geschmunzelt, aber letztlich haben diese Kosmetikprodukte auf Bienenwachsbasis uns in den letzten Jahren ein ordentliches Zubrot verschafft. In diesem Jahr könnten sie mich vor dem Ruin bewahren, wenn's mit den Bienen weiter so steil bergab geht. Ich schlafe wenig, manchmal fühlt es sich an, als liege die ganze Welt wach.*

*(Ich bekämpfe die Existenzangst mit noch mehr Arbeit und viel zu wenig Schlaf. Keine Ahnung, wie lange das gut geht.)*

# Kapitel 11

»Darf ich sagen, dass ich mich freue, wenn du jetzt öfter vorbeischaust?«

Beas Schwester Alix reichte ihr einen Steingutbecher mit Tee und ließ sich dann mit ihrem Becher auf den freien Stuhl am Tisch sinken. Ihr rabenschwarzer Kater Loki sprang auf ihren Schoß, grub zufrieden schnurrend seine Krallen in ihre Jeans und warf sich in einem Überschwang der Gefühle gegen den leicht gewölbten Bauch unter dem wollweißen Zopfpullover. Alix streichelte den Kater und stellte den Becher vor sich auf den Küchentisch.

»Mh«, machte Bea und pustete in ihren Tee, der verführerisch nach Hibiskus duftete. Es war wieder Samstag, und nachdem sie frühmorgens Bud Spencer abgeholt hatte, war sie zu Alix gefahren, weil sie von ihr gestern Abend eine Nachricht bekommen hatte.

*Deine Zutaten sind alle hier!*

Montag hatte sie den Abend in dieser gemütlichen Landküche verbracht, bei Linseneintopf mit Mettenden und Grießbrei mit Kirschkompott hatte sie gemeinsam mit Alix über der Liste der Zutaten gebrütet, die sie für die unterschiedlichen Kosmetika aus Margarete Zeidlers Journal abgeschrieben hatte. Erst würde sie also nun die Zutaten auf dem Schliekerhof abholen und danach wollte sie bei Tom vorbeischauen. Sich erkundigen, ob seine Tante inzwischen wieder aufgetaucht war. Wie es den Bienen ging. Über seine alte Freundin schweigen.

Vielleicht das Thema wirklich ignorieren. Und ihm hoffentlich die Zutaten zeigen, die sie für die Creme-Rezepte seiner Tante zusammengesucht hatte.

Ach, wem machte sie eigentlich was vor? Sie vermisste Tom und die Bienen. Die ganze Woche war vollgestopft gewesen mit Arbeit, und wenn sie sich nicht um ihre Patientinnen kümmerte, grübelte sie über Stefans Angebot. Oder sie saß in ihrem Wohnzimmer und ließ irgendwas im Fernsehen laufen, bis sie zwangsläufig dabei einschlief.

Viel lieber hätte sie mit Tom geredet. Sich angehört, was *er* über Stefans Offerte dachte. Oder über irgendwas geredet, einfach um nicht allein zu sein, um seine Stimme zu hören, er hätte ihr auch einen Prospekt vorlesen können. Dabei wäre sie sicher besser eingeschlafen als bei irgendwelchen Quizsendungen.

»Wie geht es dir?«, erkundigte sie sich bei ihrer Schwester. Montag war Alix sehr müde gewesen, weshalb Bea sich bald wieder verabschiedet hatte.

»Puh, besser. Max ist viel unterwegs, das nervt ein bisschen. Aber es läuft gut. Seine Schwester und er haben in den kommenden Jahren viel vor mit der Keksfabrik. Keine Ahnung, wie da eine kleine Familie und meine Arbeit hier reinpassen, aber … Oh, willst du mal sehen?«

»Was denn? Die Kekse?«

Ungeduldig schüttelte Alix den Kopf. »Meine Seifenmanufaktur, du Dussel.«

»Ach so! Klar, sehr gerne. Ich habe auch noch ein paar Dinge notiert, die mir fehlen.« Sie zog einen Zettel aus der Hosentasche.

Alix überflog die Liste. »Willst du mir Konkurrenz machen?«

»Quatsch. Nur Cremes und ein Lippenbalm auf Honig- und Wachsbasis. Keine Seifen. Kannst du mir da aushelfen?«

»Wir schauen mal. Mein Lager ist gut gefüllt, weil ich aktuell viele Seifen siede, solange es noch geht. Wenn es weiterhin so gut läuft, muss ich nächstes Jahr über ein, zwei Mitarbeiterinnen nachdenken.«

Sie ließen Bud Spencer und Loki in der Küche. Alix schlüpfte in einen großen Parka, der vermutlich ihrem Freund Max gehörte. »Du kannst die Stiefel da nehmen, sie gehören Hannes. Der Hof ist zu dieser Jahreszeit ein einziges Schlammloch.«

Sie überquerten den Hof; das Wasser stand teilweise knöcheltief in den Pfützen, dazwischen war der Grund glitschig von Schlamm und Erde. »Nächsten Sommer kümmern wir uns darum«, sagte Alix entschuldigend. »Dieses Jahr hat es nur dafür gereicht, den Parkplatz vor dem Haus wetterfest zu machen.«

Sie gingen am Haupthaus entlang Richtung Schweinestall.

Durch die hell erleuchteten Fenster sah Bea ihren Großcousin Hannes und Großtante Barbara im Hofladen stehen, sie kümmerten sich um den samstäglichen Kundinnenansturm. Hannes winkte, Alix hob ebenfalls den Arm. Sie öffnete die Tür zur Werkstatt, die mit zwei Vorhängeschlössern gesichert war, schaltete die Lichter an und drehte sich einmal im Kreis. »Tada!«, machte sie und trat beiseite, damit Bea alles in Augenschein nehmen konnte.

Sie standen in einem gefliesten Raum mit ebenfalls gefliesten Arbeitstischen und Dunstabzügen über den Herdplatten. Alles war picobello aufgeräumt, jeder Gegenstand hatte seinen fest zugewiesenen Platz. Auf einem der Tische allerdings lagen ein paar zusammengeknüllte Decken.

»Was ist das?«, fragte Bea und trat näher.

»Frische Seife von gestern. Die musste erst 24 Stunden ruhen, aber jetzt kann ich sie schneiden und ins Lager bringen. Dort muss sie dann ein paar Wochen reifen. Magst du mir helfen?«

Eigentlich wollte sie bald weiter zu Tom …

»Super.« Alix wartete ihre Antwort nicht ab, sondern warf den Parka über einen Garderobenhaken und schlüpfte stattdessen in eine Schürze. »Hier, du kannst die von Tante Barbara nehmen.«

Bea streifte die Schürze über den Kopf und verschloss die Bänder hinter dem Rücken. Sie stellte sich neben Alix, die nun vorsichtig die Decken und alten Handtücher zurückschlug. Darunter kamen zwei rechteckige, flache Formen zum Vorschein, in denen eine helle, gelbliche Seife ruhte. »Ringelblume. Eine meiner liebsten Sorten. Muss ich ständig neu sieden, weil die Kundinnen sie auch so sehr mögen.«

Sie stürzte die Seifen aus den Formen auf ein Brett, dann wurden sie behutsam in handtellergroße Stücke geschnitten. Alix trug das Brett in einen Nebenraum, in dem sie die Seifen lagerte. »Meine Reifekammer. Dahinten ist dann noch der Vorrat mit den Zutaten fürs Sieden.«

»Das ist ja eine richtige Kosmetikmanufaktur«, sagte Bea anerkennend. Warum nur war sie überrascht, wie professionell Alix arbeitete? Früher als Parfümeurin hatte ihre Schwester doch auch täglich im Labor gestanden und nach hohen Standards gearbeitet.

Weil ich ihren Job nie ernst genommen habe, dachte sie. Weder den alten noch diesen neuen.

Alix hatte ihre eigenen Vorstellungen vom guten Leben. Das hatte Bea nie verstanden. Aber hier, in der Reifekammer, in der es so köstlich und sauber roch, bekam sie eine Ahnung davon, was Alix' Arbeit ausmachte. Warum es so befriedigend war, was sie tat.

»Schau mal. Das ist die Seife nach acht Wochen Reifung.« Aus einem der hinteren Regale holte Alix eine Plastikbox. Die Seifenstücke darin ähnelten denen, die sie gerade geschnitten hatte, waren aber dunkler. Alix gab Bea eine, die den Duft einsog und verzückt die Augen schloss. So etwas zu beherrschen, das war schon was. Ein Handwerk, bei dem etwas entstand, das anderen Menschen so viel Freude bereitete …

»Kannst du auch anderes außer Seifen?«, erkundigte sie sich. »Cremes und so?«

Alix seufzte. »Ach, sicher könnte ich das. Ich habe so unfassbar viele Ideen. Leider fehlt mir dafür im Moment die Zeit. Und ich will mir auch nicht direkt was Neues aufhalsen, solange ich nicht weiß, wie's nächstes Jahr weitergeht.« Sie räumte die Kiste zurück. Bea wollte die Seife wieder hineinlegen, doch Alix winkte ab. »Lass nur. Die kannst du gern mitnehmen.«

»Danke.«

»Gerne.« Alix lächelte. »Ich meinte das vorhin ernst. Ist schön, dass du hier bist. Gibt's einen besonderen Grund dafür? Also, dass du dich für die Cremes interessierst, meine ich.«

Bea dachte an Tom, aber sie konnte wohl kaum ihrer Schwester erzählen, dass der chaotische Imker von Zeidlers Bienenschwarm sie immer wieder ins Alte Land trieb. Stattdessen meinte sie nur leichthin: »Ach, vielleicht ist mir einfach langweilig nach der Trennung. Will mal was anderes machen.«

Daran, wie Alix für einen winzigen Moment in der Bewegung erstarrte, merkte sie etwas. Sie hielt inne, drehte die Seife in ihren Händen, die sich so sanft anfühlte …

»Das bist du nicht von mir gewohnt, stimmt's?«, fragte sie. »Dass ich zugebe, wenn mir etwas fehlt. Oder dass es mir nicht gut gehen könnte.«

Alix lächelte. »Es macht dich ein bisschen menschlicher«, räumte sie ein. »Aber ja, für dich ist das ungewöhnlich. Lässt ja sonst keinen an dich heran.«

»Menschlicher, aha.«

Sie hätte es ihrer Schwester gern übelgenommen, wenn sie nicht gespürt hätte, dass in diesen Worten so viel Wahrheit steckte. Aber auch nicht wertend oder gar abwertend, sondern fast liebevoll. Menschlicher hieß, dass Bea den Blick hinter eine Fassade erlaubte, die sie schon so lange aufrechterhielt, wie sie denken konnte.

Alix holte einen Karton aus der Werkstatt, in dem die verschiedenen Zutaten waren, die Bea bestellt hatte. Zusätzlich brachte sie einen Kanister mit Olivenöl aus ihrem Lager und hatte kleine Gläschen und Döschen, die sie Bea überließ. »Ist ja nicht so, dass ich nicht schon mal drüber nachgedacht habe, selbst Cremes zu rühren. Aber wie gesagt, die Zeit …«

»Ist ja erst mal nur ein Versuch. Wenn's gelingt, könntest du die Sachen ja auch in deinem Laden anbieten?«

»Ja, warum nicht?« Inzwischen schien Alix gar nichts mehr zu überraschen. »Meld dich einfach, wenn du Hilfe brauchst.«

Bea versprach es. Sie nahm den Kanister und brachte ihn zum Auto. Als sie zurückkam, stand Alix immer noch am Tisch und schnitt den zweiten Seifenblock klein. »Mir gefällt die neue Bea«, sagte sie, ohne den Kopf zu heben.

Darüber lachte Bea. »Das hast du mir voraus. Ich bin mir noch nicht so sicher, ob ich sie mag.«

Sie wusste, wie zurückhaltend sie war, immer und überall. Hätte sie das besser gekonnt, dieses Über-den-eigenen-Schatten-Springen, dieses Mehr-für-sich-selbst-Einstehen, sie hätte Tom vielleicht schon deutlicher gezeigt, dass sie ihn mochte. Dass sie, und bei diesem Gedanken musste sie tief durchatmen, *mehr* wollte.

Da! Sie hatte es ausgesprochen, wenn auch nur in Gedanken. Sie wollte Tom. Deshalb war sie hier, wollte mit Alix' Hilfe ein Rezept seiner Tante ausprobieren und ihn mit dem Ergebnis beeindrucken.

»Du weißt, das ist nicht bös gemeint. Ganz im Gegenteil.« Bevor Bea protestieren konnte, legte Alix einen Arm um ihre Schultern und drückte sie für einen kurzen Moment an sich. Dann war der Augenblick vorbei, Alix bückte sich und zog aus einem Regalfach ganz unten eine Schachtel hervor.

»Vielleicht ist das hier auch was für dich. Ein Experiment aus dem Herbst, ich bin aber noch unschlüssig, ob sie mir gefällt.«

Das kleine Seifenstück war rund und karamellfarben, es duftete ganz sanft und geradezu süß nach Lavendel.

»Was ist da drin?«, fragte sie. Von dem Geruch konnte sie gar nicht genug bekommen …

»Honig und Bienenwachs. Wie gesagt, es war nur ein Experiment … Magst du sie? Du kannst gerne mehr mitnehmen.«

Alix war schon weitergegangen, sie schritt die Regale ab, zeigte auf einzelne Kisten, zog sie heraus und prüfte das Fortschreiten der Reifung. Bea aber hörte ihr nicht mehr zu. Sie schloss die Augen. Die Honigseife hielt sie auf der flachen Hand, die sie zum Gesicht hob, und sie schnupperte. Honig und Lavendel … oh ja, das passte. Aber nicht nur zu ihr. Es passte zu dem kleinen Fachwerkhaus unter den Eichen, zu den Beuten im Schatten der Bäume, zu der kleinen Werkstatt, aufgeheizt vom Bullerjan. Es passte zu dem Mann, der in seinem alten, löchrigen Strickpullover die schweren Eimer mit ausgeschleudertem Honig auf den Tisch in der Werkstatt wuchtete oder Waben entdeckelte und dabei leise vor sich hin summte. Der eine Baseballkappe trug und wenn er Pause machte, mit dem Kaffeebecher zu den Bienen ging und ihrer Winterruhe lauschte.

»… Weihnachten machst?«

»Was?«

Bea blickte hoch.

»Ich fragte, was du an Weihnachten machst.«

Sie zuckte mit den Schultern. »Keine Ahnung«, gab sie zu. »Früh ins Bett gehen vielleicht? Oder ich arbeite.«

»Du kannst gern zu uns kommen, wenn du magst. Wir haben auch ein Gästezimmer, dann bleibst du über Nacht und ihr könnt Glühwein trinken, ich halte mich am Kinderpunsch fest, wir kochen was Feines und singen Weihnachtslieder unterm Baum.«

Bea verzog das Gesicht.

»Zu kitschig?«

»Ein bisschen nur.«

»Kannst es dir ja überlegen. Wir sind hier und haben nichts vor. Max meint, wir laden einfach alle ein, die sonst niemanden haben … Oh.« Alix schlug die Hand vor den Mund. Das hatte sie jetzt nicht laut sagen wollen.

»Ach, schon gut.« Bea winkte ab. »Stimmt in meinem Fall ja auch.«

Sie wandte sich ab; ein merkwürdiges Gefühl war in ihrem Bauch, das nach Salz und Müdigkeit schmeckte.

»Tut mir trotzdem leid.«

Bea nickte und hob nur kurz ihre Hand zum Abschied. Bevor sie vor ihrer Schwester irgendeine Gefühlsregung zeigte, verließ sie lieber rasch die Reifekammer. Sie durchquerte die Werkstatt, schnappte sich den Karton mit ihren Zutaten und trat hinaus in den kalten, grauen Dezember.

Eigentlich dürften Alix' Worte sie nicht verletzen. Sie hatte bisher kaum einen Gedanken an Weihnachten verschwendet, weil sie diesem Fest einfach nicht so viel Bedeutung beimaß. Zu oft hatte sie in den letzten Jahren an den Feiertagen gearbeitet. Oder Stefan hatte Dienst. Deshalb war es ihnen auch so schwergefallen, eine eigene Weihnachtstradition zu etablieren …

Und nun stand sie ganz allein da. Es waren noch einige Wochen bis zum Fest, aber das änderte nichts daran, dass sie es wohl allein verbringen müsste, wenn sie Alix' Einladung ausschlug. Sicher konnte sie zu Mama Claire und Papa Gustav fahren, die beiden würden ihre Älteste mit offenen Armen empfangen. Rosa käme vielleicht auch – oder nicht, das wusste man bei ihrer jüngsten Schwester nie – und sie könnte ihre Einsamkeit in Rotwein ertränken. Rotwein gab's bei ihren Eltern immer reichlich, zu Weihnachten nur vom Besten, und das Essen war natürlich auch vorzüglich, ihre Mutter liebte es, schon Tage vorher in der Küche zu hantieren.

Trotzdem. Es käme ihr komisch vor, mit Mitte dreißig und als gestandene Ärztin an Weihnachten allein zu ihren Eltern zu fahren.

Sie müsste Alix also dankbar sein, weil sie ihr eine Alternative bot. Stattdessen kämpfte sie gegen die Tränen an, die ihren Blick vernebelten.

»Hoppla. Alles okay?«

Nein, nichts war okay. Sie war halb blind gerade in diesen riesigen Kerl vor sich gelaufen, der sie beherzt am Arm packte, weil sie sonst nämlich auf die Nase gefallen wäre.

Sie blickte zu ihm auf.

»Hi. Ich glaube, wir sind uns noch nicht offiziell vorgestellt worden. Ich bin Hannes.«

»Hi. Bea.«

»Ist Alix in der Werkstatt? Wir brauchen sie an der Kasse. Alles okay bei dir?«

Sie wollte erst den Kopf schütteln, nickte dann aber und schob sich an Hannes vorbei. Mit gesenktem Kopf lief sie zurück zum Haus. Hinter der Terrassentür zur Küche sprang Bud Spencer aufgeregt auf und ab. Sie ließ ihn heraus, Loki quetschte sich auch durch den Türspalt.

Erst als sie im Auto saß, atmete Bea durch. Sie knuddelte Bud Spencer, der es sich gefallen ließ. Wartete, dass ihr nicht mehr der Blick von Tränen verschleiert wurde. Dabei wollte sie einfach nur weg.

Alix kam mit Hannes über den Hof, beide wirkten so glücklich, nein, das stimmte nicht, zufrieden. Zufrieden mit dem, was sie machten und waren, sie hatten Erfüllung gefunden auf diesem Apfelhof und mit der Kooperation, die sie eingegangen waren. Mama Claire hatte Bea erzählt, Alix habe nach dem Verkauf ihrer Anteile an der Parfümerie einen Großteil des Geldes in den Schliekerhof gesteckt, ihr gehörte jetzt also auch ein Teil von alledem. Sie hatte riskiert, investiert, war einen neuen Weg gegangen. Und wie's aussah, machte sich dies nun doppelt und dreifach bezahlt. Ihre kleine Seifenmanufaktur lief gut, sie bekam bald Zwillinge, hatte in Hannes einen verlässlichen Geschäftspartner gefunden und dazu mit Max den besten Vater für ihre Kinder. Das perfekte Leben. Alix fiel offenbar immer auf die Füße, sie war wie eine Katze.

Und was war mit Bea? Sie hatte doch auch alles – eine schicke Wohnung, einen erfüllenden Beruf …

Ja, genau.

Mehr nicht.

Eine beste Freundin war da noch.

Sicher könnte sie auch dort zu Weihnachten unterschlüpfen, wenn sie Lena fragte. Aber wenn Lena Dienst hatte, käme ihr das auch wieder komisch vor zwischen all den Kindern und anderen Erwachsenen, die sie kaum kannte.

Na also, dachte Bea zufrieden. Ich hätte drei Möglichkeiten, wo ich Weihnachten verbringen kann. Mama, Lena, Alix. Wer kann das schon von sich behaupten?

Es tröstete sie nur wenig, denn bei allen fühlte sie sich, als wäre sie das fünfte Rad am Wagen.

Lieber nicht weiter darüber nachdenken. Das hieße nämlich, dass sie sich eingestehen müsste, wie sehr es ihr fehlte, dass jemand sagte: »Komm an Weihnachten, ich habe dich gern bei mir.« Und nicht: »Klar kommst du Weihnachten zu uns, niemand soll allein sein, wenn er es nicht möchte.«

Ein kleiner Unterschied.

Dennoch spürbar.

»Lasst mich doch einfach in Ruhe mit eurer weihnachtlichen Besinnlichkeit«, murmelte sie. Als sie vom Hof rollte, schaute sie nicht zurück.

Er hatte sie vermisst. Durfte er das so sagen? Die ganze Woche hatte er nichts von ihr gehört – wieso denn auch, sie hatte ihr Leben, er seins, sie war beim ersten Mal nur wegen seiner verschwundenen Tante zur Imkerei gekommen, vielleicht war sie beim zweiten Mal seinetwegen gekommen und sie hatten so wunderbar zusammengearbeitet, Hand in Hand. Aber dann hatte er sie vertrieben mit seinem Gestammel über die alte Freundin, die da sei, sonst hätte er Bea eingeladen, was sollte sie da schon denken?

Na ja, sie dachte damit vermutlich genau das, was war. Dana war am nächsten Morgen zurück nach Berlin gefahren, zu ihrem Leben dort. Er hatte sich von ihr verabschiedet, als wäre es das letzte Mal, als käme sie nie mehr zurück. Dachte in den folgenden Tagen auch gar nicht mehr an sie, sondern stürzte sich in die Arbeit.

Schön wäre es, wenn Bea heute wieder vorbeikäme, ganz überraschend. Weil sie ihn sehen wollte. Seine Gesellschaft mochte, so wie er ihre mochte. Der Gedanke gefiel ihm, aber auf so eine ganz unschuldige Art, ohne Hintergedanken. Oder na ja, vielleicht schon, irgendwo ganz weit hinten. Vor allem gefiel ihm ihr wacher Verstand. Sie könnte eine gute Imkerin werden, dachte er, und da musste er noch mehr grinsen, als er sich das vorstellte. Sie und er, Naturwissenschaft versus Pi mal Daumen, das barg eine Menge Konfliktpotenzial. Der Gedanke beunruhigte ihn nicht, bewirkte eher das Gegenteil.

Als er von seiner Arbeit aufsah, hochgeschreckt vom Knallen der Autotüren, musste er grinsen. Da war sie wieder! Diesmal trug sie wieder dicke Winterstiefel mit Lammfell, dazu eine dunkelrote Jacke, die vermutlich ihre besten Tage hinter sich hatte, eine dunkelgrüne Pudelmütze, die stand ihr wirklich gut. Die honigfarbenen Haare fielen offen über den Rücken. Ein kleiner, brauner Hund hoppelte neben ihr her, seine Ohren hüpften bei jedem Satz und als er abbog, um an einer der Eichen das Hinterbein zu heben, genügte ein scharfer Pfiff von ihr, dass er zu ihr aufschloss. Sie trug einen Karton vor sich her, der ziemlich schwer aussah.

Ihm fiel ein, dass er vergessen hatte, die Windeln unter den Beuten zu kontrollieren, anhand derer man den Befall mit Varroamilben abschätzen konnte. Vermutlich würde sie das als Erstes fragen, wenn sie vor ihm stand.

Mist. Er hatte sich fest vorgenommen, diesmal dran zu denken.

Sie kam über den Hof zur Werkstatt, er ging ihr entgegen, öffnete die Tür. »Hey!«, rief sie schon von Weitem, und auch sie strahlte. Das Grün ihrer Augen leuchtete, Nase und Wangen waren von der Kälte gerötet. Sie schlüpfte an ihm vorbei ins Innere der Werkstatt. Ihr Hund folgte dichtauf.

»Hunde müssen leider draußen bleiben.«

»Oh« Damit hatte sie offenbar nicht gerechnet.

»Ich schleudere den letzten Honig.« Er war ein bisschen stolz auf sich, und insgeheim hoffte er, sie würde jetzt etwas Anerkennendes sagen. Ihretwegen hatte er das gemacht. Weil er auf ihre Rückkehr gehofft hatte. Darauf, dass sie sich für ihn freute. Und ja, ein bisschen hoffte er auch, sie würde ihn auf die verbliebenen Märkte begleiten und wieder an seiner Seite die vielen Kundinnen beraten und beim Kassieren und Verpacken helfen.

»Okay, kann ich ihn ins Haus bringen? Im Auto wird ihm sonst zu kalt.«

»Klar.« Er zog den Schlüssel aus der Hosentasche, gab ihn Bea und nahm ihr zugleich den Karton ab. »Das ist für unsere Brandsalbe«, erklärte sie und rief den Hund, der mit flatternden Schlappohren voranlief, als kennte er den Weg.

Die Tür ging zu, er war wieder allein mit dem Honig und den ganzen Utensilien, die er fürs Abfüllen in die Werkstatt geräumt hatte.

*Unsere* Brandsalbe hatte sie gesagt ... Er spähte in den Karton, darin waren verschiedene Behälter, Flaschen und Plastikdosen. Ein paar kleine leere Gläser mit Schraubverschlüssen und ein paar Döschen, wie man sie für Lippenbalsam oder Creme verwendete.

Bea hatte also Pläne. Die Brandsalbe. Als hätte er nicht so schon genug zu tun.

Im Lagerraum nebenan stapelten sich die Kartons mit den Honiggläsern, bisher hatte er sie nicht zugeklebt, es fehlten nur noch die Etiketten. Das hatte er sich für den Schluss aufgehoben, nach der ganzen klebrigen Sauerei mit dem Schleudern, Filtern, Abfüllen und so weiter.

Er arbeitete weiter. Und wunderte sich ein bisschen, wo Bea blieb. Summte zufrieden vor sich hin. Es war schön, dass sie da war, und das würde er ihr gleich auch sagen, sobald sie wieder hereinkam ...

Die Tür ging auf.

»Tom ...?«

Sie klang irgendwie nicht mehr so fröhlich. Eher besorgt.

Er drehte sich um.

Bea hielt in den Händen eines der weiß gepolsterten Bretter, die man zur Kontrolle auf Varroabefall unten in ein Fach der Beuten schob. Nach sieben Tagen zog man diese sogenannte Windel heraus und konnte anhand der

Milben darauf relativ gut abschätzen, wie hoch der Befall an Varroa sein müsste.

»Sind das alles Milben?«, fragte sie bang.

Er blickte von der Diagnosewindel zu ihr. Dann trat er näher, beugte sich über das weiße Brett. Er begann zu zählen, doch schon nach wenigen Milben wusste er, was ihr Sorgen bereitete.

Es waren viel zu viele.

»Ja«, sagte er tonlos. »Das sind alles Milben.«

Zum ersten Mal, seit er im Sommer die Bienen übernommen hatte, bekam er es mit der Angst zu tun. Er dachte an seine Tante, die seit Jahrzehnten alles tat, um das Erbe der Zeidlers zu bewahren und den Weg für die Zukunft zu ebnen. Sie hatte ihm ihre Imkerei übergeben, mit über vierzig gesunden Bienenvölkern, die einen guten Ertrag einbrachten. Hatte sich auf ihn verlassen, dass er es schon richten würde. Sie hatte ihm auch angeboten, jederzeit mit Fragen zu ihr kommen zu können, doch das hatte er nie gemacht, weil er dachte, er sei klüger. Und als sie mit ungebetenen Ratschlägen kam, hatte er diese beiseitegewischt.

Wie dumm von ihm.

Nun dies. Dutzende, nein, mehr als hundert winzige Milben, schätzte er. Das waren zu viele für das Bienenvolk in Winterruhe. Er blickte auf. Bea sah ihn an, sie war sehr ernst.

»Wie schlimm ist es?«, fragte sie.

»Sehr schlimm.« Er richtete sich auf, blickte von der Diagnosewindel zu seinem Tisch, auf dem die letzten Honigeimer aufs Abfüllen warteten. »Wir werden sie verlieren.«

Aus war der Traum von der Imkerei. Bei den anderen Völkern würde es vermutlich ähnlich aussehen, und es gab wenig, was er tun und mit seinem ökologischen Bewusstsein vereinbaren konnte. Die Bienen waren dem Untergang geweiht.

»Es ist vorbei«, flüsterte er. »Vorbei.«

## *17. September*

*So viel Arbeit, die zusätzlich gemacht werden muss. Aber jeden Abend, wenn ich völlig erschöpft ins Bett falle, sage ich mir, dass es meine einzige Chance ist.*

*Seit über zwei Wochen kämpfe ich ums Überleben der Imkerei. So lange war ich nicht an Carls Grab. Er wird's verstehen. Für ihn standen die Bienen auch immer an erster Stelle.*

*Aber was, wenn ich die Bienen nicht retten kann? Es mag gelingen, aus zwanzig Völkern durch geschicktes Wirtschaften und Kunstschwärmen übers kommende Jahr wieder dreißig zu machen. Auch die Königinnen kann ich ersetzen. Aber was, wenn das alles nicht reicht? Wenn ich alle Völker verliere? Oder so viele, dass nicht nur ihr Leben bedroht ist, sondern auch meine Existenz?*

*Ich bin zu jung, um nicht mehr zu arbeiten, aber zu alt, was Neues anzufangen. Schließlich war ich immer die Zeidlerin, seit Carl mich zu sich an diesen wunderschönen Ort geholt hat. Hab nichts anderes gelernt, als mit den Bienen zu leben im Rhythmus der Jahre. Wer nimmt denn eine schrullige Alte, die ihren Bienen nachjammert? Erntehelferin bei den Apfelbauern ringsum, zu mehr tauge ich doch nicht, und selbst das wird ja kaum reichen. Ich kann froh sein, dass wenigstens der Grund, auf dem ich lebe, mir gehört. Ich könnte mir einen Gemüsegarten anlegen, aber auch das wird nicht reichen.*

*Es muss mir gelingen, die Bienen zu retten. Das schwache*

*Honigjahr, die Verluste – all das muss ich anders ausgleichen können.*

*Aber wie? Was kann uns jetzt noch retten, meine Bienen und mich?*

# Kapitel 12

Sie schufteten den ganzen Tag. Tom meinte, es sei am besten, wenn sie die Bienen am frühen Morgen behandelten, aber dann besann er sich. »Ist hier nicht so wichtig«, murmelte er, gerade so, als müsste er sich das richtige Vorgehen selbst ins Gedächtnis rufen.

Bea wollte ihm helfen.

Weil Tom nicht darauf vorbereitet war, seine Bienen so spät im Jahr mit Oxalsäure zu behandeln, musste sie zunächst zum Imkereibedarf fahren, der auf der anderen Seite von Hamburg lag. Sie rief vorher an, damit auf jeden Fall jemand auf sie wartete, denn es war bereits kurz vor Geschäftsschluss. Atemlos stürmte sie gerade noch rechtzeitig in den kleinen Laden.

»Sind Sie die mit der Varroamilbe?«, fragte der Geschäftsinhaber, ein Mann mit riesigem Adamsapfel und rotem Schnauzbart. Er reichte ihr gerade mal bis zur Schulter, und die rötlich blonden Wuschelhaare standen ihm in alle Richtungen vom Kopf ab. Er räusperte sich bei jedem zweiten Satz.

»Äh, brauchen Sie die Oxalsäure zum Träufeln oder zum Sprühen?«

»Moment.« Bea hatte schon ihr Handy in der Hand, doch dann fiel ihr ein, dass sie nicht mal Toms Telefonnummer kannte. Verdammt!

»Kennen Sie Zeidlers Bienenschwarm?«

Sofort hellte sich seine Miene auf, gerade so, als hätte

sie damit einen Stallgeruch angenommen, mit dem er etwas anfangen konnte. »Ach, Sie sind Toms Neue! Ich bin übrigens Jörg.« Er gab ihr die Hand. Fest zupacken konnte er. »Ja, hm. Schwierig. Eigentlich will er ja so gut wie nichts gegen die Varroa machen. Ähm.« Er hüstelte wieder.

»Doch, jetzt will er was machen«, bekräftigte Bea. »Sonst wäre ich nicht hier. Und es ist echt übel, wir brauchen also das gute Zeug.«

»Gut, gut. Äh, ich gebe Ihnen dann alles fürs Sprühen mit. Ist im Idealfall besser für die Bienen. Wird ihm gefallen, dass sie nicht so viel abkriegen.«

»Danke.« Sie war erleichtert. Aber ein bisschen geriet sie ins Grübeln. Komisch, wieso hatten Tom und sie bisher nicht daran gedacht, ihre Nummern zu tauschen?

Sie ließ sich von Jörg helfen. Er hatte ihr die Sachen zusammengestellt, die sie für die Behandlung brauchen würden, und er trug ihr den Karton ins Auto, auch wenn sie protestierte. »Rechnung kommt, Lieferschein liegt drin«, sagte er, dann winkte er zum Abschied und schloss hinter ihr den Laden zu.

Das mit Tom ließ sie nicht los.

Wäre sie heute nicht noch mal zu ihm gefahren, hätten sie sich vielleicht nie wiedergesehen. Warum auch? Seine Tante blieb verschwunden, die Bienen gingen sie eigentlich nichts an.

*Und du hast eine Freundin.*

*Eine »alte« Freundin.*

*Macht das einen Unterschied?*

Allein, dass sie sich diese Frage stellte, verriet schon eine Menge über sie. Ihr Herz. Ihre Hoffnung. Ihre Wünsche.

Aber wäre sie auch bereit, für diese Hoffnung mehr

zu tun, als in der Imkerei im Weg zu stehen und ihn mit ihrem angelesenen Wissen zu nerven? Anfangs hatte sie das noch getan, weil sie sich in Gedanken mit Margarete Zeidler beschäftigte. Jetzt aber ging es um Tom.

Ihre Hände umfassten das Lenkrad fester, sie blickte auf die Straße vor sich.

Und was hieß das, was der Imkerbedarfsladenbesitzer gesagt hatte? Sie wäre »Toms Neue«?

»Du denkst zu viel nach«, flüsterte sie.

Dafür war jetzt wirklich keine Zeit. Später. Wenn sie sich um die Bienen gekümmert hatten. Es ging schließlich um seine Existenz. Und seine Haltung mochte manchmal eher nachlässig sein – grob fahrlässig traf es eher –, aber sie spürte einfach, wie wichtig ihm die Bienen waren.

Ihr übrigens auch. Was mit dem Journal seiner Tante begonnen hatte, war inzwischen zu einer Art Verantwortung herangewachsen. Sie hatte letztlich Tom dazu gedrängt, die Beuten auf Varroabefall zu untersuchen. Es war selbstverständlich, dass sie ihm auch jetzt half, nachdem der Ernst der Situation zu Tage trat. Allein schaffte er das nicht. Niemand sollte allein um seine Existenz kämpfen müssen.

Tom blieb zurück und untersuchte die einzelnen Beuten, während Bea zum Imkerhandel fuhr. Jörg würde schon wissen, was er brauchte, und ihr die richtigen Sachen raussuchen. Mit ihm hatte Tom kein Problem; ihn störten eher die Imkerkolleginnen, die ihn, ähnlich wie Tante Grete, für völlig unfähig hielten, weil er neue Wege beschreiten wollte.

Er fluchte leise vor sich hin, und er war erstaunt, wie viele Schimpfworte ihm einfielen, um sie gegen sich selbst zu verwenden. »Du bist einfach nur ein Lauch«, murmelte er. »Seit wann muss dir jemand mit angelesenem Wissen erzählen, dass deine Bienen krank sind und was jetzt zu tun ist?«

Aber er wusste, dass es nicht darum ging, ob sich jemand das Wissen anlas oder es bereits anderweitig angeeignet hatte. Es war seine Hybris, die jetzt zu genau dem Szenario geführt hatte, vor dem Tante Grete ihn gewarnt hatte. Sie hatte immer wieder besorgt die Stirn krausgezogen, wenn er darauf beharrte, dass er die Bienen nicht der prophylaktischen Varroabehandlung aussetzen wollte. Einmal hatte sie sogar versucht, ihm davon zu erzählen, wie sie einst wegen der Varroa fast alles verloren hatte. Aber er hatte ihr nicht zugehört. Nicht zuhören wollen, wie er jetzt zugeben musste. Er hatte gedacht, er wäre schlauer.

Eines aber hatte sie ihm eingebläut, so oft wiederholt, bis er es sich gemerkt hatte. »Wenn die Varroamilbe nach einer Woche auf der Windel zu Hunderten klebt, hast du nicht bloß ein Problem. Das ist eine verdammte Katastrophe, und wenn du nicht sofort handelst, wirst du alles verlieren.«

Wie ein kleiner Junge hatte er auf seiner Meinung beharrt und wohl gedacht, nur weil er es so schaffen *wollte*, würde es klappen. Und nun drohte er, alles zu verlieren.

In dieser Situation fehlte sie ihm besonders. Ihre ruhige, besonnene Art. Ihre Stimme, der man eigentlich gerade deshalb besonders aufmerksam lauschte, weil sie nicht laut wurde, niemals. Er hätte ihr wirklich besser zuhören sollen. Oder das, was sie sagte, nicht als die vermeintlichen Weisheiten einer alten Frau abtun sollen, die noch wie im vergangenen Jahrhundert wirtschaftete.

Ökologisches Bewusstsein, der umsichtige Umgang mit der Natur – all das war ihm wichtig. Jahrelang war er durch die Welt gezogen, hatte nach einem Ort gesucht, wo er hingehörte. Gefunden hatte er ihn nicht. Und irgendwann ging ihm auf, dieser Ort, dem man da sein halbes Leben lang nachjagt, diese Heimat, das muss kein kleines Fachwerkhaus unter Eichen sein, vielmehr muss er es in sich selbst suchen. Sich selbst die Heimat sein, damit man an jedem Ort auf der Welt zu Hause ist.

Und deshalb war Tante Gretes Imkerei genauso gut wie jeder andere Ort auf der Welt, um endlich sesshaft zu werden nach den vielen Vagabundenjahren. Die Nachfolge hatten sie noch nicht offiziell abgemacht, das würde aber bald folgen müssen.

Wenn sie endlich wiederauftauchte.

Verdammt, wo steckte sie bloß? Allmählich machte er sich doch Sorgen. Ihm war sogar schon der – völlig absurde, schon klar! – Gedanke gekommen, sie könnte sich irgendwo zum Sterben zurückgezogen haben, und in einigen Monaten fand man ihre Leiche, die Polizei stünde vor seiner Tür und hätte ziemlich viele Fragen. Zum Beispiel, warum er nicht nach ihr gesucht oder sie als vermisst gemeldet hatte.

Sie ist erwachsen, dachte er. Krank, ja. Aber zugleich klar im Kopf. Er hatte sich im Laufe der Woche sogar die Mühe gemacht, ein paar ihrer Freundinnen anzurufen, die ihm bei ihren Besuchen in der Imkerei letzten Spätsommer ihre Handynummern aufgedrängt hatten – ohne dass er damals gewusst hatte, warum. Zwischen Pflaumenkuchen und Likör hatten sie ihm Zettelchen zugesteckt. »Für alle Fälle«, murmelten sie, und er wusste damals nicht, welche Fälle das sein könnten. Steckte die Zettelchen aber ein, warf sie später achtlos auf seinen Schreibtisch und musste sie nun vor ein paar Tagen mühsam unter dem Berg aus Papierkram hervorwühlen.

Inzwischen ahnte er, warum die Freundinnen seiner Tante das gemacht hatten, denn sie führte kein Adressbuch, »alles hier oben drin«, hatte sie immer gesagt und sich dabei an die Stirn getippt. Wenn sie eines Tages nicht mehr wäre, könnte er niemandem Bescheid sagen. Wenn sie starb, käme niemand zur Beerdigung ohne diese Nummern.

Jedenfalls: Das führte auch zu keinem Ergebnis, denn – Überraschung! – selbst wenn ihre Freundinnen wussten, wo sie steckte, behielten sie das lieber für sich. Sie meinten einhellig, Grete wüsste bestimmt, was für sie das Richtige sei, und er solle sich mal keine Sorgen machen. Also wussten sie vermutlich mehr, aber keine rückte mit der Sprache heraus. Wie ein Bienenvolk, das sich um seine Königin drängte, sie vor der Winterkälte schützte. Oder vor den neugierigen Fragen ihres Neffen.

Alles sehr unbefriedigend. Aber vielleicht auch kein Grund, sich länger Sorgen zu machen, denn wenn es seiner Tante nicht mehr gut ging, würden sich ihre Freundinnen bei ihm melden.

Während er sein Telefonbuch im Handy um die Nummern von Tante Gretes Freundinnen ergänzte, war ihm aufgefallen, dass eine Nummer fehlte, die er viel lieber hätte. Aber zugleich war's auch ein wenig so, als hätten Bea und er den richtigen Moment schon verpasst, um ihre Nummern auszutauschen.

Das würde er nachholen. Wenn diese ganze »Situation« hinter ihnen lag.

Als Bea mit der Oxalsäure zurückkam, hatte er zumindest die Hälfte der Beuten bereits kontrolliert. Mehr Behandlungen würden sie heute ohnehin nicht schaffen. Er legte Imkerhut und Handschuhe ab und brachte die Rauchkanne zurück in die Werkstatt. Letztere wäre nicht nötig gewesen; die Winterbienen waren ganz entspannt und hatten auf seine Störung eher mit einem milden Popowackeln reagiert und nicht mit aggressivem Gesumme.

»Hast du alles bekommen?«, fragte er.

»Ich hoff's.« Bea stellte einen Karton auf den Arbeitstisch. »Ich wusste nicht, ob du sprühen oder träufeln willst. Der Jörg im Imkerladen meinte, sprühen sei dir wohl lieber.«

»Mh«, machte er. Im Grunde war es egal, womit er seine Bienen quälte, beides würde ihnen nicht gefallen. Aber die Sprühmethode sollte etwas sanfter sein, insofern passte das schon.

»Kannst du mir erklären, was wir machen? Und inwiefern es den Bienen hilft?«, fragte Bea.

Er grinste. »Hast du nicht schon genug darüber gelesen?«

Bea lachte schuldbewusst. »Schon«, gab sie zu. »Aber das hier ist … der Ernstfall?«

Tom nickte. Der Ernstfall, das traf es wohl. »Also … Was weißt du über die Varroamilbe?«

»Ein Schädling, der sich in der verdeckelten Brut der Bienen vermehrt.«

»Genau. Die Weibchen der Varroamilbe legen ihre Eier in den Waben des Stocks ab, wo sie dann mit den Bienenlarven heranwachsen. Dabei ist Drohnenbrut häufiger betroffen, weil Drohnen länger in ihren Waben bleiben.«

»Aber ich dachte, im Winter legt die Königin keine Eier?«

»Erst ab ungefähr Ende November nicht. Die wenigen verdeckelten Waben, die ich in den jeweiligen Stöcken jetzt noch gefunden habe, musste ich rausschneiden. Das ist nicht ideal, aber vermutlich besser, als wenn ich sie darin belasse und mit der nächsten Generation Bienen neue Varroamilben schlüpfen. Es ist so viel …« Er seufzte. Mit gerunzelter Stirn las er die Anleitung auf der Flasche mit der Oxalsäurelösung. Mit einer Zerstäuberflasche, die Bea zum Glück auch mitgebracht hatte, musste die angemischte Säure in jede einzelne Wabengasse gesprüht werden.

Tom stellte die Flasche zurück auf den Tisch. Er merkte, wie ihm diese ganze Situation zu viel wurde. Seine armen Bienen! Genau das hatte er den ganzen Sommer über verhindern wollen, und bei seiner letzten Stockkontrolle im Oktober hatte alles gut ausgesehen. Oder hatte er irgendwelche Anzeichen übersehen?

Bea stand neben ihm. Sie legte die Hand auf seinen Arm. »Alles okay?«, fragte sie.

Er wollte erst nicken. Aber wem machte er eigentlich was vor? Tom schüttelte den Kopf. »Ich hätte nicht gedacht, dass ich das irgendwann machen muss«, sagte er leise. »Bisher dachte ich, sie sind gesund und schaffen es auch so.«

»Ich bin sicher, du hast dein Bestes gegeben. Aber jetzt …« Sie nahm die Flasche mit dem Granulat, das man abwiegen und in Wasser lösen musste. »Wenn du magst, mache ich das. Du erklärst mir, wie es geht. Und dann gehen wir raus und du zeigst mir, wie ich die Lösung aufsprühe.«

Er gab sich einen Ruck. Es war verlockend, diese Aufgabe an Bea zu übertragen. Und er war überzeugt, dass sie sie meistern würde, wenn er ihr alles erklärte. Aber die Bienen lagen in seiner Verantwortung.

»Ich muss das machen«, sagte er.

»Nein«, sagte sie leise. »Jedenfalls nicht allein.« Sie schraubte die Flasche auf. »Hast du eine Feinwaage?«

Natürlich hatte er eine Feinwaage. Er suchte einen Behälter heraus, in dem sie die Oxalsäure anmischen konnten, dazu für jeden ein Paar Handschuhe, Schutzbrillen und was sie sonst noch brauchen würden, wenn sie mit diesem giftigen Zeug hantieren wollten. Bea maß das Pulver ab, mischte die Lösung an und füllte sie in die Zerstäuberflasche.

Als sie zu den Beuten gingen, blieb er ein Stück hinter ihr zurück. Wie sie den Kopf reckte, mutig und fast ein bisschen trotzig. Vermutlich war das die Ärztin in ihr, die tagtäglich gegen den unsichtbaren Feind kämpfte, der sich unaufhaltsam in die Körper ihrer Patientinnen fraß; sie war eine Kriegerin gegen das Verderben, sie war es gewohnt, für andere zu kämpfen.

Und das, dachte er, war der Unterschied. Sie war eben nicht nur eine kompetente Medizinerin. Sie kämpfte auch, sie ging weite Wege für alle, für die sie Verantwortung übernahm – so wie jetzt für seine Bienen.

Er bewunderte sie dafür. Im Gegensatz zu ihm vermochte sie jenen, die sie liebte, Schmerzen zuzufügen. Unerlässliche Schmerzen, die eine Heilung erst ermöglichten.

Vielleicht war es das, was ihm fehlte, damit er nicht nur ein ganz passabler Imker war – sondern ein guter, dessen Ziel der Erhalt seiner Bienenvölker war. Ohne die Behandlung mit Oxalsäure würden sich ab Februar, wenn die Königinnen wieder mit dem Eierlegen begannen, auch die Varroamilben rasant vermehren. Irgendwann hätten sie in den Stöcken eine kritische Menge erreicht, die einen Fortbestand kaum mehr ermöglichte.

Und dann?

Sie drehte sich zu ihm um. »Kommst du?«

Er nickte.

Natürlich konnte er sich noch so oft einreden, dass die Behandlung notwendig war; das Gefühl blieb, dass er seine Völker damit ins Verderben trieb. Völlig irrational, für ihn auch nicht erklärbar. Aber darüber konnte er später nachdenken. Jetzt musste er handeln.

»Ich mache das.«

Tom nahm ihr die Flasche aus der Hand. Er zeigte ihr, wie sie den Imkerschleier anlegte, auf den er selbst verzichtete; die Bienen waren ruhig, völlig ahnungslos. Sie würden auch nicht wütend auffliegen, wenn sie behandelt wurden. Der Imkerschleier diente vor allem dazu, dass Bea, die im Umgang mit den Bienen nicht geübt war, sich sicher fühlte. Er hatte die Beobachtung gemacht, dass es selbst in gänzlich ungefährlichen Situationen für das Quäntchen Ruhe sorgte, das man brauchte.

Er hob den Deckel der Beute. Sie fingen bei dem Volk an, bei dem Bea die Diagnosewindel gezogen hatte und das zu denen gehörte, die am meisten betroffen waren. Er zeigte ihr die Waben. »Hier sitzen sie und wärmen sich gegenseitig.« In der Mitte des Stocks hockten die Bienen dicht aneinander in den Wabengassen, sie kuschelten quasi. Knapp zehntausend von ihnen hatten sich in dieser dicken Traube zusammengefunden, und irgendwo in der Mitte befand sich die Königin.

Jetzt musste es schnell gehen, denn solange die Beute geöffnet war, drang kalte Luft in das Innere des Stocks, den die Bienen den ganzen Winter über konstant auf einer hohen Temperatur hielten. Es würde sie viel Energie kosten, wenn er zu sehr trödelte, weil sie versuchen würden, den Temperaturabfall durch mehr Bewegung ihrer Flügel auszugleichen. Und ein höherer Energieverbrauch bedeutete, dass sie mehr Futter brauchen würden …

Über den offenen Kasten hinweg sah er Bea an. Sie trug unter dem Imkerhut noch die Schutzbrille, auch die Handschuhe hatte sie nicht abgelegt. Sie nickte ihm zu, aufmunternd, ermutigend …

Er seufzte. Dann nahm er die Zerstäuberflasche und machte sich ans Werk.

## 2. Oktober

*Sieben Völker sind verloren.*

*Ich war nicht schnell genug. Die Behandlung kam zu spät, und wer weiß, ob sie überhaupt etwas bewirkt hätte, wenn ich sie schon früher hätte vornehmen können.*

*Weitere zehn Völker stehen auf der Kippe. Vier habe ich nach der Behandlung aufgelöst, teils weil ihre Königin nicht mehr da war, teils weil sie ihre Legetätigkeit vollständig eingestellt hatte. Zwei dieser Königinnen musste ich erlösen.*

*Es bleibt: ein Massaker.*

*Die Völker ohne Königin habe ich in andere Völker einbetteln lassen. Auch das – ein Massaker, denn natürlich sind die starken Völker nicht sonderlich erbaut davon, wenn einige Tausend Bienen sich in ihrem gemachten Nest breitmachen wollen. Aber so konnten wenigstens ein paar von ihnen überleben.*

*Ich habe geschuftet, Tag und Nacht, keine Pausen habe ich mir gegönnt. Und die Erschöpfung macht sich nun, nachdem ich hoffentlich alle Bienenvölker auf den bevorstehenden Winter vorbereitet habe, bemerkbar. Es tut weh, dass ich sie so quälen musste, aber es war notwendig. Ich tröste mich damit, dass die Natur genauso grausam wäre wie eine Imkerin – nur eben nicht so gezielt, sondern eher nach dem »Versuchen und scheitern«-Prinzip.*

*Trotzdem. Es muss sich etwas ändern.*

*Bis zu den ersten Wintermärkten ist es nicht mehr lange, und die nächsten Schritte sind schon klar vorgezeichnet:*

*Den Honig ausschleudern, sofern noch nicht passiert (es fehlt noch verdammt viel, diesen Sommer fühlte ich mich so schwach und müde, nichts konnte über Carls Fehlen hinwegtrösten), das Wachs einschmelzen und zu Platten pressen, was ich diesmal selbst mache, um Geld zu sparen. Auch wenn ich nicht weiß, wann ich all die Kerzen rollen, gießen und ziehen soll, die ich aus dem Wachs bekomme.*

*Bleibt mir dann noch Zeit, versuche ich es weiter mit den Cremes und anderen kosmetischen Produkten, für die ich bereits Rezepte entwickelt habe. Ich brauche so dringend Geld, das ist schon fast verzweifelt, was ich mache. Aber was bleibt mir anderes?*

*Nächstes Jahr wird besser. Muss.*

# Kapitel 13

Bea schloss die Küchentür leise hinter sich. Tom lag auf dem Fenstersofa, er hatte die Decke bis ans Kinn gezogen, lag ganz still auf dem Rücken. Eingeschlafen, keine Viertelstunde nachdem sie von ihrem Rettungseinsatz bei den Bienen zurückgekehrt waren. Sie wusste, dass jemand noch in der Werkstatt aufräumen musste. Er hatte einfach alle Sachen auf den Tisch geknallt und war wütend Richtung Haus davongestapft. Als sie wenig später zurückkam, lag er schon dort und starrte an die dunklen Fachwerkbalken an der Decke.

»Ich will jetzt nicht reden«, knurrte er, bevor sie etwas sagen konnte.

Sie versuchte, sich nicht zu sehr von seiner miesen Stimmung verletzt zu fühlen. Versuchte zu verstehen, dass die Behandlung der Bienen ihn viel Kraft gekostet hatte. Die einzelnen Arbeitsschritte gar nicht mal; es war der Umstand, den Bienen wehtun zu müssen, damit sie überleben konnten, der ihm nicht behagte. Das hatte sie gemerkt. Wie er mit jeder Beute grimmiger wurde. Seine Bewegungen ungeduldiger, sein Blick finsterer. Er sprach kaum mehr mit ihr, verständigte sich nur mit Handzeichen, als könnte sie seine Gedanken lesen.

In gewisser Weise konnte sie das.

Sie verstand seinen Schmerz.

Als sie das erste Mal einer Patientin im persönlichen Gespräch erklärte, wie eine Chemo ablief, welche Risiken und Nebenwirkungen damit einhergingen … Am liebsten hätte sie der vierfachen Mutter mit Brustkrebs versprochen, dass sie wieder gesund werden würde. Aber sie wusste, das durfte sie nicht. Danach hatte sie sich im Pausenraum versteckt, weil sie es nicht ertrug, wie ihr Gegenüber sie angestarrt hatte. Wie sie fragte: »Und wenn das nicht hilft?«

»Dann«, hatte sie gestottert, »finden wir andere Optionen.«

Sie hatte gehofft, dass sie als junge Ärztin jene Souveränität ausstrahlen würde, mit der sie ihrer Patientin ein kleines bisschen Hoffnung schenkte, aber nach dem Gespräch fühlte sie sich so verunsichert, als müsste sie selbst am nächsten Morgen zur Chemotherapie antreten.

Seitdem hatte sie einen langen Weg zurückgelegt. Inzwischen war sie besser darin geworden, im Gespräch mit Patientinnen Nutzen und Risiken einer Behandlung so zu gewichten, dass ihr Gegenüber sich mehr Hoffnung machte und über die Nebenwirkungen nur müde lächelte. Entscheidend aber war, dass sie die einzelnen Schicksale nicht mehr an sich heranließ, ohne dabei der Patientin gegenüber Kälte oder Distanz zu zeigen. Es war eine innere Distanz. Weil es niemandem half, wenn sie als Kämpferin an vorderster Front den Kopf verlor.

Sie wusste, dass beides möglich sein musste – kühl berechnend im Tumorboard den Behandlungsplan aufstellen, diesen mit der Patientin besprechen und dabei so viel Mitgefühl aufbringen, dass die Erkrankte daraus Kraft und Hoffnung schöpfen konnte.

Dazwischen aber stand sie – mit ihrer eigenen inneren Leere, ihrem tiefen Schmerz darüber, dass sie nicht alle retten konnte. Dies alles verschloss sie, zeigte es nicht nach außen. Weil es keinen Unterschied machen würde, wenn irgendjemand wusste, wie hilflos manche Krankheitsverläufe sie machten.

Man durfte nicht verzagen, auch wenn es aussichtslos schien. Daran hielt sie sich.

Als Tom zögerte, hatte sie ihn ermutigt, hatte ihn dazu bewegt, den ersten Schritt zu wagen. Er wollte den Bienen nicht wehtun, schon klar. Aber das musste er, damit die Völker überlebten. Und mit ihnen die Imkerei. Jetzt lag er müde auf dem Sofa. Sie hatten gerade mal die Hälfte aller Bienen behandelt, den Rest müssten sie morgen machen. Es wurde dunkel, und es hätte keinen Sinn, wenn sie blind die Lösung aufsprühten, damit richteten sie nur noch mehr Unheil an.

Sie zog das Journal aus ihrer Umhängetasche, die auf einem Küchenstuhl lag. Bud Spencer, der den ganzen Nachmittag im Haus geblieben war, kratzte an der Küchentür. Sie ließ ihn herein, dann setzte sie sich auf die Küchenbank und blätterte in Margarete Zeidlers Aufzeichnungen. Sie hatte vor knapp zwanzig Jahren eine ähnlich bedrohliche Situation für die Bienen durchgestanden. Ob Bea in den Eintragungen noch weitere Tipps fand, wie sie die Imkerei retten konnte?

Eine knappe Stunde später legte sie das Journal beiseite und seufzte. Sie hatte Hunger, aber inzwischen war es so arg, dass sie am liebsten Pizza bestellt hätte. Gab es einen Lieferdienst, der bis hier draußen ins Nirgendwo lieferte, ohne dass die Pizza dann schon kalt war? Unwahrscheinlich. Also blieb ihr wohl nichts anderes übrig, als die Vorräte zu sichten.

Sie wusste selbst nicht, warum sie der gut gefüllte Kühlschrank überraschte. Sie beschloss, eine Lasagnesuppe zu kochen, dafür war nämlich alles da. Zusätzlich machte sie einen Salat und backte ein Baguette auf. Als sie eine halbe Stunde später die Küchentür einen Spaltbreit öffnete und Bud Spencer in den Wohnraum entwischte, lag Tom mit geöffneten Augen auf dem Sofa.

»Du schläfst ja gar nicht.«

»Es riecht hier so lecker«, sagte er. »Kochst du etwa schon wieder?«

»Gewöhn dich lieber nicht daran.«

Das brachte ihn zum Lächeln. Gut. Er schien sich langsam von der Arbeit zu erholen. Manchmal brauchte man das – ein bisschen Zeit für sich, die Augen schließen, nichts tun und warten, bis der innere Aufruhr sich legte.

Tom setzte sich auf und fuhr sich mit beiden Händen durchs Gesicht. »Habe ich geschlafen?«

»Keine Ahnung. Es ist kurz vor sechs.«

Tom nickte langsam, dann stand er auf und kam auf Socken zu ihr in die Küche.

»Wein?«, schlug er vor.

»Gerne.«

Er verschwand in der Vorratskammer, sie hörte ihn kramen. Dann holte er Weingläser aus dem Schrank, öffnete die Flasche und goss ein.

»Bist du mit dem Herd klargekommen?«

»Ich hoffe …« Sie hob den Deckel vom Topf. Der köstliche Geruch nach Tomatensugo und gebratenem Hackfleisch mit reichlich Kräutern und Zwiebeln stieg auf. Die kleingebrochenen Lasagneplatten waren schon fast weich. »Ich habe vorhin noch ein Scheit nachgelegt. Sieht gut aus, oder?«

»Riecht vor allem lecker.«

»Geht's dir besser?«, erkundigte sie sich.

Tom zuckte mit den Schultern. Er lehnte am Küchentisch und nahm einen großen Schluck Rotwein, betrachtete sie über den Rand des Glases hinweg. »Schon ein bisschen«, sagte er. »Das war ziemlich anstrengend, mh.«

»Die Hälfte ist geschafft. Ich helfe dir morgen bei den anderen, wenn du willst.«

Er grinste. »Möchtest du etwa wieder über Nacht bleiben?«

Bea spürte, wie sie rot wurde. Der Gedanke war ihr tatsächlich schon gekommen, aber es wäre vermutlich komisch, wenn sie damit anfing. »Ich werde mich beim Wein zurückhalten«, versprach sie. »Außerdem habe ich nichts für Bud Spencer dabei.«

»Was braucht so ein Hund schon?«

»Na ja, Fleisch zum Fressen? Sein liebstes Gummitier zum Einschlafen, sein Körbchen …«, zählte sie auf.

»Fleisch ist in der Tiefkühltruhe, ich habe eine gelbe Badeente und einen alten Bienenkorb, den ich für ihn mit einer Decke auspolstern kann.«

»Ich habe auch nichts dabei.«

Er zuckte mit den Schultern. »Findet sich alles.«

»Zahnbürste?«

Tom grinste. »Zufällig habe ich diese Woche eine neue gekauft. Ist noch originalverpackt.«

Sie blickte von ihm zu dem zweiten Weinglas auf dem Tisch. Dann machte sie zwei Schritte auf ihn zu, stand direkt neben ihm. Fast berührten sich ihre Hüften, als sie das Glas nahm. »Na dann«, sagte sie leise. Ihr Glas plingte gegen seins, sie nahm einen Schluck, samtweich floss der Wein durch ihre Kehle. »Aber das heißt jetzt nicht, dass wir in einem Bett schlafen oder so.«

»Na, wir wollen es mal nicht übertreiben. Ich vermute mal, der Hund wird sich bei dir einkuscheln wollen, und darauf kann ich nun wirklich verzichten.«

»Der Hund weiß sich zu benehmen«, erklärte sie würdevoll. »Kannst du das von dir auch behaupten?«

Er zwinkerte ihr zu. »Wollen wir's ausprobieren?«

Sie wusste es nicht. Wollte sie?

Lieber noch einen Schluck Wein nehmen. Nicht zu genau darüber nachdenken, was sie beide da gerade andeuteten.

»Das Essen ist fertig«, sagte sie, statt auf seine Frage einzugehen.

»Dann lass uns essen.«

Er deckte den Tisch in dem kleinen Anbau, während sie das Baguette durch die Ofenklappe manövrierte. Es war ein bisschen schwarz an einer Ecke, aber das war wohl vertretbar.

Das Leben, das Tom hier draußen führte, war so anders als ihres in Hamburg. Klar, er hatte Strom und fließend Wasser, Internet wohl auch – vermutlich aber nicht das schnellste. Darüber hinaus aber hatte er vor allem Ruhe. Seine Bienen. Es wäre ein Leben, an das sie sich gewöhnen könnte.

Und Tom? An den gewöhnte sie sich gerade schon sehr …

»Wow«, murmelte sie, als sie den Topf mit der Lasagnesuppe in den Anbau trug. Auf dem alten Holztisch mit der blankpolierten Fläche lagen Leinenservietten neben den Tellern, bei genauerem Hinsehen waren diese sogar mit einem Monogramm bestickt, ein C und ein M über einem Z, drei Bienen drum herum. Wunderschön. Das Besteck blitzte im Schein der Kerzen, die Tom in einem Kandelaber angezündet hatte. Das sanfte, goldene Gelb der Bienenwachskerzen und der süße Duft, der in der Luft hing, waren so unbeschreiblich schön, dass sie erst mal innehielt, nachdem sich beide an den Tisch gesetzt hatten. Bud Spencer kam aus der Küche getrottet. Tom holte noch rasch die Weingläser.

»Gefällt es dir?«, fragte er.

Sie nickte, die Kehle wurde ihr eng. Was tat sie hier überhaupt?

Sie ging eine Verbindung ein. Ohne zu wissen, wohin diese Verbindung führen würde. Ob es überhaupt irgendwo hinführte.

»Ich habe mich gerade erst von meinem Mann getrennt«, platzte es aus ihr heraus.

Tom hob die Augenbrauen. »Okay«, sagte er langsam. »Und das ist relevant, weil …?«

»Der Imker. Bei dem ich heute war. Der fragte, ob ich deine ›Neue‹ sei. Und ich dachte …«

»Verstehe.« Er nickte. Schenkte Wein nach, sagte aber nichts. Bea starrte ihn wütend an. Was denn, mehr hatte er nicht dazu zu sagen? Er verstand, Ende der Geschichte? Na toll.

Sie verteilte die Suppe, brach energisch ein Stück Baguette ab und steckte es Bud Spencer zu, der neben ihrem Stuhl Stellung bezogen hatte. Den Wein ignorierte sie.

»Ich habe in der vergangenen Woche wirklich viel geschuftet«, sagte er leise. »Meine Freundin Dana …« Er verstummte, dachte nach. »Also, sie ist …«

»Du musst mir nichts erklären«, sagte sie leise.

Sie wäre ihm gern nah gewesen. Sehr nah. Dieser Nachmittag draußen bei den Bienen, der Kampf ums Überleben seines Betriebs, den sie Seite an Seite führten – das alles hatte sie ihm noch näher gebracht. Sie hatte für ihn gekocht, sie saßen beisammen, aßen und tranken einen ziemlich leckeren Rotwein. Sie konnte gar nicht genug davon bekommen, wie er mit ihr redete.

Aber auf keinen Fall wollte sie etwas über seine Freundin hören.

»Ich will das aber sagen. Es ist wichtig, weil da nichts mehr ist. Da war was, ja. Aber das ist jetzt vorbei. So.«

»Ach so«, sagte sie nur. Der Appetit war ihr vergangen, sie spürte ihr Herz bis zum Hals klopfen. Bea hätte jetzt gern Toms Hand genommen, sie einfach ein bisschen gehalten und seiner Stimme gelauscht, wie er etwas anderes erzählte als über eine »alte Freundin«, mit der »da was war«, das »jetzt vorbei« war. Ja, was denn nun?

»Ich wollte einfach, dass du das weißt«, fügte er hinzu.

Sie atmete tief durch. Versuchte, diesen inneren Aufruhr zu befrieden. Ein Schluck Wein beruhigte die flatternden Nerven.

*Weißt du eigentlich, wie ungeübt ich in diesem Spiel inzwischen bin, Tom? Ich weiß gar nicht, wohin mit mir und meinen Gefühlen.*

Da, sie hatte es gedacht. Gefühle.

Sie hatte wirklich Gefühle für ihn.

»Ich habe die ganze Woche Honig abgefüllt«, fuhr er irgendwann fort, um das Schweigen zu brechen. »War ziemlich viel Arbeit. Und es wartet noch mehr auf mich.« Er legte den Löffel neben den Teller, sah sie lange an, ehe er weitersprach. »Ehrlich gesagt habe ich das alles unterschätzt. Ich dachte, es wäre leichter.«

Bea musterte ihn aufmerksam und wartete.

Er zeigte auf die Kerzen. »Ich würde mehr von denen machen. Aber allein wird's schwer.«

»Hat deine Tante keine Vorräte mehr?«

»Kaum. Von den Wachsplatten ist genug da, aber die fertigen Kerzen werden definitiv nicht reichen, um alle Märkte ausreichend zu bestücken.«

»In ihrem Journal schrieb sie über Cremes und solche Sachen. Ginge das schneller als die Kerzen?«

»Es wäre etwas völlig anderes, aber ja. Vermutlich ginge es schneller. Mir fehlt dafür aber die Ausrüstung.«

Und für die war kein Geld da, vermutete sie.

»Als Tante Grete selbst Cremes angerührt hat, war die Werkstatt gut ausgestattet. Aber das ist schon knapp zwei Jahrzehnte her. Seitdem ist vieles kaputtgegangen.«

»Meine Schwester hat doch eine Seifenwerkstatt«, platzte es aus Bea heraus. »Und die Zutaten habe ich schon mitgebracht.« Das Olivenöl fiel ihr ein, der Kanister stand noch im Auto. Ob es gut war, wenn es bei den kalten Temperaturen draußen blieb? Sie holte es lieber nach dem Essen rein. »Kannst du mir eine Liste schreiben, welche Utensilien fehlen? Dann fahre ich morgen hin und besorge, was sie für uns entbehren kann.«

Er hob die Augenbrauen. »Für uns?«

Das feine Lächeln. Bea schluckte, und dann erwiderte sie es. Ein bisschen zittrig. War das schon ein Flirt oder einfach nur ihr trauriger Wunsch danach? »Wenn du magst, helfe ich dir«, brachte sie hervor. Ihre Stimme klang belegt.

Sie blickte ihn an. Schwieg, weil alles, was sie jetzt noch hätte sagen können, sie auf verflixt dünnes Eis geführt hätte.

Von dem sie nicht wusste, ob es sie beide trug.

»Also, wenn das für dich in Ordnung ist.«

»Du hast die Zutaten alle schon mitgebracht?«

Sie nickte. »Für die Brandsalbe, einen Lippenbalsam und für eine Handcreme.«

»Wow.«

Er sah ihr tief in die Augen und als sie nicht nachgab, sondern seinen Blick unverwandt erwiderte, seufzte Tom.

»Ich werde aus dir nicht schlau.«

Bea lachte nervös und griff nach ihrem Weinglas.

»Was heißt das nun wieder?«, murmelte sie.

»Genau das. Du tauchst hier auf, weil du meine Tante suchst. Du bleibst, kommst sogar wieder. Bist auf einmal eine Bienenexpertin, wenn auch eher im theoretischen Sinne.« Er lächelte, um dieser versteckten Kritik die Schärfe zu nehmen. »Und dann willst du mir helfen. Erst bei der Behandlung, jetzt auch noch mit den Kerzen. Und du hast neue Ideen. Gerade so, als ginge dich das hier etwas an.«

Sie schluckte. Die Botschaft war klar und deutlich.

*Es geht dich nichts an, Bea.*

Gegen ihren Willen spürte sie, wie ihr Tränen in die Augen stiegen. Sie konnte es sich nicht erklären, und um gegen diese überbordenden Gefühle anzukommen, stand sie auf und brachte die leeren Teller in die Küche. Dort stellte sie alles in die Spüle, stand davor und wartete, dass dieses Gefühl in ihrer Brust verschwand.

»Ich meine es ernst«, flüsterte sie.

»Dann nehme ich dein Angebot gerne an.«

Sie fuhr herum. Er stand im Türrahmen. Bud Spencer drängelte sich an ihm vorbei und setzte sich erwartungsvoll neben sie. Klar, ein Stückchen Baguette reichte ihm nicht.

Tom lächelte. »Entschuldige, ich wollte dich nicht belauschen.«

»Ach …« Peinlicher konnte es kaum werden. Sie gab sich einen Ruck. »Ich würde wirklich gern helfen. Weil …« Weiter wusste sie nicht.

»Wollen wir darüber reden?«, schlug er vor.

Sie lächelte müde. »Müssen wir?«

Er trat ein, öffnete die kleine Kammer, die ihm als Vorrat diente, und kramte darin herum. »Wir müssen gar nichts. Außer noch ein bisschen Wein trinken. Was meinst du?«

»Das ist das Klügste, was ich heute von dir gehört habe.«

Tom lachte. Sie liebte es, wenn sie ihn zum Lachen brachte, es war wie ein Versprechen. Dass er ihr nicht wehtun würde, wenn sie sich ihm öffnete.

»Ich bin sehr einsam«, fing sie an.

»Das überrascht mich.«

Sie lächelte traurig. »Es ist aber so. Mir fällt es schwer, mich anderen Menschen zu öffnen. Eigentlich brauche ich auch nicht viele in meinem Leben. Und manchmal passiert dann das hier.« Sie machte eine unbeholfene Handbewegung, mit der sie diese kleine, urige Küche, das Fachwerkhäuschen, die Werkstatt und sogar die Obststreuwiese mit den Beuten am Waldrand einschloss. Vor allem aber den Mann, der da so lässig neben ihr an der Anrichte lehnte, die Haare wild verwuschelt, weil er sie sich heute mehr als einmal gerauft hatte. Die dunklen Augen aufmerksam auf sie gerichtet. »Ich … verliebe mich. In ein Leben.«

»Mein Leben ist nicht besonders liebenswert«, widersprach er.

*Aber du. Du bist liebenswert.*

Sie sagte es nicht, sondern sah ihn einfach an. Dachte es. Gab sich einen Ruck.

»Jedenfalls könnte es daran liegen, dass ich dich ständig nerve.«

»Du weißt, dass das Quatsch ist.« Er kramte in der Schublade nach dem Korkenzieher. Bea fand das Gesuchte auf dem Küchentisch und reichte ihn an Tom weiter. Ihre Finger berührten sich in diesem Moment ganz kurz, sie zuckte zusammen.

»Hey«, sagte er leise.

»Wollen wir erst den Abwasch machen?« Sie hasste es, wenn man nach dem Essen das Geschirr in der Küche stapelte und am nächsten Morgen auf dieses abgefressene Chaos traf.

Tom lachte. »Kann es sein, dass du in manchen Dingen etwas zwanghaft bist?«

»Ich hab's einfach lieber ordentlich.«

Er schüttelte den Kopf, lächelte aber immer noch, gerade so, als könnte er ihr gar nichts übelnehmen. Während Bea heißes Wasser ins Spülbecken einließ und die Teller abkratzte, holte er das restliche Geschirr aus dem Anbau.

»Also gut, du spülst, ich trockne ab. Aber nur, wenn es dazu Wein gibt.«

»Einverstanden.«

Sie würde wohl doch über Nacht bleiben. Der Rotwein sorgte für eine angenehm beschwipste Wärme. So eine, die sie gern durch eine andere Wärme ergänzen würde.

»Warum bist du einsam?«, fragte Tom unvermittelt. Fast wäre ihr vor Schreck der Teller aus den Händen gerutscht.

»Ich habe niemanden«, erklärte sie schlicht. »Meine Ehe ist gescheitert, es gibt also nur meine Arbeit und alle zwei Wochen am Wochenende meinen Hund.« Sie nickte zu Bud Spencer, der sich inzwischen auf dem Flickenteppich unter dem Küchentisch eingerollt hatte und leise schnarchte.

»Keine Freundinnen?«

Bea zuckte mit den Schultern. »Eine. Aber Einsamkeit definiert sich nicht durch die Menge der Sozialkontakte, sondern eher durch das, was man braucht.«

Sie brauchte mehr als eine Freundin.

»Familie?«

»Ach …«

»Du hast von deiner Schwester erzählt. Die auf dem Schliekerhof lebt.«

»Alix, ja. Ich habe mir aber in den letzten Jahren wenig Zeit für die Familie genommen.«

Und im Umkehrschluss, das wurde ihr jetzt erst bewusst, hatte sich die Familie natürlich auch wenig um sie gekümmert. Bea hatte alle auf Abstand gehalten, und ausnahmslos jeder hatte diesen Abstand akzeptiert. Kein Wunder also, dass Alix erstaunt reagiert hatte, weil Bea neuerdings so gesellig war.

»Ich versuche gerade, das zu ändern. Aber es ist schwer.«

Wobei, gar nicht mal. Niemand hegte einen Groll gegen sie, weil sie sich nicht eingebracht hatte. Keiner machte ihr Vorwürfe. Im Gegenteil; sie wurde weiterhin zu allen Familienfesten eingeladen, und wenn sie keine Zeit hatte, weil die Arbeit nun mal wichtiger war, dann nahm ihr das niemand übel.

»Noch mehr Familie?«

»Zwei Schwestern. Und unsere Eltern natürlich. Hast du Familie?«

Er verzog das Gesicht, gerade so, als wäre das für ihn kein so gutes Thema. »Meine Eltern sind nicht mehr«, sagte er nur, und kurz verfinsterte sich seine Miene so sehr, dass sie nicht nachfragte.

»Das tut mir sehr leid.«

Während sie sprachen, spülte Bea das Geschirr, und

Tom trocknete ab. Er räumte die Teller in den Schrank, schaltete das Radio ein, das auf der Fensterbank stand. Leise Klaviermusik erfüllte die Küche, und einen winzigen Moment lang lehnte sich Bea gegen den Spülschrank, die Hände im heißen Wasser, und schloss die Augen.

Das hier, dachte sie. Dieses einfache Leben, mit einem Mann zusammen, der genau weiß, was er will. Wer er ist.

Wusste sie denn, wer sie war? Oder sehnte sie sich nur deshalb nach Tom und seinem einfachen Leben, weil es den maximalen Kontrast zu ihrem hochtechnologisierten, naturwissenschaftlich geprägten Sein bildete?

»Hey.«

Sie schrak hoch. Tom stand direkt neben ihr, seine Hüfte berührte ihre und sie wäre fast zurückgezuckt. Aber nur fast. »Hey«, erwiderte sie leise.

»Geht's hier weiter oder hast du schon genug vom Abwasch?«

Sie lächelte und wusch den Topf ab. Wenig später waren sie fertig, die Küche wirkte im Rahmen ihrer Möglichkeiten aufgeräumt und sauber. Mit der Weinflasche und den Gläsern gingen sie hinüber in den Wohnraum, wo sie sich auf dem Sofa einkuschelten, jeder in einer Ecke. Aus der Küche kam das leise Schnüffeln von Bud Spencer, der die angelehnte Tür mit der Schnauze aufstieß und zu ihnen kam. Er blieb abwartend vor dem Sofa stehen.

»Darf er?«, fragte Bea.

Tom zuckte mit den Schultern. »Klar.«

Mehr brauchte der Hund nicht. Er hüpfte zwischen ihnen auf die bunte Patchworkdecke und rollte sich zufrieden ein.

»Ich glaub, du führst das gute Leben«, sagte Bea leise. Sie blickte durch die Sprossenfenster nach draußen. So finster wie da draußen war es in der Stadt nie. Aber anders als in ihrer Wohnung fühlte sie sich hier geborgen. Lag das an diesem Haus oder an Tom?

»Es ist ein hartes Leben, das hast du ja heute gesehen.« Er seufzte. »Manchmal denke ich, Tante Grete hatte doch recht.«

»Womit genau?«

»Dass ich nicht hierfür tauge. Darum das Journal, das sie erst mir aufgedrängt hat und dann dir, damit du es mir aufdrängst.«

»Das verstehe ich auch nicht. Warum ich?«

Tom lachte unbehaglich. »Ich glaube, weil sie in dir etwas gesehen hat. Vermutlich nicht das, was ich in dir sehe, aber …« Er verstummte. Sie wartete.

Tom leerte sein Weinglas, mit einem kleinen Knall stellte er es auf den Kaffeetisch. »Zeit fürs Bett«, meinte er. »Morgen haben wir noch viel vor. Also, wenn du weiter helfen willst.«

Bea lächelte. »Du wirst mich schon wegschicken müssen, wenn du mich loswerden willst. So lange bleibe ich und helfe dir.«

Tom stand auf. Er streckte sich, dann setzte er sich noch mal etwas näher neben sie. Bud Spencer wachte auf und knurrte leise.

»Lass das«, wies Bea ihn zurecht.

»Meinst du den Hund oder mich?«

»Was denkst du denn?«

Toms Hand streifte ihre. »Ich denke gar nichts«, sagte er leise. »Vielleicht gerade mal, dass ich verdammtes Glück habe, weil du hier bist.«

Er beugte sich vor. »Darf ich das so sagen?«, flüsterte er.

»Ja, bitte«, wisperte sie.

Sein Gesicht ganz nah. Seine Lippen auf ihren. Sie kam ihm entgegen, schloss die Augen, weil es in diesem Moment genau das war, was sie wollte, was sie *brauchte* und so lange insgeheim ersehnt hatte.

Tom rückte näher. Seine Hände legten sich um ihre Taille, dann hielt er sie in den Armen, sie legte ihrerseits die Arme um seinen Hals. Wollte ihm ganz nah sein in diesem Moment, ihn spüren, mit ihm sein …

Plumps.

Ein leises Jaulen vom Fußboden ließ die beiden auseinanderfahren. Da hatten sie den kleinen Cocker Spaniel doch tatsächlich vom Sofa gedrängt, so dass er auf den Boden geplumpst war. Der anklagende Blick von Bud Spencer richtete sich vor allem an Bea, sein Frauchen war ja wohl eindeutig schuld, konnte sie nicht mal auf ihn aufpassen?

Bea lachte, sie legte den Kopf an Toms Schulter, gerade so, als gehörte er dorthin.

»Ach du meine Güte«, murmelte er.

Der Hund sah sie unter hochgezogenen Brauen an, dann wandte er sich ab und trottete Richtung Küche, um sich vor den Ofen zu legen, vermutete Bea. Und vielleicht auch, um sich das verliebte Elend seines Frauchens nicht länger angucken zu müssen.

Menschen!

»Ich glaube, er ist beleidigt.«

»Er wird schon drüber hinwegkommen«, meinte Bea.

»Wie herzlos von dir.«

»So bin ich gar nicht.«

»Ich weiß.« Er lächelte. Und dann küssten sie sich erneut, es war ganz einfach, einander in die Arme zu sinken, sich am anderen festzuhalten und einfach nur zu *sein.*

*Das habe ich so sehr vermisst.*

Danach verbot sie sich jeden weiteren Gedanken. Genießen wollte sie das hier, jawohl. Wer wusste schon, wie lange es so war.

Manchmal ging es also schnell, und schon übernachtete sie ein zweites Mal bei ihm. Nicht auf dem Fenstersofa, sondern in seinem Bett oben im Schlafzimmer mit den dunklen, niedrigen Deckenbalken und den zwei winzigen Sprossenfenstern.

»Morgens kann man zu den Bienen schauen«, sagte er, als sie aneinandergekuschelt unter der dicken Bettdecke lagen. Bea hörte schon nicht mehr ganz zu, sie war so wohlig müde, sie wusste gar nicht, wann das zuletzt der Fall gewesen war. Auf eine wunderbare, wohltuende Art erschöpft nach diesem langen, ereignisreichen Tag. In dieser Nacht würde sie nicht frieren. Und zum ersten Mal seit Langem wäre sie nicht allein. Tom hatte sogar den Bienenkorb für Bud Spencer geholt, hatte ihn mit einer alten Decke ausgepolstert und auf ihrer Bettseite auf den Boden gestellt. Der kleine Cocker Spaniel schaute etwas pikiert, ließ sich dann aber schnaufend im Körbchen nieder und schlief schneller ein als Bea oder Tom.

Trotz ihrer Müdigkeit lag Bea wach, während Bud Spencers Pfoten im Traum zuckten und Tom neben ihr schlief, den Arm über ihren Bauch gelegt. Zu viel ging ihr durch den Kopf, und als ihr Handy auf dem Nachttischchen aufleuchtete, war sie fast froh um die Ablenkung. Nachts um drei allerdings, das war keine gute Zeit, sofort war sie alarmiert.

Stefan schrieb.

*Lust auf drei Tage Valencia nächste Woche? Onko-Tagung mit bestem Fünf-Sterne-Hotel – ich nehme dich gern mit!*

Hätte sie besser nicht nachgeschaut. Jetzt hatte sie noch mehr zu grübeln.

Seit ein paar Wochen verhielt Stefan sich so, als hätte er einen Irrtum bemerkt, den er nun um jeden Preis rückgängig machen wollte.

Sie wollte nicht mal darüber nachdenken, was das bedeutete. Oder ob sie das wollte.

Sie legte das Handy auf ihre Brust, hielt es fest umklammert, überlegte. Ihr fiel keine adäquate Antwort ein, und dann vibrierte das Handy erneut.

*Kannst du auch nicht schlafen?*, schrieb Stefan.

Natürlich; er hatte gesehen, dass sie seine Nachricht gelesen hatte. Sie ärgerte sich. Über das Nachhaken, am meisten über sich selbst, weil sie nicht mal jetzt Ruhe hatte von der Welt jenseits dieses kleinen Häuschens unter den Eichen.

Bud Spencer jibbelte leise im Schlaf.

»Ich weiß«, murmelte sie, versetzte das Handy in den Flugmodus und legte es auf die kleine Kommode. Schluss damit. Ihr Leben war jetzt hier, und das wollte sie genießen, soweit es möglich war.

## 4. November

*Geschafft. Hoffentlich.*

*Knapp fünf Wochen sind vergangen, und die Vorbereitungen für die Wintermärkte so weit abgeschlossen, dass ich mich nun der Kür widmen kann: Cremes und Lippenbalsam, kleine Preziosen, abgefüllt in Döschen und kleine Gläser mit Korkstopfen.*

*Die letzte Kontrolle ergab, dass alles gut ist. Gut, soweit es möglich ist nach diesem verheerenden Herbst, den ich, nach längerem Nachdenken, allein den versagenden Kontrollen zuschreiben muss. Ich habe nicht aufgepasst, weder auf mich noch auf meine Bienen. Und nur deshalb sind wir jetzt in dieser prekären Lage.*

*Ich kann nun nur noch auf die Märkte hoffen, dass sie mir genug einbringen, dass der Honig sich anständig verkauft und wir uns irgendwie bis zum Frühsommer durchschlagen können. Das Konto ist leer, ich lebe von Kartoffeln mit Margarine und trinke Tee aus der getrockneten Pfefferminze, die im Garten wuchs wie Unkraut.*

*Ich muss mich morgens zwingen aufzustehen. Zu allem muss ich mich zwingen. Es ist zu dunkel da draußen. Und in mir ist es längst finster.*

## Kapitel 14

»Wird das jetzt häufiger vorkommen?«, erkundigte sich Alix, als Bea am nächsten Vormittag bei ihr auf der Matte stand.

»Wenn du nicht so schnippisch wirst, schon.«

Alix grinste. »Komm rein, du Zicke.«

»Selber.«

»Ich habe wenigstens eine Entschuldigung.« Alix trat beiseite und ließ Bea in die Küche. Auf der Bank saß Tante Barbara mit Loki auf dem Schoß, der Kater reckte sein schwarzes Näschen Richtung Lebkuchen, die auf einem Kuchengitter auf dem Tisch auskühlten. Auf dem Herd schmolz Kuvertüre in einem Wasserbad.

»Ihr habt mit der Weihnachtsbäckerei begonnen.« Fast wäre Bea neidisch geworden. Aber nur fast. Was sie vorhatte, war so viel spannender als Spritzgebäck und Kokosmakronen!

»Wir teilen nicht«, bemerkte Tante Barbara.

»Sei nicht so.« Alix gab sich friedfertig. »Also, was brauchst du?«

»Hast du noch ein paar Utensilien für mein kleines Creme-Experiment?«, fragte Bea, bevor sie der Mut verließ.

Nach einem ausgiebigen Frühstück im Bett hatte Tom sich wieder an die Arbeit gemacht und behandelte die verbliebenen Beuten mit Oxalsäure. Weil Bea nicht die ganze Zeit neben ihm stehen wollte, hatte sie beschlossen, sich um die Erweiterung seiner Produktpalette zu kümmern.

Das war allemal sinnvoller, als sich nur die Beine in den Bauch zu stehen, während er zunehmend grimmig wurde. Sie wusste, wenn er mit der Arbeit fertig war, würden sie beide eine Aufmunterung brauchen.

»Dann komm mal mit. Ich müsste sonst gleich über der Buchhaltung brüten, mir ist heute jede Ablenkung recht.«

»Läuft es nicht gut?«, fragte Bea besorgt.

Alix lachte. »Doch, bestens. Papierkram war früher immer meine Lieblingsbeschäftigung. Seit ich hier lebe, ist er mir aber herzlich egal, das könnte gern jemand anderes übernehmen.«

Noch so ein Punkt, den sie bei Tom ansprechen müsste. Denn bisher hatte Bea nirgends Papierkram gesehen. Wo lagerte er seine Unterlagen? Unter der Matratze?

Dort hatte sie heute früh noch nicht nachgeschaut – aus verständlichen Gründen, denn sie waren mit anderen Dingen beschäftigt, nachdem sie Bud Spencer vor die Tür gesetzt hatte.

Eins nach dem anderen, ermahnte sie sich. Was die Buchhaltung der Imkerei anging, dem konnte sie sich immer noch widmen, wenn die Cremes fertig waren und für den Verkauf funktionierten.

Außerdem war Tom mindestens genauso bewandert im selbstständigen Arbeiten wie sie. Zumindest nahm sie das an.

»Ich habe dir doch von den Cremes erzählt, die ich mal ausprobieren will… Ich bräuchte jetzt noch ein bisschen Zubehör dafür.«

Alix hob die Augenbrauen. »Wozu machst du die eigentlich?«

Die Antwort auf diese unvermeidbare Frage hatte sich Bea bereits vorher zurechtgelegt.

»Ich helfe einem Freund. Er will seine Produktpalette um Kosmetik auf Basis von Honig, Wachs und Propolis erweitern.«

Alix nickte nur. Sie führte Bea über den Hof zum ehemaligen Schweinestall und sperrte die Tür auf. Das Deckenlicht flackerte auf. »Ich schaue mal, was ich dahabe.«

Alix gab ihr die Liste zurück, die Bea anhand der Rezepte in Margarete Zeidlers Journal zusammengestellt hatte. Leider waren manche Angaben eher kryptisch gewesen, weshalb sie mehr oder weniger hatte raten müssen. Offenbar konnte Alix damit aber etwas anfangen. Sie holte einen leeren Karton aus der Reifekammer und begann, in ihren Schränken zu kramen und ihn mit Schüsseln, einer Plastikkanne, Spateln und mehr zu befüllen.

»Dieser Freund … Das ist dieser nette, überaus gutaussehende Holzfällertyp von Zeidlers Bienenschwarm, oder? Woher kennt ihr euch?«

Bea spürte, wie sie rot wurde. »Das weiß ich selbst nicht so genau«, sagte sie, weil es ihr peinlich war, zugeben zu müssen, dass sie sich Tom für ihre Verhältnisse förmlich an den Hals geworfen hatte.

Inzwischen war sie von dreierlei überzeugt. Erstens: Margarete Zeidler hatte ihr das Journal zugespielt, damit sie Tom näher kennenlernte. Zweitens: Sie hatte vielleicht sogar darauf spekuliert, dass ihr Neffe und ihre Ärztin gut miteinander auskommen würden. Drittens: Nichts daran fand Bea irgendwie unangenehm. Nur halt ein bisschen peinlich, dass die alte Imkerin sich im Nebenfach als Kupplerin betätigt hatte und die Sorge zweier Menschen um ihr Wohlergehen so schamlos ausnutzte.

»Ach, ist ja auch nicht wichtig.«

Alix summte fröhlich vor sich hin und zeigte Bea, was sie im Karton zusammengestellt hatte.

»Das Olivenöl hast du gestern ja schon mitgenommen, aber ich habe noch mehr Döschen gefunden. Willst du die auch haben?«

»Klar, danke.«

Sie spürte, wie diese neue Aufgabe sie in ihrer Komplexität zu überwältigen drohte. Himmel, sie machte das ja neben ihrer normalen Arbeit. Am Wochenende die Bienen behandeln, die Rezepte raussuchen und mit Tom Pläne schmieden. Cremes rühren und abfüllen. Sie wusste, dass er sich unter der Woche um die Kerzenproduktion kümmern wollte. Es gab so unfassbar viel zu tun, bis er am nächsten Wochenende wieder auf einem Weihnachtsmarkt stand. Und dann war Weihnachten nicht mehr weit. Dieses Jahr war es so früh winterlich kalt geworden, dass Bea das Gefühl bekam, das Alte Land sei in einem ewigen Eis gefangen.

Für die Bienen war das gut, hatte Tom ihr erklärt, denn erst bei Frost stellten die Königinnen ihre Legetätigkeit zuverlässig ein. Nur so hatten sie eine Chance gegen die Varroa. Solange die Königinnen nicht neue Eier legten, konnten auch die Milben sich in der verdeckelten Brut nicht vermehren.

Und Bea … ach, sie hätte am liebsten auch Winterruhe gehalten, hätte sich eingerollt und ganz klein gemacht. Auch jetzt war da noch diese Müdigkeit tief in ihrem Innern, die selbst die Wärme am Kachelofen oder Toms Umarmung nicht zu vertreiben vermochte.

Aber zugleich hatte sie sich lange nicht mehr so lebendig gefühlt. So richtig. Ein bisschen hatte sie von diesem Gefühl kosten dürfen, als sie vor einigen Monaten die Stelle als Chefärztin angetreten hatte, aber das hatte sich rasch im Klinikalltag abgeschliffen, in den vielen Überstunden, die sie allein in ihrem Büro saß oder von einem Termin zum nächsten hetzte, ohne Pause oder Snack. Kein Wunder, dass sie irgendwann dieses Gefühl beschlich, dass nichts von dem, was sie machte, genug war.

Tom aber gab ihr dieses Gefühl zurück. Sie *war* genug.

»Ich schau mal, was ich noch habe. Ansonsten kann ich die Sachen für euch beim Großhändler bestellen.«

Bea nickte. Sie nahm ihrer Schwester den Karton ab und trug ihn zum Auto.

»Ich bin nicht krank, nur schwanger«, bemerkte Alix überflüssigerweise, denn ihr Bauch schien jedes Mal, wenn sie sich sahen, schon wieder gewachsen zu sein.

»Und du siehst wunderschön aus«, sagte Bea, obwohl sie fand, dass ihre Schwester irgendwie müde wirkte.

Alix' Lächeln geriet etwas schief. »Ich fühle mich nicht so«, gestand sie.

»Doch, bist du. Deine Superheldinnenkraft? Du machst kleine Menschen.« Sie stellte den Karton auf die Motorhaube ihres Wagens und tastete nach dem Autoschlüssel.

Erst wusste Bea nicht, wie ihr geschah, als Alix ihr plötzlich um den Hals fiel; Gefühlsausbrüche dieser Art war sie von ihrer Schwester nicht gewohnt. Vielleicht nicht, weil sie selbst immer sorgfältig darauf achtete, dass ihr niemand zu nahekam.

»Das hast du toll gesagt«, flüsterte Alix dicht an ihrem Ohr. Dann war sie schon wieder von Bea abgerückt, gerade so, als wäre es ihr peinlich. Sie schniefte und wandte sich kurz ab.

»Hey«, sagte Bea. »Alles okay bei euch?«

Alix nickte erst leicht, dann heftiger, als müsste es doch wahr sein, wenn sie es nur genug wollte. »Ich bin so müde«, räumte sie dann ein. Ganz leise, als wäre diese Art Schwäche nicht zulässig.

»Kein Wunder«, sagte Bea. Sie stellte den Karton in den Kofferraum. »Du leistest so viel, Schwesterchen.«

»Ach, findest du?« Alix' Stimme klang belegt. »Kommt mir gar nicht so vor. Du hast doch immer gesagt …«

Ja. Bea wusste, was sie immer gesagt hatte. Dass Alix ihr Talent verschwendete.

Aber sie verstand nun allmählich, warum ihre Schwester das tat. Erlebte sie doch selbst, wie die Bienen ihr ein anderes Leben zeigten.

Und Tom. Vor allem Tom.

Sie atmete tief durch. Das, was sie jetzt sagen wollte, war wichtig, und sie wollte es auf keinen Fall vermasseln. »Ich weiß, was ich früher behauptet habe. Du würdest dein Talent verschwenden. Solltest Medizin studieren. Das tut mir leid, Alix. Es war falsch von mir.«

Ihre Schwester hatte die Arme vor der Brust verschränkt und hörte ihr aufmerksam zu.

»Ich wusste doch selbst nicht, was richtig ist. Dass Medizin so gut zu mir passt, war vielleicht einfach Glück. Und du hattest gar doppeltes Glück: Erst erfolgreich als Parfümeurin, und nun hast du dich selbst neuerfunden. Bewundernswert. Du darfst müde sein. Du hast ein Unternehmen gegründet, vor gerade mal einem Dreivierteljahr deine alte Lebensgrundlage verloren und bist mit Zwillingen schwanger. Sogar Wonder Woman wäre müde, und niemand könnte es ihr verübeln.«

»Bist du jetzt fertig?«, fragte Alix leise.

»Entschuldige. War das zu viel?«

Ihre Schwester lachte. »Nein, gar nicht. Oder doch, irgendwie schon. Ich bin das nicht von dir gewohnt, dass du lobst.«

»Mh«, machte Bea. »Vielleicht haben sich die Umstände geändert.«

»Vielleicht hast du dich auch geändert.«

Sie umarmten sich zum Abschied, und das fühlte sich erstaunlich gut und vor allem richtig an.

Ich sollte das häufiger machen, dachte Bea, als sie wieder im Auto saß. Nette Dinge zu den Menschen in ihrem Leben sagen. Weil sie es konnte. Weil es nichts kostete. Weil es allen guttat.

So einfach war das?, überlegte sie. Was Nettes sagen, und schon war der Tag etwas heller?

Wie zur Bestätigung brach die Sonne hinter den Wolken hervor, die schon den ganzen Tag schwer und düster über dem Hamburger Umland hingen. Sie schaltete das Radio ein und sang leise mit, ohne den Text zu kennen.

»Ich habe uns was mitgebracht!«, begrüßte sie Tom. Er stand in seiner Werkstatt am Tisch und bereitete das Wachsgießen vor. Mit den Behandlungen war er offensichtlich fertig, die leere Flasche lag im Eimer, in dem sie die Oxalsäure angerührt hatten.

»Meine Schwester hatte fast alles da, was wir für die Kosmetika brauchen. Ich kann gleich anfangen.«

Er hob den Kopf, als sie den Karton auf die Arbeitsplatte schob. »Schön«, sagte er knapp. »Wo willst du das machen?«

»Na ja, hier?« Sie schaute sich um. Wenn er seine Oxalsäure wegräumte, wäre mehr als genug Platz, dass sie sich mit der Feinwaage und den verschiedenen Behältern und Zutaten ausbreiten konnte. Dank Deckenlicht und Bullerjan wäre es hell und warm genug, sie konnte bis spätabends werkeln.

»Sie hat mir auch die hier mitgegeben.« Sie holte aus dem Karton eines der Döschen, die Alix ihr überlassen hatte. Ursprünglich hatte ihre Schwester geplant, so verpackt Haarseifen anzubieten, aber bisher war sie nicht dazu gekommen. »Die gibt's auch in etwas kleiner für den Lippenbalm, aber die bekomme ich erst Ende der Woche.«

»Hier ist kein Platz dafür«, murrte er.

»Aber …«

»Bitte, Bea. Ich muss Kerzen gießen. Wo soll ich das deiner Meinung nach machen? In der Küche drüben im Haus? Du weißt, wie es da aussieht.«

Sie starrte ihn mit offenem Mund an. Was war denn plötzlich mit ihm los? Als sie vor einer Stunde zu ihrer Schwester gefahren war, hatte sie noch das Gefühl gehabt, Tom und sie würden an einem Strang ziehen, sie wären gemeinsam stark für seine Imkerei. War das nicht ihr Plan gewesen?

Und die Nacht davor? Was passierte hier gerade? Dachte er etwa, dass es ein Fehler gewesen war?

Dann sollte er das einfach aussprechen und nicht seine miese Laune vor sich hertragen, gerade so, als wäre allein ihre Gegenwart für ihn eine Belastung.

Sie hatte sich das so schön ausgemalt. Wenn sie ein paar Dienste tauschte und im Dezember zusätzlich versuchte, ein paar Überstunden abzubauen, könnte sie Tom problemlos zur Hand gehen. Am kommenden Wochenende war der nächste Adventsmarkt – es blieben nunmehr drei bis Weihnachten –, und sie wollte ihn unterstützen, wo es nur ging.

»Ich habe nachgedacht«, sagte Tom. »Und ehrlich – deine Mitarbeit freut mich total. Aber ich glaube, ich schaffe das auch ohne dich.«

Bea ließ die Hände sinken. Gerade hatte sie noch eine Überraschung hervorzaubern wollen: Tannenzweige, aus denen sie mit getrockneten Orangenscheiben, Zimtstangen und Kiefernzapfen kleine Gestecke binden wollte. Alix hatte sie auf die Idee gebracht und auch gleich ein paar Zweige Tannengrün vom Kranzbinden zur Hand gehabt. Die von Tom gegossenen Kerzen würden sich perfekt darin machen!

»Oh«, sagte sie leise. »Ist das so?«

»Du hast mir schon so geholfen. Und hast doch deinen Job, der ist so viel wichtiger als meine Bienen. Wir schaffen das auch ohne dich.«

Sie ließ die Zweige zurück in den Karton fallen. Fühlte sich vor den Kopf gestoßen. »Ja, dann«, sagte sie leise.

»Es gibt doch so viele, denen es wie Tante Grete geht. Die brauchen dich. Nicht ich.«

»Bist du jetzt fertig?«, fragte sie.

Er schüttelte grimmig den Kopf.

»Willst du wirklich, dass ich gehe?« Ihr schnürte sich der Hals zu. Er schickte sie fort. Das konnte ja nur eines heißen: dass er dachte, die vergangene Nacht sei ein großer Fehler.

Tom drehte sich zu ihr um. »Du musst dich entscheiden, Bea«, erklärte er ernst. »Was erwartest du vom Leben? Dass es einfach ist? Gut. Dann bleib bei deinem Krebs, der ist ein klar definierter Gegner, und du bist gut darin, gegen ihn zu kämpfen. Oder willst du etwas anderes vom Leben? Willst du etwas für dich erreichen? Etwas, das über die Befriedigung hinausgeht, wieder ein Leben gerettet zu haben?«

»Aber …«

»Nein, sag es mir. Dieses Leben, das ich führe, ist kein leichtes. Du siehst, was es mit mir macht. Und ich verliere vielleicht gerade alles, dann gibt es diese Bienenromantik nicht länger, die dich so anzieht.«

»Willst du denn, dass ich aufgebe?«, rief sie verzweifelt.

»Nein!«, schrie er. Hielt inne, er merkte wohl selbst, dass er übers Ziel hinausschoss. Mit beiden Händen fuhr er sich durch die Haare. »Nein, verdammt. Ich will doch nur, dass du die richtige Entscheidung für dich triffst.«

»So. Und du meinst, wenn ich mich für dich entscheide, für dein Leben …« Bisher hatte sie ja nicht mal einen Gedanken daran verschwendet, dass dieses Leben etwas war, für das sie sich bewusst entscheiden konnte oder zu diesem Zeitpunkt musste. Eine Nacht, verflixt! Mehr nicht! Konnten sie nicht beide einfach nur genießen, was war? Abwarten? Es auf sich zukommen lassen?

»Es gibt hier kein Leben, für das du dich entscheiden könntest, Bea.«

Das klang sehr endgültig. Sie hätte gern gefragt. Was wird aus uns? Was wird aus dem, was wir heute Nacht waren? Ist das auch vorbei?

Ihr war das Herz zugeschnürt und der Mund wie verklebt. Sie biss die Zähne zusammen, versuchte diese Frage zu verdrängen, damit sie nicht aus ihr herausbrach, denn wer fragte, bekam ja Antworten, und sie wusste nicht, ob sie diese Antworten tatsächlich aushielt.

»Okay«, sagte sie leise. Sie schluckte schwer.

Es tat weh. Er schickte sie weg, und sie konnte gar nicht anders – sie dachte nur daran, wie sehr das schmerzte.

Sie ging. Ihr Hund sprang neben ihr her, er hüpfte und streckte sich, um ihre Hand mit der Schnauze zu berühren. Tom vergewisserte sich, dass sie in ihr Auto stieg und davonfuhr.

»Du bist so ein jämmerlicher Feigling«, murmelte er. Dann schloss er die Tür zu der Werkstatt und machte sich wieder an die Arbeit.

»Wer war das?«

Die Tür wurde aufgestoßen, ein Schwall kalter Luft drang herein.

Tom drehte sich nicht um, konzentrierte sich stattdessen darauf, die letzten Kerzenformen mit Wachs zu füllen. »Ach, niemand.«

»Wieder diese Nachbarin?«

Er spürte Dana direkt hinter sich. Sie schmiegte sich an seinen Rücken, und eine Hand kroch unter seinen Pullover, berührte ihn am Bauch.

»Eine Bekannte.«

Es fühlte sich wie Betrug an. Dass er nicht sagte, was Sache war, sondern lieber schwieg.

Tom redete sich ein, dass er Bea damit schützte. Vor Dana und ihren Angriffen. Ihrem Talent, jede andere Frau schlechtzureden.

Dana zog die Hand zurück, gerade so, als spürte sie, dass seine Bemerkung nicht der ganzen Wahrheit entsprach. Sie lehnte sich mit dem Rücken gegen die Arbeitsplatte und strich sich die dunkelroten, langen Haare mit beiden Händen aus dem Gesicht.

»Pass auf«, murrte er. Ein Frauenhaar wollte er nur ungern in die Kerzen gießen.

»Woher kennst du sie?«

Wenigstens da konnte er bei der Wahrheit bleiben. »Sie ist die Ärztin von Tante Grete.«

»Und warum war sie schon wieder hier? Ich dachte, sie hat letztes Mal nur den Honig abgeholt?«

Er seufzte.

Aber so war Dana. Neugierig, gewitzt, ein kleines bisschen neurotisch – und leider bei alldem verdammt liebenswert. Seit fünf Jahren führten sie etwas, das beide nur in schwachen Momenten eine Beziehung nannten und das immer wieder aufflackerte. Besonders dann, wenn Dana glaubte, Tom wolle sich gänzlich von ihr lösen, reagierte sie meist mit einer doppelten Attacke – einer an ihn gerichteten Charmeoffensive, gepaart mit einem ziemlich hässlichen Verhalten der Frau gegenüber, der er eventuell sein Herz schenken wollte.

Und bisher hatte er jedes Mal früher oder später erkannt, dass sie recht hatte. Dass sie zusammengehörten. Er passte nicht zu der Investmentfondsmanagerin Nadya, auch nicht zu der veganen Verlagslektorin Liz und schon dreimal nicht zu der Musicalsängerin Rena, die schon morgens um halb sieben ihre Tonleitern sang.

Keine dieser Frauen passte zu ihm. Das dachte zumindest Dana, seine beste Freundin. Oder auch Freundin »mit Benefits«, wie sie das gerne bezeichnete. Er wusste selbst nicht so genau, wie er das nennen würde. Bea gegenüber hatte er von einer »alten Freundin« gesprochen, und je länger er darüber nachdachte, umso mehr entsprach es genau dem, was er für Dana empfand. Die Sache mit Dana war für ihn seit letzter Nacht endgültig vorbei. Und als er heute früh zu den Bienen ging, hatte er sich fest vorgenommen, ihr das bei nächster Gelegenheit mitzuteilen.

Er hatte auch geglaubt, er hätte noch Zeit, denn vor ihrem Besuch Anfang der Woche hatte sie sich monatelang gar nicht bei ihm gemeldet. Warum sollte sie jetzt so schnell wieder auftauchen?

Aber das war Dana. Unberechenbar.

Bisher war es ihm ganz recht gewesen, wenn sie für ihn da war – ohne Forderungen, ohne Verpflichtungen. Manchmal war sie auch nicht da, und dann vermisste er es weniger, dass sie nachts dicht aneinandergekuschelt schliefen, sondern eher ihren Humor, ihre anpackende Art und die geradezu schmerzhafte Ehrlichkeit. Sie hatte ihn im Sommer davon überzeugt, dass er hierhergehörte. Und das nicht nur, weil sie selbst in Berlin lebte und sie sich deshalb häufiger sahen, als wenn er weiter wie ein moderner Nomade alle paar Monate seinen Jobs über den Kontinent und darüber hinaus nachzog.

Und so vertrieb sie meist früher als später jede andere Frau – einfach weil sie da war. Weil keine Frau anders konnte, als sich mit dieser geballten Power zu vergleichen. Und dann hatten sie sich alle irgendwann zurückgezogen.

Aber Bea sollte das nicht. Und weil er wusste, dass Dana wie ein Frühlingssturm war – erst warm und tröstend, voller Sonnenschein und Fröhlichkeit, nur um kurz vor dem Abschied ihm doch noch einen schmerzenden Stich zu versetzen –, wartete er. Lange konnte es nicht dauern.

»Nun? Was sucht Tante Gretes Ärztin hier?« Dana ließ nicht locker. »Läuft da was?«

Sie lächelte, nahm der Frage damit die Schärfe. Aber wem machte sie etwas vor? Sie wollte Tom weiter für sich haben. Es gab keinen Platz zwischen Dana und Tom. Auch wenn sie reichlich Platz ließ, sobald sie wieder mal verschwand.

»Das geht dich nichts an«, erklärte er.

Sie erstarrte mitten in der Bewegung. Ließ von ihm ab, sie trat zwei Schritte zurück.

Das hatte er so noch nie zu ihr gesagt. Bisher hatte er sich immer auf dieses Geplänkel eingelassen, hatte freimütig erzählt, was die andere ihm bedeutete. Aber nein, diesmal nicht. Bea schützte er. Weil er wollte, dass es etwas bedeutete. Dass es *blieb*, nicht nur für ein paar Wochen oder Monate.

Komisch. So etwas war ihm nie passiert. Aber vielleicht war das jetzt eben so – er kam nicht nur in seinem Leben als Imker an, sondern er merkte auch, was wirklich zählte.

Wer zählte.

Er konzentrierte sich aufs Wachs. Dana nahm eine der kleinen Wachsbienen, die er später in die gegossenen Bienenkorbkerzen stecken wollte. Bevor er sie davon abhalten konnte, hatte sie ihr die zarten Wachsflügel ausgerissen.

»Lass das«, sagte er ärgerlich. »Die kosten Geld.«

»Ach ja. Das Thema schon wieder.« Sie legte die Flügel und die flügellose Biene nebeneinander auf die Arbeitsfläche.

Tom seufzte. »Wann reist du wieder ab?«, fragte er.

»Sei doch nicht so empfindlich.«

Er schwieg verbissen und widmete sich weiter den Kerzen. Eigentlich hatte er keine Lust mehr auf die Arbeit, und wäre Dana nicht, hätte er alles stehen und liegen gelassen.

Wäre Dana nicht, könnte er mit Bea Kaffee trinken,

Pläne schmieden und sich über den goldenen Kerzenschein einer gerollten Bienenwachskerze hinweg vorsichtig anlächeln. Sie könnten die Köpfe zusammenstecken, einander berühren, sie könnten noch mal ins Bett gehen und den Hund vor dem Schlafzimmer aussperren …

Ja, das hätte ihm gefallen.

»Ich frage nur, weil ich die Märkte vorbereiten muss«, sagte er.

»Ja, ich habe schon gemerkt, dass du wenig Zeit für mich hast.« Dana schwang sich auf den Arbeitstisch und warf dabei fast die Kerzengussformen um. »Aber sei ganz unbesorgt. Morgen geht's heim zu Mann und Kind.«

Er atmete auf.

Wenn Dana morgen heimfuhr, konnte er Bea anrufen und sich entschuldigen, weil er sich heute wie ein Idiot benommen hatte. Und es ihr erklären.

Er hoffte, sie hörte ihm dann auch zu.

»Ich möchte nicht, dass du wiederkommst«, hörte er sich sagen.

Darauf sagte sie erst mal nichts. Tom sah sie an. Sie schaute zurück, ihre dunkelbraunen Augen so unergründlich wie immer. Dann lächelte sie zaghaft. »Okay«, sagte sie sanft. So zahm, dass er dem Frieden nicht traute.

»Wirklich?«, fragte er.

»Ja klar.«

Okay, das war einfacher als gedacht.

»Ich habe schließlich Familie. Ich muss das hier nicht machen. Es war schön, aber … Na ja. Schön eben.« Sie sprang vom Tisch und legte den Arm um seine Hüfte, ihr Mund war dicht an seinem Ohr. »Ist es wegen der Ärztin?«, flüsterte sie.

Tom erstarrte.

»Ist schon okay. Sie macht auf mich einen netten Eindruck.«

Die Tür schlug hinter ihr zu. Er trat ans Fenster. Sie überquerte den Hof, betrat das Haus. Licht flammte auf, erst im Wohnbereich, dann oben in seinem Schlafzimmer.

War das alles? Packte sie etwa ihren Koffer?

Tom ließ alles stehen und liegen und ging ihr nach.

Das war zu einfach. Seit Jahren waren sie wie aneinandergekettet, und jetzt ließ sie ihn einfach so gehen? Nur weil er sagte, dass es da eine andere Frau für ihn gab?

## 23. November

*Der erste Weihnachtsmarkt.*

*Eigentlich sollte man ja vor Totensonntag keine Märkte abhalten, und die Adventszeit beginnt erst danach. Habe ich nicht bedacht, als ich mich für diesen Markt anmeldete. Ein Obsthof, noch ganz neu. Oldesloh heißen die Leute, sie haben den Hof erst vor zwei Sommern gekauft und auf biodynamischen Obstanbau umgestellt. Dieses Jahr kamen einige Märkte dazu – Ostern, Kirschfest und nun eben der Herbstmarkt, wenigstens nennen sie ihn nicht Weihnachtsmarkt oder Adventsmarkt. Darum vermutlich.*

*Immerhin – schön war's. Und erfolgreich war es auch. Ich habe gut verkauft. Nicht so überragend, dass es knapp wird mit den Vorräten. Aber es ist ein Anfang.*

*Gestern dann nur aufgeräumt, die Reste wieder in das Lager einsortiert und die ersten Kisten gepackt für den ersten Advent – dann ist der Markt in Borstel, wo wir seit über dreißig Jahren stehen, jedes Jahr bis auf das letzte. Im letzten Jahr ging es nicht, aber ich hatte Glück und bekomme unseren alten Platz. Die Leute dort waren sehr verständnisvoll. Aber ich spüre, dass ich nur auf Bewährung dort bin. Wenn ich ein zweites Mal nicht da bin, werden sie mir den Platz wegnehmen. Dabei ist es einer der besten – direkt an der alten Kirche, wo sich die Leute um die Stände mit weißem Gewürzglühwein drängen oder nach Bratwurst und Crêpes die ersten Geschenke kaufen. Dort habe ich immer gute Geschäfte gemacht.*

*Wir.*

*Wir haben dort immer gute Geschäfte gemacht.*

*Es fällt mir schwer, aber – er taucht selbst in meinen Gedanken immer weniger auf. Der Schmerz des Trauerjahrs ist irgendwie dem dumpfen Grau gewichen, das im Herbst durch den Verlust so vieler Bienen noch dunkler wurde. Keine Ahnung, ob ich aus dieser Finsternis irgendwann wieder aufsteigen werde. Ob ich das hier überleben werde.*

# Kapitel 15

Die Stille in ihrer Wohnung machte Bea wahnsinnig; sie schaltete den Fernseher ein, holte Wein und Chips, kuschelte sich unter die Wolldecke, schaltete durch die Kanäle und suchte bei den Streamingdiensten nach einer spannenden Serie oder einem lustigen Film. Nichts reizte sie. Genauso gut könnte sie auch schon ins Bett gehen, mittags um eins.

Bud Spencer war ihr auch keine Hilfe; er hatte sich auf das Futter gestürzt, das sie ihm in den Napf gekippt hatte, und jetzt schlief er in seinem Körbchen neben dem Sofa. Im Traum zuckten seine Pfötchen, als träumte er davon, wie er die Rehe hinter Toms Imkerhaus jagte.

Tom. Immer wieder schlich er sich in ihre Gedanken.

Sie hatte es sich so schön ausgemalt. Die ganze Woche lang hatte sie sich auf den Samstag gefreut, und dann hatte dieser Tag auch noch ihre kühnsten Hoffnungen übertroffen. Diese zwei Tage bei den Bienen – bei Tom! – waren das Highlight dieses Jahres. Als sie heute früh neben ihm aufwachte, war da einfach nur dieses Glück gewesen, bei ihm sein zu können. Ihm nahe sein zu dürfen.

Sie waren so unterschiedlich. Er der naturverbundene, leicht chaotische Weltenbummler und Single, der sich offenbar eher widerwillig in das ortsgebundene Imkereigeschäft wagte, weil es ihm nun mal als Neffe von Margarete Zeidler zugefallen war. Sie die karriereorientierte, erfolgreiche und organisierte Hamburgerin, die sich nie weit von ihrer Heimat entfernt hatte und noch immer in den Ausläufern einer Ehe steckte, die Stefan vielleicht doch nicht aufgeben wollte. Da war Verwirrung vorprogrammiert. Floh sie etwa vor Stefans merkwürdigen Avancen? Oder ging es ihr wirklich um Toms Nähe?

Beides.

Andererseits …

Sie ging in den Flur, wo sie vorhin enttäuscht den Karton mit den Tannenzweigen und den anderen Utensilien fürs Kranzbinden abgestellt hatte. Bea trug den Karton ins Wohnzimmer, stellte ihn neben den Kaffeetisch, den sie rasch abräumte. Dann goss sie Wein nach, suchte einen Weihnachtsfilm aus und breitete die Sachen vor sich aus. Es fehlten eigentlich nur die Honigkerzen, sonst hatte sie alles da – genug Tannengrün für einen üppigen Kranz, Äste mit getrockneten roten Ilexbeeren, Orangenscheiben, Zimtstangen und Kiefernzapfen. Ein dunkelrotes Schleifenband sollte den krönenden Abschluss bilden.

Sie machte sich an die Arbeit. Wie man einen Kranz band, hatte ihr Mama Claire beigebracht. Offenbar hatte sie ihr aber nicht gezeigt, wie man die richtige Menge Tannenzweige für einen Kranz abschätzte, denn als sie eine halbe Stunde später auf das fertige Werk schaute, hatte sich ihr Karton kaum geleert.

Sie starrte auf den kleinen Kranz. Hübsch sah er aber aus.

Und dann kam ihr eine Idee.

Sie konnte einfach nicht für die nächsten Tage und Wochen den Kopf in den Sand stecken. Tom hatte ihr ziemlich unmissverständlich klargemacht, dass er sie nicht bei sich haben wollte – was also sollte sie daran hindern, ihr Leben ohne ihn zu führen? Auch wenn es schmerzte.

Das war nicht von ihr ausgegangen. Sie hatte etwas riskiert – und verloren. Manchmal war das so im Leben.

Das Summen ihres Telefons riss Bea aus dem Flow. Sie wühlte das Handy unter dem schwarz eingebundenen Journal hervor, das neben der Schüssel mit Lippenbalsam auf dem Küchentisch lag.

»Hallo?«, rief sie atemlos.

»Darf ich am kommenden Wochenende mit deinem Besuch rechnen, Schwesterherz? Heute warst du nicht da, Tante Barbara saß sehr enttäuscht vor ihrem Apfelkuchen mit Eierlikörhaube. Ich frage für die Größe unseres Sonntagssüß.«

»Ach, du bist's nur. Hey Alix.« Bea setzte sich auf einen Küchenstuhl und schluckte die Enttäuschung herunter. Insgeheim hoffte sie immer noch, Tom würde sich bei ihrer Schwester nach ihrer Handynummer erkundigen.

»Hey, ich habe ihr gesagt, drei Tage in Folge mit dir wären etwas viel. Es gibt Jahre, da haben wir uns nicht so oft gesehen. Und nun bist du enttäuscht, weil ich mich nach dir erkundige?«

»Mh«, machte Bea unbestimmt. »Waren wir denn heute verabredet?«

»Nein, aber Tante Barbara mag Regelmäßigkeiten. Also, hast du Lust, am Sonntag wieder vorbeizuschauen?«

Vielleicht, redete sie sich ein, hatte sie irgendwelche Zeichen übersehen und er war die ganze Zeit von ihr genervt gewesen.

*Stopp. Was ist mit der gemeinsamen Nacht?*

*Ach, halt die Klappe, Tom.*

»Und was ist das da im Hintergrund? Schaust du einen Weihnachtsfilm?«, fragte Alix, als sie nicht sofort antwortete.

Verärgert drückte Bea auf die Fernbedienung. Damit sie sich nicht ganz so einsam fühlte, ließ sie in letzter Zeit öfters nebenher Weihnachtsfilme laufen, ohne hinzusehen. Gerade war es *Tatsächlich … Liebe*.

»Ach, na ja. Schon.«

»Verstehe ich gut. Mir wäre auch gerade danach.« Alix seufzte, und sofort hatte Bea ein schlechtes Gewissen.

»Geht's dir gut?«, erkundigte sie sich.

»Ja, ja, alles bestens …«

Alix verstummte, und erst da ging Bea auf, dass ihre Schwester vielleicht mehr auf dem Herzen hatte, als nur zu fragen, ob Bea am kommenden Sonntag zu Besuch kam. Schließlich hätte das noch ein paar Tage Zeit gehabt.

»Wirklich alles okay?«, erkundigte sie sich behutsam.

»Ich weiß nicht«, gestand Alix.

»Den Babys geht's aber gut?« Sofort machte Bea sich noch mehr Sorgen.

Alix lachte leise. »Doch, ich denke schon.«

»Und wie geht es *dir*?«

Das schien nicht ganz so leicht zu beantworten zu sein, denn Alix schwieg ein bisschen länger, als man es normalerweise tat, wenn man die Antwort kannte. Oder wenn sie gesellschaftlich anerkannt war – und dann lautete sie »es geht mir gut«.

»Es geht mir gut«, behauptete Alix.

»Du bist eine miserable Lügnerin.«

Jetzt klang das Lachen ihrer Schwester fast gequält. »Was erwartest du? In diesem Jahr hat sich so viel verändert. Klar, vor allem schöne Dinge sind passiert. Sobald ich mal innehalte und auf all das blicke … Ich sollte stolz sein, verstehst du? Aber in solchen Momenten bin ich nur unfassbar müde.«

»Ich verstehe dich.«

»Wirklich?« Alix klang nicht, als würde sie Bea auch nur ein Wort glauben.

»Ja.«

»Warst du wieder bei deinem Schwarm? Gestern, meine ich.«

»Tom ist nicht mein Schwarm«, erwiderte Bea verärgert.

»Ich meine auch den Bienenschwarm. Entschuldige.«

Eigentlich müsste Bea sich entschuldigen, aber sie biss nur die Zähne zusammen.

»Nur kurz. Sonntag gibt's also Kuchen? Ich würde wirklich gern vorbeikommen.«

»Und Plätzchen. Wir würden uns sehr freuen«, sagte Alix. »Klingt jetzt blöd, aber ich mag, wie wir uns nähergekommen sind.«

»Klingt gar nicht blöd«, widersprach Bea. Sie lächelte, denn ihr ging es genauso.

»Es ist sogar richtig schön«, bekräftigte ihre Schwester. »Du bist offener geworden. Ein bisschen entspannter. Das mag ich.«

Vor allem lege ich nicht mehr jedes Wort auf die Goldwaage, dachte Bea. Die alte Bea wäre ganz schön in die Luft gegangen, wenn Alix ihr so etwas gesagt hätte.

Gab es die alte Bea nicht mehr?

Doch, na klar. Irgendwo war sie noch. Aber es gab auch eine neue Bea. Eine, die sich am Samstagmorgen in die Küche stellte und anhand der Rezepte in einem alten Tagebuch Cremes und einen Lippenbalsam herstellte. Die zu ihrer Schwester so etwas wie ein freundschaftliches Verhältnis aufbaute und nichts komisch daran fand. Im Gegenteil, sie war froh darüber.

Als sie auflegte, sah Bea sich in der Küche um. Auf dem Tisch stapelten sich die kleinen Döschen und Gläser mit der Brandsalbe und dem Lippenbalsam. Gerade rührte sie noch eine Handcreme an. Alle drei Rezepte hatte Toms Tante schon vor Jahren zertifizieren lassen, und Bea musste jetzt nur noch die Etiketten ausdrucken und dann …

Ja, dann. Weiter hatte sie bisher nicht nachgedacht. Sie war davon ausgegangen, dass sich dieser Knoten zwischen Tom und ihr lösen würde. Oder dass sich dieses Gefühl verflüchtigte, dass sie sich in ihn verliebt hatte.

Nichts davon passierte. Und nun stand sie hier, mit ein paar Dutzend Döschen und Gläsern, aus denen es verführerisch duftete. Was sollte sie damit machen?

Zur Not zu Weihnachten verschenken. Aber sie wusste, dass es eigentlich nicht darum ging.

Bea seufzte. Sie musste etwas tun, das ihr unendlich schwerfiel, obwohl sie bisher gedacht hatte, sie hätte das ziemlich gut drauf.

Für sich selbst einstehen. Für ihre Gefühle, Wünsche und Sehnsüchte. Höchste Zeit, dass sie damit anfing.

Sie zögerte. Und dann schrieb sie an Alix eine Nachricht. *Sag mal, hast du zufällig die Handynummer von Tom Zeidler?*

Ihr war klar, dass ihre Schwester über diese Frage lachen würde, und sie fürchtete sich ein bisschen davor, zu Alix' Gespött zu werden. Aber als ihr Handy kurz darauf brummte, schrieb sie nur: *Na klar, sie lautet …*

Bea atmete tief durch. Und bevor sie der Mut verließ, speicherte sie die Handynummer ab und schrieb eine

Nachricht an Tom. Denn sie hatte heute bei der Arbeit mal einen Blick in Margarete Zeidlers Krankenakte geworfen, die online über das Kliniksystem abrufbar war. Und dann hatte sie gelacht, ganz leise nur, weil ihr das nicht schon viel früher eingefallen war.

Obwohl: vielleicht auch besser so. Sonst wären Tom und sie sich nie nähergekommen.

Und dann wartete sie.

Schließlich war es Bea, die sich meldete.

*Weißt du immer noch nicht, wo deine Tante steckt? Ich habe eine Idee ... LG, Bea*

Er rief sofort zurück, obwohl es bereits spätabends war, als er die Nachricht sah.

»Sag bloß, du weißt mehr.«

Seine Tante, das war sicheres Terrain, auf dem sie sich bewegen konnten, ohne sich in Gefühlen zu verlieren.

»Ich weiß nur, dass sie jeden Dienstag und Freitag zu ihren Terminen hier in der Klinik kommt. Zur Chemo«, fügte sie hinzu. Ihre Stimme klang seltsam belegt.

»Bist du erkältet?«, erkundigte er sich.

»Ein bisschen. Ich habe schon geschlafen.«

Verschnupft also. Er hatte ihren Unmut durchaus verdient.

»Tut mir leid.«

Sie antwortete nicht sofort. Er hörte im Hintergrund ihr Bettzeug rascheln, dann glaubte er ihre nackten Füße zu hören. Er stellte sich vor, wie sie durch ihre Wohnung ging. Bestimmt groß, hell (okay, nachts nur gut ausgeleuchtet) und mit teuren Designermöbeln bestückt.

»Woher hast du meine Nummer?«

»Meine Schwester Alix. Wir haben das ja irgendwie …«

»Ja, verpasst. Sorry.« Auf die Idee, ihre Schwester zu fragen, war er noch nicht gekommen. Er hatte sich überlegt, ob er ihr in der Klinik auflauern könnte, auch wenn das irgendwie unangenehm war – für alle Beteiligten. Er hätte sich wie ein Stalker gefühlt. Immerhin war es ja gut möglich, dass sie ihm aus gutem Grund ihre Nummer nicht gegeben hatte.

»Also, deine Tante. Das hat mir keine Ruhe gelassen, und ich habe ein wenig nachgeforscht.«

»Sie ist erwachsen und kann machen, was sie will«, erinnerte er sie sanft.

»Und es ist dir scheißegal, wo sie ist?«

Er schwieg.

Natürlich war es ihm nicht scheißegal. Er respektierte Tante Gretes Entscheidung. Auch wenn er nicht damit einverstanden war. Sie fehlte ihm. Nicht nur ihre Gesellschaft, sondern auch ihre Weisheit bezüglich der Bienen. Die vergangenen zwei Tage, die er komplett mit der Varroabehandlung verbracht hatte, hingen ihm nach. Jetzt hätte er gerne mit Tante Grete darüber geredet.

Diese Erkenntnis kam hoffentlich nicht zu spät.

»Jedenfalls ist sie morgen um halb zehn wieder in der Tagesklinik für ihre Chemotherapie eingetragen. Wenn du mit ihr sprechen möchtest. Bisher hat sie jeden Termin wahrgenommen.«

Er lachte unbehaglich. »Ich weiß halt nicht, ob sie mit mir sprechen möchte.«

Sieh an, dachte Tom. Tante Grete hatte sich irgendwo verkrochen und ging brav zu ihren Behandlungsterminen. Also ging es um ihn. Seinetwegen war sie verschwunden.

Aber warum?

»Denkst du nicht, sie möchte wissen, wie es ihren Bienen geht?«, fragte Bea. »Sie ist verschwunden, aber damals dachte sie bestimmt, du würdest klarkommen. Na ja, du kommst nicht klar.«

Touché.

»Du kennst sie besser als ich, könnte man meinen.«

Diesmal lachte sie. »Das bringt der Beruf mit sich.« Und als er nicht nachfragte, fuhr sie fort: »Die Menschen hier. Meine Patientinnen. Sie merken, wenn sie mit dem Krebs konfrontiert werden, was für sie wirklich zählt. Bei deiner Tante waren es die Bienen, denke ich.«

»Wirft kein gutes Licht auf mich, oder?«

»Weiß nicht. Ich denke schon, dass für sie die Bienen und du eine Einheit bilden. Tut mir leid, ich muss jetzt dringend schlafen. Ich wollte dir nur wegen deiner Tante Bescheid geben.«

»Danke«, sagte er. Dann: »Kommst du mit auf den Weihnachtsmarkt am nächsten Wochenende? Ich hätte dich gern dabei.«

»Ich glaube nicht.«

Gut, das hatte er verdient. Er hatte sie fortgeschickt, als sie beide gerade eine Ahnung dafür bekommen hatten, was aus ihnen werden könnte. Und er ärgerte sich darüber maßlos, denn rückblickend wäre es gar nicht so schwer gewesen, ihr zu erklären, dass Dana wieder da war, dass er die Sache aber klarstellen würde und Bea nichts von ihr zu befürchten hatte.

Er war ein Narr, weil er dazu nicht imstande gewesen war. Und jetzt ließ Bea ihn verständlicherweise auflaufen.

»Ich würde gerne …«

»Mach's gut, Tom«, unterbrach sie ihn.

Klick. Sie hatte aufgelegt.

Er wog das Handy in der Hand. Wollte noch mal anrufen, ließ es dann aber. Er hatte das hier verdient, und sie würde ihre Meinung jetzt nicht ändern, nur weil er sie nervte.

Es tat trotzdem weh.

Viertel nach zehn am nächsten Morgen. Wieder mal hatte die Visite etwas länger als gedacht gedauert. Bea seufzte. Sie warf einen kurzen Blick auf ihre E-Mails und ihr privates Handy, bevor sie ihr Büro wieder abschloss und sich auf den Weg zu der onkologischen Tagesklinik machte, die in einem anderen Flügel des Gebäudes untergebracht war. Dort wurden unter der Woche die Patientinnen für die ambulante Chemotherapie aufgenommen. In großen, hellen Räumen konnten sie in den bequemen Ruhesesseln sitzen, während das therapeutische Gift durch den Port in ihre Körper tröpfelte.

Bea nickte der jungen Schwester am Empfang zu. »Guten Morgen. Ich suche eine meiner Patientinnen. Frau Margarete Zeidler. Sie müsste heute hier sein.«

»Ich schaue mal nach.« Die junge Frau beugte sich über die Tastatur und tippte etwas ein. Bea merkte, wie sie nervös wurde. Sie hielt das kleine Päckchen fest an sich gedrückt.

Sie ärgerte sich insgeheim über sich selbst. Warum war sie nicht sofort auf die Idee gekommen zu kontrollieren, ob Margarete Zeidler regelmäßig zur Chemo ging wie angeordnet? Sie hätte Tom einige Wochen der Sorge ersparen können.

*Weil er gar nicht so besorgt wirkte.*

Das warf auch immer wieder neue Fragen auf. War er froh, dass seine Tante verschwunden war und ihm bei der Imkerei nicht länger im Weg stand? Oder hatte er die ganze Zeit mit seiner Tante Kontakt gehalten?

Sie hoffte, dass Margarete Zeidler ihr einige Antworten liefern würde.

»Kommen Sie mit?«

Die junge Schwester ging voraus und führte Bea den Gang entlang zu einem Raum, dessen hohe Fenster einen atemberaubend schönen Ausblick auf den Klinikpark boten. Theoretisch, denn an einem wolkenlosen Tag wie heute, an dem die Sonne zudem recht niedrig stand, waren die Sonnenschutzblenden heruntergelassen, damit die Patientinnen nicht gestört wurden. Sie mussten eh schon genug ertragen, wenn sie hier saßen.

Ein halbes Dutzend Sessel, von dem die Hälfte besetzt war. Der letzte in der Reihe gehörte Margarete Zeidler. Sie war allein.

Bea atmete tief durch. Wieso hatte sie auch gehofft, Tom hier zu sehen? Gestern hatte er überhaupt nicht so geklungen, als hätte er vor, mit ihrer Information etwas anzufangen.

»Sie haben mir schon ein bisschen Kummer bereitet.«

Sie trat zu der alten Dame, verschränkte die Hände mit dem Päckchen hinter dem Rücken.

Margarete Zeidler blickte auf. »Ich hätte früher mit Ihnen gerechnet«, erwiderte sie, doch dabei lächelte sie freundlich.

Bea zog einen Hocker heran und setzte sich. »Weiß Tom, dass Sie herkommen?«

»Wohl nicht. Tom hat immer schon die Grenzen respektiert, die man zog.«

»Ach, und Sie meinen, ich tue das nicht?«

Darüber musste Margarete Zeidler lachen. Sie lehnte den Kopf zurück gegen den gepolsterten Ruhesessel. Mager war sie geworden. Der Schlauch, der unter ihrem weiten Oberteil verschwand, schien ihr eher das Leben auszusaugen, als ihr noch ein paar Jahre Lebenszeit zu schenken. Um die silbrigen Haare trug sie einen dunkelblauen Turban gewickelt, der so voluminös war, dass man meinen könnte, das Gewicht drücke sie nieder.

»Sie haben mir Ihr Tagebuch hinterlassen«, sagte Bea. »Ich habe mir Sorgen gemacht.«

»Offensichtlich nicht so viele Sorgen, dass Sie die Polizei benachrichtigt haben. Oder voreilige Schlüsse zogen.«

»Sie sind nicht die erste Patientin, die mir abhandenkam. Aber von denen, die verschwinden, sind Sie die Erste, die brav zweimal pro Woche zur Chemotherapie erscheint.«

Bea legte das Journal neben Margarete Zeidler auf die Sessellehne. Das Päckchen behielt sie in der Hand. »Es gehört Ihnen.«

»Nein«, widersprach die Ältere. »Ich werde nicht in die Imkerei zurückkehren, egal was wird. Ich habe meinen Platz woanders gefunden.«

»Ich habe aber genauso wenig ein Recht darauf.«

»Waren Sie dort?«, erkundigte sich Frau Zeidler.

Widerstrebend nickte Bea.

»Sie haben Tom kennengelernt.«

»Sie sollten Ihre Entscheidung noch mal überdenken. Er geht fahrlässig mit den Bienen um. Fast hätte er sie an die Varroa verloren.«

Jetzt hatte Bea die Aufmerksamkeit von Margarete Zeidler. Sie richtete sich auf. »Erzählen Sie mir mehr«, sagte sie leise.

Bea fasste zusammen, wie sie mit Tom die Beuten kontrolliert und anschließend gegen seinen Widerstand die Behandlung durchgesetzt hatte.

»Sehen Sie. Darum habe ich *Ihnen* das Journal hinterlassen.«

Bea schüttelte entschieden den Kopf. »Sicher nicht. Außerdem hat Tom kein Interesse an mir. Wenn das also ein Verkupplungsversuch war …«

Margarete Zeidler legte den Kopf in den Nacken und lachte. Sie lachte so laut und fröhlich, dass die anderen Patientinnen und die zwei Besucherinnen, die bei ihnen saßen, überrascht die Köpfe zu ihnen drehten. Lautes Lachen, das war man hier nicht gewohnt. Hier sollte man sein Elend tapfer ertragen.

»Haben Sie wirklich gedacht, ich wollte Sie mit *Tom* verkuppeln? Niemals. Ihr jungen Leute habt doch eure eigenen Vorstellungen, da mische ich mich nicht ein. Hören Sie, Dr. Heinemann. Es ging mir die ganze Zeit wirklich nur um die Bienen. Nie um mehr. Die Bienen waren es. Nicht Tom.«

Oh Gott, wie peinlich. Bea spürte, wie sie rot wurde.

»Herrje. Sie haben sich doch nicht in ihn verliebt?« Jetzt klang Frau Zeidler geradezu alarmiert, als wäre das eine Entwicklung, die sie weder vorhergesehen noch erhofft hatte.

»Es ist nichts«, erwiderte Bea ärgerlich.

»Das tut mir leid.« Margarete Zeidler ließ sich nicht so leicht täuschen. »Hätte ich das gewusst …«, murmelte sie.

»Sie hätten es trotzdem gemacht«, sagte Bea leise.

»Tom ist kein Mann fürs Leben«, erklärte ihr Frau Zeidler. Sie schüttelte betrübt den Kopf. »Er hat da eine alte Freundin, die vertreibt jede andere Frau.«

Bea horchte auf.

»Was wissen Sie darüber?«, fragte sie.

»Na ja, viel mehr nicht. Sie war ein paarmal da in den vergangenen Monaten. Die beiden sind dann für ein paar Nächte in ein Hotelzimmer verschwunden. Ich habe ihn nicht gefragt, weil es mich ja auch nichts angeht. Er ist erwachsen. Auch wenn ich es nicht gutheiße, was die beiden da treiben. Sie ist verheiratet und hat ein kleines Kind.«

Das waren nicht unbedingt die Informationen, auf die Bea gehofft hatte, als sie hergekommen war.

»Ich habe noch etwas für Sie.« Bea überreichte ihrer Patientin das Päckchen.

Margarete Zeidler riss die Augen auf. »Ein Geschenk?«

»Ich hoffe, Sie mögen es.«

Gespannt beobachtete Bea, wie die alte Imkerin die zwei Gläschen und die kleine Dose aus dem Papier wickelte. Die Etiketten waren eher provisorisch. Erst runzelte Margarete Zeidler die Stirn, dann begriff sie.

»Sie haben die Rezepte nachgemacht«, sagte sie voller Ehrfurcht. Sofort öffnete sie die Dose mit dem Lippenbalsam, schnupperte dann daran und probierte ihn direkt aus. »Ich habe im Moment so unfassbar trockene Lippen«, klagte sie. »Diese Chemotherapie mag ja helfen, aber die Nebenwirkungen, puh …«

»Ich weiß«, sagte Bea leise. »Es tut mir leid, dass wir Ihnen nur so helfen können.«

»Immerhin können Sie mir helfen, Kindchen.« Ergriffen legte Margarete Zeidler ihre Hand auf Beas Arm. »Sie haben sich verändert.«

»Finden Sie?«

Sie nickte.

»Ich musste doch irgendwas tun«, sagte Bea. »Damit die Imkerei überlebt.«

Ihr Blick fiel auf Margarete Zeidlers müde Hände, die in ihrem Schoß ruhten. Diese Hände, die jahrzehntelang für die Bienen gesorgt hatten. Die ihr Erbe nun in andere, ebenso fähige Hände hatten legen wollen. War es das? Hielt sie Tom für ungeeignet? Hatte sie Bea deshalb zur Imkerei geschickt, in der Hoffnung, dass sie sich schon kümmern würde, weil sie sich der Faszination der Bienen nicht entziehen konnte?

»Ich dachte, Sie haben es«, sagte Margarete Zeidler. »Und ich hatte recht.« Sie klang sehr zufrieden.

»Ich habe was?«

Doch die Kranke schüttelte nur den Kopf. Müde legte sie ihren Kopf gegen das Polster. Sie schloss die Augen. Ihre Hand strich noch einmal über die Dose mit dem Lippenbalm. Dann richtete sie sich auf und hielt Bea das Journal hin.

»Nehmen Sie das mit. Bitte. Ich brauche es ja doch nicht mehr.«

Aber ich brauche es doch auch nicht!, schrie es in Bea.

Trotzdem nahm sie das Tagebuch an sich. Sie blieb noch ein paar Minuten sitzen, ohne so genau zu wissen, worauf sie wartete. Dass Margarete Zeidler noch mal mit ihr redete? Offenbar war sie eingeschlafen.

Am besten dachte sie gar nichts. Hatten nicht alle älteren Kolleginnen sie immer davor gewarnt, sich auf die merkwürdigen letzten Wünsche der Patientinnen einzulassen? Das war nicht ihr Job. Ihre Aufgabe war es, den bestmöglichen Therapieplan zu erstellen, damit ihre Patientin überlebte. Nicht, sich in ihr Leben einzumischen und sich darin zu verlieren. Wenn sie damit erst mal anfing, würde sie gar nicht mehr zu ihrer Arbeit kommen.

Stefans Warnungen waren immer eindringlich gewesen. Ausgerechnet er, der eine joviale, beinahe vertraute Beziehung zu seinen Patientinnen hielt, hatte sie immer wieder davor gewarnt, sich auf etwas einzulassen, aus dem sie sich nur unter großen Schmerzen wieder befreien konnte.

*Sag ihnen nie, dass sie auf jeden Fall überleben.*

*Versprich ihnen niemals, etwas für sie zu tun, das über die Behandlung hinausgeht.*

*Lass dein Privatleben nicht vom Beruflichen kompromittieren.*

»Kindchen? Sind Sie noch hier?«

Bea beugte sich vor. »Ich bin hier«, sagte sie leise.

Margarete Zeidler lächelte. »Das ist gut. Tun Sie mir einen Gefallen? Einen letzten?«

»Das kommt drauf an …«

»Versprechen Sie's mir. Bitte.«

*Versprich niemals einer Todkranken etwas.*

»Was kann ich für Sie tun?«

Margarete Zeidler lächelte, als wüsste sie, dass sie gewonnen hatte.

»Machen Sie, was Sie wollen. Auch mit dem Journal. Meinetwegen verbrennen Sie es. Tom will es nicht. Aber ich brauche es nicht, und es erinnert mich zu sehr an das, was ich schon längst verloren habe.«

Sie schloss die Augen wieder. Bea blieb sitzen. Sie wusste nicht, was sie tun sollte. Schließlich stand sie auf, drückte das Buch an ihre Brust und lief mit gesenktem Kopf Richtung Ausgang. Auf dem Weg dorthin zog sie ihr Telefon aus der Kitteltasche, sie wählte aus dem Kopf eine Handynummer, die sie wohl nie vergessen würde. Nach dem dritten Klingeln sprang die Mailbox an.

»Hey Stefan. Wie sieht's aus – nächstes Wochenende Valencia? Einmal Konferenz und ganz viel Sightseeing? Meld dich mal, dann können wir alles Weitere besprechen.«

Das Journal warf sie am Eingang in den Papierkorb. Sie wollte es nicht, genauso wenig wie Tom oder Frau Zeidler. Dieses vermaledeite Journal hatte alles nur komplizierter gemacht. Gerade dann, als es ganz danach aussah, als könnte ihr Leben wieder einfach werden. Als könnte es in die geordneten Bahnen zurückkehren, in denen sie bisher gelebt hatte.

## 24. Dezember

*Die letzten Verkäufe tätigte ich heute früh, als ein paar Kundinnen hier vorbeischauten, weil sie noch mehr Kerzen wollten, noch mehr Honig zum Verschenken.*

*Danach habe ich die Einnahmen aufgelistet und das Kassenbuch geschlossen.*

*Es war ein gutes Jahr, wenn man von den Zahlen ausgeht. Ein schlechtes, wenn man mich und die Bienen fragt.*

*Es war ein Jahr, das wir wieder mal überlebt haben.*

*Nun kommt die stade Zeit, jene zwischen den Jahren, da habe ich nicht viel zu tun; ich werde noch einmal die Bienen kontrollieren und ihnen dann bis Februar ihre Ruhe lassen. Heute früh fiel ein winziges bisschen Pulverschnee, es ist sogar eine weiße Weihnacht.*

*Ich habe zwei Bücher hier liegen, die werde ich lesen, das ist mein Weihnachtsgeschenk an mich. Viel schlafen und Spaziergänge, damit ich nicht völlig einroste. Im Januar so weitermachen, erst ab Februar gibt es mehr zu tun. Die Rähmchen vorbereiten, neue Vertriebswege erschließen, Verträge mit den Apfelbauern abschließen, wenn sie meine Bienen für die Obstblüte mieten wollen.*

*Ich darf mich ausruhen. Das habe ich mir verdient.*

*Wenn ich es oft genug sage, glaube ich's vielleicht irgendwann.*

# Kapitel 16

Stefan wusste selbst nicht, was er sich erhofft hatte, als er Bea vorschlug, ihn nach Valencia zu begleiten. Als sie nun neben ihm in der Reihe 7 des Flugzeugs saß, das sie nach Spanien brachte, so blass und irgendwie mehr abwesend als anwesend, dachte er spontan, dass es ein Fehler gewesen war.

Trotzdem beugte er sich zu ihr herüber. »Möchtest du ein Glas Wein?«, fragte er.

Sie nickte abwesend. Er winkte eine Flugbegleiterin heran und bestellte zweimal Weißwein. Erst als er vor ihnen stand, wachte Bea aus ihrer Erstarrung auf.

»Danke, dass du mich mitnimmst«, sagte sie. Mit einem leisen »Plock« stießen die Weinbecher aneinander. Sie lächelte sogar.

»Ich habe zu danken«, bemerkte er. »Drei Tage Konferenz in einem Luxushotel. Nur eingebildete Onkologen, die meinen, sie hätten den Krebs besiegt. Koryphäen, wohin man schaut. Keine Praktiker wie wir.«

Bea nippte an ihrem Wein.

»Auch sie haben mal klein angefangen.«

Wenigstens sagte sie nicht, dass er sich inzwischen auch von der Praxis abgewandt hatte. Womit sie nicht so falschgelegen hätte.

»Mag sein. Aber die meisten haben längst den Bezug zur Realität verloren.«

»Vielleicht muss man das irgendwann ...«, murmelte

sie und stellte den Plastikbecher auf das Tischchen vor sich. Sie wirkte seltsam bedrückt.

»Alles okay?«, erkundigte er sich.

Sie schüttelte den Kopf, wollte aber auch nicht mit der Sprache herausrücken, was sie gerade so sehr bekümmerte. Vermutlich setzte ihr eine Patientin zu. Er hatte ihr das nie so gesagt, aber er wusste schon lange etwas über seine Frau, das sie vermutlich nicht wahrgenommen hatte – dass sie nämlich die Menschen und ihre Schicksale zu nahe an sich heranließ. Immer wieder hatte er sie gewarnt. Und kaum war er nicht mehr an ihrer Seite, schon passierte genau das. Dabei hatte er gedacht, der Panzer aus Unnahbarkeit, den sie sich zugelegt hatte, würde halten.

»Als junger Assistenzarzt ist mir mal was Blödes passiert«, begann er. Sie warf ihm über den Rand des Weinbechers einen Seitenblick zu. »Für einen Patienten wollte ich etwas tun, weil er mich darum gebeten hatte. Ich sollte seiner Dora sagen, dass er nicht zurückkommen würde. Also fuhr ich zu ihm nach Hause und klingelte an seiner Tür. Er bekam nie Besuch, ich fand, das ginge so nicht, wenn doch seine Dora daheim hockte.« Er lachte; die Erinnerung daran war auch viele Jahre danach noch sehr präsent. »Als niemand öffnete, habe ich bei einer Nachbarin geklingelt. Sie hatte einen Hund. Ein wunderschöner, kleiner Spaniel. Fast so hübsch wie unser Bud Spencer.«

Er hatte ihr noch nie davon erzählt, ging ihm auf. Weil er sich danach lange geschämt hatte, und irgendwann, merkte er, war der Zeitpunkt für diese Anekdote verstrichen.

»Jedenfalls erzählte ich der Nachbarin, dass ihr Nachbar wohl nicht zurückkommen würde. Sie wurde daraufhin traurig, verständlicherweise. Mir fiel zu spät ein, dass ich ihr gar nicht davon hätte erzählen dürfen. Aber ich wollte unbedingt Dora finden und fragte sie, ob sie wüsste, wo denn die Frau des Kranken steckte.«

Bea schien zu ahnen, wohin das führte; sie grinste in ihren Weißwein.

»Erst als sie mir den Spaniel auf den Schoß setzte, begriff ich. Dora war sein Hund. Er hatte niemanden auf der Welt außer diesen kleinen Spaniel, der während seines Klinikaufenthalts bei der Nachbarin war. Sie fragte mich, was denn nun aus Dora werden sollte nach seinem Tod. Ich wusste es nicht. Aber eine Woche nachdem er gestorben war, fuhr ich noch einmal hin. Ich holte Dora zu mir. Und darum, liebe Bea, dürfen wir die Patienten niemals so nah an uns heranlassen, dass ihr Schicksal uns persönlich berührt«, beendete er die Geschichte.

»Immerhin hast du seither einen Hund gehabt«, sagte sie.

»Nein. Es gab Dora. Dann kamst du.« Er musste selbst grinsen. »Und irgendwann eben noch Bud Spencer.«

»Weil ich keine Kinder wollte.« Sofort wurde sie wieder ernst. »So schließt sich der Kreis, nicht wahr?«

»Das hast du gesagt.« Er leerte seinen Becher und wünschte sich was Stärkeres. Die Sache mit dem Kinderwunsch war nicht unbedingt etwas, das er mit ihr einige Tausend Fuß über dem Erdboden diskutieren wollte. Es könnte nämlich sein, dass er sich mitten im Gespräch einfach nur möglichst weit weg wünschte. Ungefähr einige Tausend Fuß weit weg.

Eigentlich wollte er gar nicht darüber reden.

Dass Bea nicht wie andere Frauen war, hatte ihm anfangs ja gerade so gut gefallen. Keine Kinder, so hatte sie es immer formuliert, und selbst wenn er im Scherz meinte, eins wäre doch okay, verschloss sich ihr Gesicht sofort, als wäre das ein Angriff auf ihre Integrität als Frau.

Vielleicht hatte er trotzdem wider besseres Wissen immer noch darauf gehofft, dass sie ihre Meinung änderte. Und spätestens jetzt im Herbst hätte es so weit sein können, dachte er, schließlich bekam Beas Schwester Zwillinge, welche Frau ließ das denn kalt? Aber da hatte er schon aufgegeben, weil sie nicht mit ihm an die neue Klinik ging, sondern lieber in der alten Karriere machte. Auf ihre Art, nicht auf die, die er ihr ermöglicht hätte.

Einerseits imponierte ihm das, weil es so sehr Bea entsprach. Weil sie all die Jahre, die sie zusammen gewesen waren, ihre Unabhängigkeit bewahrt hatte. Auf der anderen Seite schmerzte es ihn. Sie hatte ihn abserviert, so fühlte es sich an. Er war nicht mehr nützlich.

»Du wolltest doch die Trennung«, sagte sie, und in diesen wenigen Worten schwang mehr Verletztheit mit, als er ihr seit der Trennung hatte anmerken können.

»Ja. Ich weiß.«

Sie lehnte sich zurück, die Augen weit offen, ihm zugewandt. Beobachtete ihn, neugierig. Nicht, als wartete sie auf eine Schwäche von ihm oder eine Entschuldigung. Ganz ohne Erwartungen.

»Das war dumm von mir.«

Da lächelte Bea. »Endlich siehst du es ein.«

Er atmete durch. Können wir die Zeit zurückdrehen, Bea?, hätte er sie am liebsten gefragt. Können wir einen Neuanfang wagen?

Aber er fragte nicht, denn er kannte die Antwort bereits.

Schon früher hatte sie Stefan häufig auf Konferenzen begleitet, doch diesmal war es anders.

Jetzt waren sie kein Ehepaar mehr, auch wenn es für Außenstehende so schien, denn als sie im Hotel eincheckten, wurden sie von der Rezeptionistin in akzentfreiem Deutsch darüber in Kenntnis gesetzt, dass ihr Zimmer bereits bezugsfertig sei.

»Nur ein Zimmer?«, flüsterte Bea.

Er fragte nach.

Die Rezeptionistin schaute noch mal im Computer nach. Ja, tatsächlich nur ein Zimmer. Ob er die E-Mail nicht bekommen habe, dass sein Wunsch nach zwei Zimmern so kurzfristig nicht erfüllt werden konnte, schließlich sei das Hotel dank der Konferenz bis unters Dach ausgebucht.

Sie sagte wirklich »bis unters Dach«, als würden sich die Damen und vor allem Herren Onkologen in Stockbetten stapeln.

Bea trat einen Schritt beiseite und überließ Stefan das Feld. Er konnte das nicht unbedingt besser; er war aber immerhin diplomatischer.

Leider schien auch Diplomatie nicht zum gewünschten Ziel zu führen.

»Tja, da haben wir den Salat.« Er trat zu ihr. Zwei Schlüsselkarten in der Hand. »Kommst du damit klar? Ich kann versuchen, irgendwo noch ein Hotelzimmer zu bekommen, aber …«

Sie nahm ihm eine Karte aus der Hand, seufzte und lief zu den Aufzügen.

Langsam reichte es ihr. Wo war denn bitte schön das Problem, wenn sie mal für zwei Nächte mit ihrem baldigen Ex-Mann in einem Bett schlief? Er blieb auf seiner Seite der Matratze, sie auf ihrer. Ende der Geschichte.

Aber sie war auch sauer. Auf alles und jeden. Auf Stefan, weil er sie in diese missliche Lage gebracht hatte. Weil er ihr Valencia als Ausweg verkauft hatte, als Auszeit von ihrem Leben, das in den letzten Wochen so gesellig, anstrengend und *kompliziert* geworden war. Weil er dann auch noch die Sache mit dem Hotelzimmer verbockt hatte. Keine Frage: Hätte sie das vorher gewusst, wäre sie zu Hause geblieben.

Auf sich selbst, weil sie tatsächlich dachte, räumliche Distanz könnte ihr schweres Herz leichter machen. Sie war weggelaufen, ganz klar. Bisher hatte das Leben ihr keinen Grund gegeben, davor wegzulaufen. Aber diese vertrackte Situation mit Tom …

War sie auf Tom sauer? Ja, doch. Irgendwie schon. Erst dieses Gerede über eine alte Freundin, und dann, nachdem sie sich ihm geöffnet hatte – was ihr ohnehin so schwergefallen war –, machte er zu. Verhielt sich so abweisend, beinahe feindselig, dass kein Platz blieb für sie und ihre Gefühle.

Darum Valencia. Weg mit diesem Herzklopfen, das ja doch niemand hören wollte. Und wenn sie dafür mit ihrem Ex in einem Bett schlafen sollte, war ihr das auch egal.

Valencia also.

Eins musste man Stefan lassen – die Idee, mitten im Winter nach Spanien abzuhauen, war absolut heilsam. Sonne. Licht. Das Leben fand auf den Straßen statt, und als sie am Abend zu einem längeren Spaziergang aufbrachen, hatte Bea schon den Ärger über das geteilte Hotelzimmer vergessen. Sie freute sich auf die Konferenz, auf Fachgespräche mit den Kolleginnen und darauf, die Sonne und das gute Essen zu genießen.

Sie spazierten zur Marina und fanden ein kleines Fischrestaurant, wo sie einkehrten und bei Wein, Rotbarbe und einer köstlichen Paella saßen und sich unterhielten. Stundenlang unterhielten, über alles Mögliche.

»Du hast also diesem Bienenfreund gezeigt, wie man imkert?« Stefan hielt die Weinflasche hoch, und Bea nickte. Ein paar letzte Tropfen rannen in ihr Glas. Sofort sah er sich nach der Kellnerin um.

»Und sein Bestand war tatsächlich gefährdet. Wir mussten also zum Imkerfachhandel fahren und die Oxalsäure für die Behandlung holen. Er war danach fix und fertig, weil er dachte, seine Bienen würden an der Säure sterben und nicht an der Varroamilbe.«

»Du kriegst direkt so ein Strahlen, wenn du davon erzählst. Macht das Imkern so viel Spaß?«

Er wurde seltsam ernst, und sie hörte eine zweite Frage heraus. *Ist dieser Bienenfreund so toll?*

»Ja«, gab sie zu. »Es ist etwas völlig Neues. Spannend, herausfordernd. Du kommst nicht weit, wenn du nicht auf die Bienen hörst. Und die Menge Honig oder Wachs, die sie produzieren, ist begrenzt. Am Ende des Jahres kann man nur so viel verkaufen, wie sie hergeben. Und selbst das muss man ihnen vergüten, denn ohne Ersatz überleben sie den Winter nicht.«

»Es ist also fast eine Symbiose, die Imker und Bienen eingehen. Sie leben gemeinsam vom Honig, die Bienen lassen sich dafür entlohnen …« Stefan zog die Stirn kraus. »Und alle leben gut damit? Das Gegenteil von Krebs, wo nur der Fressfeind gut davon lebt und der Wirt stirbt?«

Darüber musste Bea erst mal nachdenken. Sie mochte es nicht, wenn man irgendwas mit Krebs verglich, denn im Grunde verlor da jeder – der Krebs, der ja doch immer die Rolle des Bösen zugedacht bekam, weil er nur ein Ziel kannte, das Überleben durch maximale Zerstörung. Oder die Patientin, die starb. Oder deren Leben danach so extrem auf links gedreht war, dass sie lange brauchte, um sich darin wieder zurechtzufinden.

Wie war das bei den Bienen?

Könnten Toms Bienen ohne ihn überleben? Sie hatte in Margaretes Journal darüber gelesen, dass regelmäßig Teile eines Volks im Frühsommer mit der Königin schwärmten, wenn man nicht aufpasste. Wenn die Imkerin sie dann nicht einfing, würde sich das Volk dann eine neue Bleibe suchen. Würden sie sich dort genauso gesund und munter vermehren, wie es in der Imkerbeute geschah?

Vielleicht hatten sie sich schon zu weit davon entfernt, wild zu leben. Aber was wusste sie schon darüber? Wusste man etwas darüber?

»Der Mensch ist der Tumor«, sagte sie leise.

»Wie bitte?« Stefan musterte sie aufmerksam.

»Ich meine … Dass die Varroamilbe überhaupt eine Chance hat, liegt sicher auch daran, dass die Völker geschwächt sind. Durch die Haltung in Beuten. Oder dadurch, dass man ihnen zu viel Honig wegnimmt? Ich weiß es nicht.« Sie merkte, dass sie trotz der Lektüre in den vergangenen Wochen und obwohl sie so viel mit Tom darüber gesprochen hatte, im Grunde viel zu wenig wusste. »Ist Zuckerteig genauso gut wie Nektar? Merken sie den Unterschied?«

Sie verstummte, denn sie erkannte: Stefan war der Falsche für dieses Gespräch. Er sah sie etwas dümmlich an, gerade so, als wüsste er nicht genau, ob sie von ihm eine Antwort erwartete.

»Entschuldige«, murmelte sie.

»Nein, nein. Das ist alles sehr spannend. Und …« Er beugte sich zu ihr rüber, sie saßen übereck an dem kleinen Tisch ganz hinten im Restaurant, weil vorne auf der Terrasse nichts mehr frei gewesen war. Es war hier hinten dunkel und gemütlich, zwei Kerzen brannten auf dem Tisch, mehr nicht. Seine Hand strich eine ihrer Strähnen aus dem Gesicht. »Du hast es wieder. Dieses Strahlen. Weißt du, was ich meine?«

Sie atmete langsam aus, lehnte sich etwas zurück, entging damit seiner Hand. Nicht, weil es ihr unangenehm war, wenn er sie berührte. Denn auch nach all diesen Monaten ohne ihn reagierte ihr Körper auf seinen gerade so, als gehörten sie immer noch irgendwie zusammen.

»Du meinst, weil ich wieder *on fire* bin?«

So hatten sie das früher genannt. Wann immer sie sich für ein Thema begeisterte, war sie das. Sie war dann Feuer und Flamme, sie wäre bereit, bis zur Erschöpfung zu schuften, wenn man sie nicht bremste. Inzwischen hatte sie gelernt, diesen Impuls zumindest im Klinikalltag zu unterdrücken. Gäbe sie nach, würde sie irgendwann völlig entkräftet einfach umkippen. Damit wäre niemandem geholfen.

»Ist lange her, dass ich dich so erlebt habe.« Er lächelte traurig. »Ich vermisse es.«

»Damals hast du gesagt, es wäre nicht gut, wenn ich so bin«, erinnerte sie ihn sanft.

»Das war etwas anderes. Damals hast du um Menschenleben gekämpft. Jetzt …«

»Geht es nur um Bienen?«, vollendete sie seinen Satz.

Und dachte doch: Nicht nur. Es sind nicht nur die Bienen.

Aber das konnte sie ihm nicht sagen. Weil es ihr ja schon schwerfiel, es sich selbst einzugestehen.

Toms Worte klangen ihr noch im Ohr.

*Du musst dich entscheiden, Bea. Was erwartest du vom Leben? Dass es einfach ist? Gut. Dann bleib bei deinem Krebs, der ist ein klar definierter Gegner, und du bist gut darin, gegen ihn zu kämpfen. Oder willst du etwas anderes vom Leben? Willst du etwas für dich erreichen? Etwas, das über die Befriedigung hinausgeht, wieder ein Leben gerettet zu haben?*

Da war sie wütend geworden. Weil sie dachte, es könnte doch nichts geben, das wichtiger war als ein Menschenleben. Aber in diesem Moment begriff sie, was Tom eigentlich gemeint hatte.

*Willst du etwas für dich erreichen?*

Wie in: Willst du *für dich* etwas im Leben erreichen, etwas aufbauen, das bleibt, das dir schon auf dem Weg so viel Freude bereitet?

Sie saß da, tief in ihre Gedanken versunken. Stefan merkte, dass sie nicht mehr bei ihm war, dass sie sich entfernte. Als wäre diese Reise nach Valencia, die sie beide unter so unklaren Vorzeichen begonnen hatten, bereits jetzt zu einem Ende gekommen. Einem, bei dem sie für sich ganz klar sagen konnte: Das hier ist nicht das, was ich will.

Sie spazierten eine Stunde später zurück zum Hotel, sprachen nicht viel. Bea tastete nach ihrem Handy; sie hätte jetzt gern mit Tom gesprochen. Sich entschuldigt.

Für den bitteren Streit, für die vielen Missverständnisse, die sich zwischen ihnen aufgetürmt hatten. Weil sie sich lieber in ihrer Empörung suhlte, seine ausgestreckte Hand wegschlug. Weil sie nicht zuhörte. Richtig zuhörte. Er zweifelte weder ihre Eignung für die Arbeit als Ärztin an noch wollte er ihr diese ausreden. Es ging nur darum, ob sie damit glücklich war.

Oder ob sie woanders glücklicher wäre.

Sie blieb vor der Tür des Hotelzimmers stehen. Stefan ging hinein, er schaltete alle Lichter an.

»Kommst du?«, fragte er.

»Das funktioniert nicht«, sagte sie. Ohne so genau zu wissen, ob sie diese gemeinsame Nacht im Hotelzimmer mit ihrem Ex meinte oder das Leben selbst, das sie gerade führte. Ersteres vordergründig. Über den Rest müsste sie mehr nachdenken.

»Oh, okay.« Er stand ratlos zwischen Bett und den beiden Sesseln. »Ich könnte auch da schlafen.« Zeigte auf die Sessel.

Bea schüttelte den Kopf. »Nicht nötig.« Sie trat ein, ging direkt ins Bad und warf das Wenige in den Kulturbeutel, was sie bisher herausgeholt hatte. Aus dem Schrank holte sie die Reisetasche, verfuhr ebenso mit den Kleidungsstücken, ihrem Ladegerät, das auf einer Bettseite eingesteckt war.

»Was machst du da?«

Er stand mit hängenden Armen vor ihr.

Bea legte die Hand auf seine Wange. »Ich fliege zurück«, sagte sie leise.

»So spät geht kein Flieger mehr.«

»Dann nehme ich den ersten morgen früh.«

»Du willst doch nicht die ganze Nacht auf dem Flughafen …?« Er verstummte. Die Vorstellung, dass sie eine

Nacht auf dem Flughafen der in einem bequemen Bett an seiner Seite vorzog, missfiel ihm sichtlich.

»Ich komme klar«, versicherte sie ihm. »Es ist nicht die erste Nacht ohne Schlaf für mich.«

»Aber …«

Sie lächelte müde. Nahm ihre Reisetasche und die Handtasche, stellte sich auf die Zehenspitzen und drückte ihm einen letzten Kuss auf die Wange. »Ich wünsche dir viel Spaß hier in Valencia. Wir reden, wenn du zurück bist, okay?«

Die Tür fiel hinter ihr zu. Sie ging den langen Korridor Richtung Fahrstuhl entlang, lauschte. Erleichtert stellte sie fest, dass Stefan ihr nicht folgte; das hätte sie jetzt auch nicht ertragen.

Manchmal nahmen die Dinge ein Ende.

Und manchmal brauchte man länger, um zu begreifen, dass es wahrhaftig vorbei war, dass es kein Zurück in das alte Leben gab.

Jetzt musste sie aber herausfinden, wie ihr neues Leben genau aussehen sollte.

Zuerst musste sie dafür ihren ganzen Mut zusammennehmen. Und weil ihr das im ersten Anlauf nicht gelang, fuhr sie an der schmalen Zufahrtsstraße vorbei und bog ein Stück weiter in die Auffahrt zum Schliekerhof ein. Samstagmittag. Sie vermutete ohnehin, dass Tom auf dem Weihnachtsmarkt in Jork stand und seine Kerzen und den Honig verkaufte.

Der Hofladen war inzwischen geschlossen, die Deele leer. Bea lief zur Küchentür, klopfte und trat ein. Vier Köpfe fuhren herum, Alix stand auf und umarmte Bea, gerade so, als hätte sie sie erwartet. »Hunger?«, fragte sie.

Bea nickte. Auf dem Rückflug hatte sie nichts gegessen, und sie war danach direkt hergekommen.

Ihre Schwester stand schon am Herd, sie füllte Steckrübeneintopf in eine Schüssel und legte zwei Scheiben gebratene Blutwurst obenauf. »Die kommt von einem befreundeten Schlachter«, erklärte sie, als wäre das ein Qualitätsmerkmal. War's übrigens, denn es schmeckte hervorragend. Bea wurde auf einen freien Stuhl geschoben, sofort sprang Loki auf ihren Schoß und machte eine lange Nase in Richtung Blutwurst. Tante Barbara kratzte so geräuschvoll ihren Teller aus, dass Alix ihr auch noch eine Portion gab, ehe sie sich zwischen Bea und ihren Freund Max setzte.

»Was macht die Keksfabrik?«, fragte Bea, einfach um ein Gespräch in Gang zu bringen. Und Max griff ihre Vorlage gern auf, er erzählte launig von den Fortschritten bei der Verlagerung der Produktion. Hannes stand auf, stellte seinen Teller ins Spülbecken und verließ wortlos die Küche. Bea blickte überrascht auf.

»Liebeskummer«, sagte Alix leise. »Unsere Schwester mal wieder.«

»Ach so.«

Das konnte Bea immerhin nachfühlen, sie hatte ja auch welchen.

Nach dem Mittagessen half sie beim Abräumen. Alix kochte mit einem Porzellanfilter frischen Kaffee, während Tante Barbara in der Vorratskammer verschwand und mit den Dosen klapperte. »Na ja«, sagte Alix, als Bea sie fragte, was sie dort trieb. »Da du heute schon kommst, ist kein Kuchen da. Ich vermute, sie räubert unsere Weihnachtsplätzchenvorräte.«

»Das tut mir leid.«

»Nee, muss es nicht. Wir haben ohnehin viel zu viele. Guck?« Dabei reckte sie den Bauch vor.

Bea musste grinsen.

Mit einem Plätzchenteller, auf dem sich kleine Marzipankartoffeln, Zimtsterne, saure Sahnekringel und Kokosmakronen türmten, ließ Tante Barbara die beiden Schwestern allein.

»Nun?«, fragte Alix. Sie rührte zwei Stückchen Zucker in ihren Kaffee.

»Ich weiß auch nicht«, sagte Bea leise. Sie probierte einen sauren Sahnekringel mit Hagelzucker. Oh, die waren ja so lecker! »Ich frage mich …«

Sie dachte daran, dass Alix vor gut einem halben Jahr hergekommen war, auch weil sie eine Pause von ihrer Beziehung mit Max gebraucht hatte.

»Du und Max … Ihr hattet ja so eine … mh, Krise.«

»Du meinst, als ich herkam und alles aufgemischt habe.«

»Ja, so ungefähr. Woher wusstest du, dass du und Max … Dass ihr trotzdem zusammengehört?«

Alix wählte mit Bedacht einen Zimtstern und lehnte sich zurück. Sie verzehrte das Plätzchen und nahm einen Schluck Kaffee, bevor sie antwortete. Bea merkte, wie sie unwillkürlich den Atem anhielt.

»Das wusste ich nicht. Als ich drinsteckte, war ich teilweise sogar ziemlich sauer auf ihn. Weißt du, ständig gibt es irgendwelche Missverständnisse. Dauernd muss man sich neu orientieren. Man steckt so tief in einer Krise, dass man nur auf Sicht fährt. Und das macht wütend. Weil man doch endlich wissen will, wohin man gehört.«

»Und wann wusstest du, wohin du gehörst?«

Ihr Herz klopfte heftig. Als hinge von Alix' Antwort alles ab.

»Ich wusste es nicht. Ich habe es einfach entschieden. Wie wenn man eine Münze wirft. Kopf gehen, Zahl bleiben. Und dann wirft man Kopf und merkt, nee. Das ist es auf keinen Fall.«

»Merkwürdige Methode«, murmelte Bea.

»So ist das im Leben. Ein ständiges Probieren. Wir können nicht davon ausgehen, dass es immer so weitergehen wird wie bisher. Irgendwas kann uns immer wieder aufs Neue vom Kurs abbringen. Bevor das letzte Jahr passierte, habe ich auch gedacht, ich wäre sicher. Das würde schon immer so weitergehen. Aber das tut es nicht. Vielleicht traf das auf unsere Eltern zu. Papa ging in seinem Job auf, Mama blieb zu Hause. Es gab trotzdem für beide Veränderungen, immer wieder. Vielleicht nicht so oft wie für uns. Aber sie waren da.«

»Mh«, machte Bea. Sie hatte gedacht, bei Alix könnte sie Antworten finden, aber was passierte? Noch mehr Fragen.

»Fragst du dich, ob du zu Stefan zurückgehen sollst?«, erkundigte Alix sich behutsam.

»Gott, nein! Auf gar keinen Fall.«

Alix nickte. »Siehste mal. Da hast du deine Münze geworfen, und es kam Kopf dabei raus.«

Und das, merkte Bea, half ihr dann doch. Sehr sogar.

Eine halbe Stunde später saß sie wieder im Auto, eine Dose mit Weihnachtskeksen und ein Adventsgesteck neben sich auf dem Beifahrersitz. Sie wollte erst Toms Nummer wählen, ließ es dann aber.

Sie wusste, wohin sie gehörte. Und sie wollte es ihm gern persönlich sagen.

## 17. Januar

*Winterruhe. Die habe ich das ganze Jahr so sehr ersehnt, dass ich sie jetzt kaum greifen kann. Aber da ist sie. Zeit für mich.*

*Ich geh selten zu den Bienen; ich gönne ihnen ihre Ruhe. Die Nächte sind frostkalt, das ist gut. Es wird die Königinnen daran hindern, zu früh mit dem Eierlegen zu beginnen. Je später, umso schlechter für die Varroamilbe. Umso besser für unser aller Überleben.*

*Wenig Schnee diesen Winter, aber das ist egal. Hauptsache kalt.*

*Ich habe nicht viel geschafft in den vergangenen Wochen. Ein wenig Ordnung, das Übliche. Vorbereitungen fürs neue Jahr. Viel geschlafen. Die dunklen Gedanken konnte ich damit nicht verjagen, immer noch sitzt die Existenzangst wie ein großer, schwarzer Köter auf meiner Schulter und lacht mich aus.*

*Ich darf die Imkerei nicht verlieren. Es muss mir einfach gelingen, dieses Jahr die Völker zu mehren, einen guten Ertrag einzufahren, dann ist nichts zu spät. Dann schaffe ich es wohl. Ein sattes Honigjahr, das bräuchte ich, eins, in dem ich mich kaputtschufte. Ich merke, wie ungeduldig ich bin, wie sehr ich es schaffen will. In drei bis vier Wochen werden die Bienen langsam aus ihrer Winterruhe erwachen. Ab da muss ich aufmerksam sein, muss mehr über sie wachen als all die Jahre zuvor.*

# Kapitel 17

Tom blickte mit Stolz auf die Auslagen. Er hatte die Kerzen, die Honiggläser, all seine Schätze so ähnlich ausgebreitet wie noch vor zwei Wochen, als Bea ihm zur Hand ging. Es lag reichlich auf dem Tisch mit dunkelgrünem Tuch, das sah sehr hübsch aus, genauso wie bei ihr. Aber etwas fehlte.

*Jemand* fehlte.

Er stand allein in der kleinen Holzbude, die allen auf dem Jorker Weihnachtsmarkt zum Ausstellen ihrer Ware zur Verfügung gestellt wurde. Mit Lichterkette und Tannengrün geschmückt waren sie alle, nur wurden einige Buden von ihren Besitzerinnen noch zusätzlich verschönert. Daran hatte er nicht gedacht, das ärgerte ihn jetzt.

Aber am meisten fehlte ihm wirklich Bea. Auch als nun die ersten Kundinnen an seinem Stand vorbeischlenderten, die gegossenen Kerzen in Bienenkorbform befingerten, an die er jeweils eine kleine Wachsbiene geklebt hatte, ihn fragten, woher der Honig stammte, und tatsächlich wieder viel kauften, merkte er, dass er dem Ansturm sicher gewachsen war. Aber ohne sie machte es nur halb so viel Spaß.

Er erklärte gerade einer pensionierten Grundschullehrerin mit weißem Pagenschnitt, wie er die Kerzen rollte, als hinter der Bude Bewegung entstand. Er fuhr herum, denn da unter dem Tisch nicht genug Platz war, standen ein paar Honigkartons hinter ihm und er fürchtete, jemand könnte sich von der Seite kostenlos bedienen. Aber da stand sie vor ihm, die Wangen gerötet, in den Armen einen großen Karton. Sie hatte wieder diese grüne Pudelmütze auf, die ihre Augen zum Strahlen brachte. Die Thymianhonighaare hatte sie zu einem dicken Zopf geflochten.

»Hey«, sagte sie, gerade so, als wäre da überhaupt nichts komisch dran, dass sie so plötzlich hier aufgetaucht war. »Ich hoffe, ich komme nicht zu spät?«

»Äh«, machte er.

Die Grundschullehrerin reichte ihm drei dicke Stumpenkerzen über den Tisch. Er zog rasch die Summe zusammen und verpackte die Kerzen in einer kleinen Papiertüte, auf die das Logo der Imkerei gedruckt war. Hatte er beim Aufräumen in der Kammer gefunden. Er legte auch noch einen Flyer rein – die hatte er nicht gefunden, sondern nachts entworfen und von einer Druckerei per Eilauftrag drucken lassen, tausend Stück reichten hoffentlich. »Legen Sie mal ein paar mehr rein, junger Mann. Für meine Freundinnen.«

»Und erzählen Sie ihnen auch von unseren neuen Produkten«, warf Bea ein. Sie streckte an Tom vorbei den Arm aus und gab der Kundin ein Döschen. »Unser Lippenbalsam auf Basis von Bienenwachs pflegt gerade bei dieser Kälte ganz wunderbar.«

Die Augen der Frau leuchteten auf, gerade so, als hätte sie nur auf dieses Produkt gewartet. »Darf ich?«

Staunend beobachtete Tom, wie sie den Lippenbalsam probierte, der honiggolden in dem Döschen steckte. Sie war sichtlich angetan und kaufte direkt zwei davon. Glücklich zog sie von dannen.

»Fünf Euro für so ein kleines Döschen?«, fragte er Bea. Sie lächelte, klappte den Karton auf und zeigte ihm, dass er sich um Nachschub zumindest heute keine Gedanken machen musste.

»Sie sind's wert«, erklärte sie.

Und die folgenden Stunden sollten ihr recht geben.

Sie stand neben ihm, als hätte sie schon immer an seine Seite gehört. Sie beriet die Kundinnen, scherzte mit ihnen, packte Tüten und kassierte, dabei bewegte sie sich so flink, dass die unvermeidlichen Berührungen, die diese Enge hinter dem Stand mit sich brachte, auf ein Minimum reduziert wurden. Und sie lächelte ihn entschuldigend an, wann immer er etwas dazu sagen wollte, dass sie hier war. Also verkniff er sich jedes Wort, denn schon wieder stand ein Ehepaar vor ihnen und bewunderte die gegossenen Kerzen.

»Die sind wunderschön, nicht wahr? Tom gießt sie in seiner Werkstatt aus dem Wachs seiner Bienen.«

Seine Bienen. Was sie so einfach aussprach, hatte er bisher noch nicht einmal gedacht, und vielleicht begriff er an diesem Samstagnachmittag, während seine Füße in den dünnen Turnschuhen zu Eisklumpen wurden und sein Herz bei jedem Lächeln von ihr gewärmt wurde, was doch schon seit dem Spätsommer Realität war. Es waren *seine* Bienen.

Er sollte endlich anfangen, sich auch so zu verhalten.

Bea schlüpfte hinter dem Stand hervor, balancierte an den Versorgungskabeln vorbei, die hinter den Buden verlegt und mit gelb-schwarz gestreiftem Klebeband auf dem Boden fixiert waren. Sie hatte Hunger, und weil es am Stand gerade etwas ruhiger wurde, wollte sie für Tom und sich etwas zu essen holen.

Es war nicht mehr als eine fixe Idee gewesen, herzukommen und ihm zu zeigen, dass sie dazugehören wollte. Er hatte das einfach so hingenommen, als hätte er es erwartet, oder na ja, zumindest als störte es ihn nicht, dass sie ihm half. Natürlich war keine Zeit für ein persönliches Wort, wenn alle halbe Minute jemand nach den Inhaltsstoffen der Handcreme fragte oder wissen wollte, ob sie auch Baumkerzen führten. Letzteren Wunsch hatte Bea schon abgespeichert – fürs kommende Jahr. Die Nachfrage war offensichtlich groß. Die Cremes durften auch wiederkommen, so reißend war der Absatz.

Sie ließ sich von den anderen Besucherinnen des Weihnachtsmarkts treiben, vorbei an Glühweinständen, Würstchenbuden und Kunsthandwerkerinnen. Die Stimmung rings um sie war fröhlich, weihnachtlich und so angenehm, dass Bea gern länger verweilt wäre. Sie fand einen Crêpes-Stand und kehrte mit zwei Bechern Kaffee und zwei Crêpes mit Zimt und Zucker zurück. Tom war inzwischen wieder ganz schön ins Schleudern geraten, drei Mütter mit ihren Babys in den Tragen vorm Bauch wollten wissen, ob die Handcreme auch hypoallergen war.

Sie schlüpfte wieder hinter den Verkaufstisch, drückte ihm einen Kaffeebecher in die Hand und übernahm die Kundinnen. Tom zog sich zurück. Er hockte auf einem der Klappstühle und biss in seinen Crêpe, während Bea den Verkauf abschloss. Sie nahm die letzte Papiertüte aus dem Fach. Darunter lag eine schwarz eingebundene Kladde.

*Die* Kladde.

Margarete Zeidlers Journal.

Sie erkannte es natürlich sofort an dem Bienenaufkleber, vor allem aber am abgegriffenen Deckel und den vergilbten Seiten. Hatte Tom das Journal in der Tagesklinik aus dem Müll gezogen?

Er stand auf, als sie sich setzte. Beinahe beiläufig zog er aus einem Karton unter dem Tisch einen neuen Stapel Papiertüten und legte sie auf die Kladde.

»Du hast sie gefunden«, sagte sie zwischen zwei Bissen.

Er schwieg lange. Schließlich sagte er leise: »Weil ich gesehen habe, wie du es in den Müll geworfen hast.«

»Du warst da?«

Warum nur hatte sie plötzlich ein schlechtes Gewissen? Niemand hatte das Journal haben wollen, weder Margarete Zeidler noch Tom. Hätte sie es denn mitnehmen sollen? In der Situation war sie so wütend gewesen – sowohl auf ihre Patientin, die sie erst in diese verzwickte Situation geführt hatte, in der sie ihr Herz verlor, als auch auf den Mann, an den sie es verloren hatte.

Tom blickte auf den Crêpe in seinen Händen. »Nach unserem letzten Gespräch hatte ich das Gefühl, du würdest nie mehr ein Wort mit mir sprechen, wenn ich nicht wenigstens das in Ordnung bringen würde. Ich habe es aus dem Müll geholt, und als ich mit dem Journal zu Tante Grete kam, hat sie nur gefragt, ob ich denn jetzt hören wollte, was sie zu sagen hat.«

Sie hielt die Luft an. »Und?«, fragte sie, weil er nicht weitersprach. »Hörst du ihr jetzt zu?«

Er zuckte mit den Schultern. »Ist halt die Frage, ob ich alles verlieren will oder nicht. So habe ich zumindest noch einen kleinen Funken Hoffnung, ich könnte was retten.«

»Ach, schau an«, murmelte sie. »Auf mich wolltest du ja nicht hören.«

Er grinste. »Und das tut mir echt leid.«

Weil sie nichts dazu sagte, stieß er ihr sanft den Ellenbogen in die Seite. »Hey.«

»Hey«, erwiderte sie.

»Wollen wir jetzt die letzten zwei Stunden rocken und dann nach Hause fahren?«

Bea atmete tief durch. »Wenn du mit nach Hause die Imkerei meinst – sehr gerne.«

Tom zog die Küchentür leise hinter sich zu. Er schaute in den Topf auf dem Herd – ein kleiner Rest Rote-Linsen-Suppe mit Lauch, Möhren und Hähnchenfilet. Heute Morgen hatte er gedacht, die Portion würde locker für ihn reichen. Jetzt bezweifelte er, dass zwei hungrige Weihnachtsmarkthändler davon satt wurden.

Zum Glück hatte er am Morgen einen Hefeteig für Ciabatta angesetzt, der in der warmen Küche während seiner Abwesenheit fast aus seiner Schüssel spaziert wäre. Tom fing ihn ein, faltete ihn auf der Arbeitsfläche in reichlich Mehl zu zwei schmalen Brotlaiben, die er aufs heiße Blech legte und in den Ofen schob. Er schnippelte als Nachtisch aus Apfel, Banane und Orange einen Obstsalat, den er mit gehackten Walnüssen und Honig verfeinerte.

Bea war, kaum dass sie vorhin zur Tür hereinkamen, auf das Fenstersofa gesunken. Sie war völlig erledigt, und ihm ging es ähnlich. Er war aber zugleich besorgt, sie könnte ihm ein zweites Mal entgleiten. Verschwinden.

Das wollte er verhindern. Mit Essen und einem guten Wein wollte er sie darum erst mal aufpäppeln – und danach mit ihr reden. Über alles.

Über die Imkerei vor allem. Darüber, wie sie ihm in den letzten Wochen geholfen hatte. Er hatte nun begriffen, was verantwortungsvolles Imkern hieß – und das nicht nur, weil Bea es ihm immer wieder zu erklären versucht hatte.

Die letzte Stockkontrolle hatte ergeben, dass kaum mehr Varroamilben vorhanden waren. Wenn es nun einen frostigen Winter gab, konnte er darauf hoffen, dass sich mit dem neuen Frühling die Situation in seinen Bienenstöcken langsam normalisierte. Und mit etwas Glück verlor er nur eine Handvoll der am stärksten befallenen Völker. Das wäre ein geringer Preis für seine Unachtsamkeit.

Dummheit traf es vielleicht besser. Hybris. Tante Grete hatte nichts in die Richtung gesagt, als er vergangenen Dienstag bei ihr saß und erzählte, wie es um die Imkerei stand. Sie hatte aufmerksam zugehört. Ihn gefragt, ob er ihren Rat hören wollte. Und erst, als er nickte, begann sie. Nicht vorwurfsvoll, sondern ganz sachlich. Auf Augenhöhe. Dafür war er ihr dankbar. Es fiel ihm leichter, ihre Ratschläge anzunehmen, weil sie ihm nicht das Gefühl gab, er hätte besonders dumm gehandelt.

»Ich war genauso«, sagte sie abschließend. »Als dein Onkel Carl starb … Weißt du noch?«

Er nickte. Natürlich erinnerte er sich daran. Damals hatte er sich schon unfassbar erwachsen gefühlt, sich aber wie ein Kind aufgeführt. Das war ihm erst später klargeworden.

»Warum hast du mich eigentlich als Nachfolger ausgesucht?«, wollte er wissen. »Ich habe dir doch eigentlich nie gezeigt, dass ich das mit dem Imkern wirklich will.«

»Hast du nicht? Ich finde schon.« Sie lächelte still, ihre Hand fuhr unwillkürlich zur Brust, wo der Infusionsschlauch unter ihrem weiten Oberteil verschwand. Dünn war sie geworden, noch dünner als zuvor.

»Hat es einfach an Alternativen gefehlt?«

»Du bist ein Zeidler«, hatte sie geantwortet, als genügte das schon. Als wäre er kraft Geburt dazu geeignet, für die Bienen zu sorgen.

»Wirst du jetzt das Journal lesen?«, hatte sie gefragt, als er sich kurz darauf verabschiedete. Gern wäre er länger geblieben, aber er merkte, wie das Gespräch sie ermüdete. Wie alles sie ermüdete, während das Gift in ihre Vene rann.

Er hielt es in der Hand, immer noch ein bisschen ratlos, was brachte ihm denn das? »Mal sehen«, sagte er unbestimmt, und sie hatte gelächelt, als wüsste sie, dass er sich nun nicht länger davor drücken konnte.

Tatsächlich hatte er noch am selben Abend mit der Lektüre begonnen. Erst zögerlich, als fürchtete er, auf irgendwelche Details zu stoßen, schlüpfriger oder sonstiger Natur, die er auf keinen Fall lesen wollte. Aber nein; es ging um die Bienen. Um nichts anderes. Darum, wie Tante Grete mit ihnen im Jahreslauf überlebte. Und er kam auch darin vor. Das fühlte sich im ersten Moment befremdlich an – und dann irgendwie gut. Weil sie ihn von außen sah, wohlwollend und dennoch kritisch. Sie verurteilte ihn, den damals jüngst achtzehn gewordenen Teenager, nicht, auch wenn er glaubte, er hätte das Leben verstanden.

Inzwischen wusste er: Damals hatte er *gar nichts* verstanden.

Er verstand nun auch, warum Bea so viel vom Imkern wusste. Es war alles da, er hatte sich nur wie der faule Schulabbrecher von damals verhalten, der ständig kiffte und dachte, die Welt hätte nur auf ihn gewartet.

Tante Gretes Journal änderte nicht alles. Aber ihre Worte arbeiteten in ihm, und in den folgenden Tagen begann er zu begreifen, dass er das Imkern nicht neu erfinden durfte. Jedenfalls nicht, solange er es nicht so beherrschte, dass ihm keine fatalen Fehler mehr unterliefen. Oder die Wahrscheinlichkeit für solche Katastrophen auf ein Minimum reduziert war. Dann konnte er auch den eher sanften, ökologischen Weg einschlagen, sich bei einem der Bioverbände zertifizieren lassen und auf extensive Bewirtschaftung setzen. Wobei, auch das hatte er begriffen – mit vierzig Völkern hatte er eine eher kleine Imkerei. Und solange er allein war, sollte er keine Vergrößerung anstreben …

»Was riecht hier denn so köstlich?«

Bea stand in der Küchentür. Sie sah verschlafen aus, der Zopf zerzaust, sie bewegte sich langsam, als steckte ihr die Müdigkeit noch in den Knochen.

»Hast du geschlafen?«, fragte er.

Sie schüttelte den Kopf. »Nur gedöst. Was gibt's denn?«

Schon stand sie neben ihm, hob den Deckel an. »Und du meinst, davon werden wir beide satt?«

»Es gibt auch noch Ciabatta und Obstsalat als Nachtisch.«

»Mh«, brummelte sie. Das brachte ihn zum Lächeln. Ehrlich, sogar mit mieser Laune und hangry war sie zauberhaft.

»Ich habe nicht mit deinem Besuch gerechnet«, verteidigte er sich. »Dann hätte ich ein halbes Schwein am Spieß gebraten, ist klar.«

Sie gab ihm einen spielerischen Klaps. »So verfressen bin ich nicht.«

»Aber fast«, neckte er sie.

Er merkte, wie sie sich entspannte, als würde ihr dieses Geplänkel helfen. Tom trat an den Kühlschrank, er holte die Flasche Chardonnay heraus und öffnete sie. Aus dem Büffetschrank holte er zwei Gläser und schenkte ein.

»Ich bin froh, dass du hier bist«, sagte er und gab ihr eines der Gläser.

»Ich bin froh, dass du das sagst.«

Die Gläser stießen mit einem melodiösen Pling aneinander. Es war kaum verklungen, da sagte er schon, was ihm seit Tagen auf der Seele brannte. »Ich war so ein Idiot.«

Bea genoss den Wein. Dann legte sie den Kopf schief, musterte ihn aufmerksam. »Wann denn? Als du mich weggeschickt hast oder an einer anderen Stelle?«

»Touché.« Er strich ihr eine Strähne aus dem Gesicht, und sie ließ es geschehen. »Im Ernst, Sonntag habe ich mich wie der letzte Arsch verhalten, daran gibt's nichts zu beschönigen. Ich wollte dich vor der Wahrheit schützen. Das ist wohl gründlich danebengegangen.«

»Vor welcher Wahrheit genau?«

Er sah, wie ihre grünen Augen merkwürdig glänzten. Klar, sofort war sie wieder in Alarmbereitschaft. Sie fürchtete vermutlich, dass er ihr jetzt, nachdem sie gemeinsam stundenlang auf dem Weihnachtsmarkt geschuftet hatten, endgültig klarmachen würde, dass das mit ihnen … Ja, eben gar nichts war?

Dabei wünschte er sich nichts anderes als das hier. Das einfache Leben. Diese Frau an seiner Seite. Niemals eine andere. Bea. Verkopft und stur, außerdem verschlossen wie eine Auster. Aber er wollte sich davon jetzt nicht ins Bockshorn jagen lassen. »Dass ich ein Idiot bin.«

»Das wusste ich schon vorher.« Sie grinste, ihr Grübchen blitzte und er musste lachen. Bevor er etwas erwiderte, zog er die Ofenhandschuhe an und holte die Ciabattas aus dem Rohr. Bea wich ihm aus, als er mit dem heißen Blech hantierte.

»Die Wahrheit war, dass Sonntag während deiner Abwesenheit Dana wieder aufgetaucht ist. Und ich wollte nicht, dass du was Falsches denkst, ich konnte sie aber auch nicht so schnell wegschicken, wie ich das wollte.«

»Hm«, machte sie. Er füllte die Teller, schnitt das Brot. Sie wartete einfach, bis er weitersprach, doch er trug erst alles in den Anbau, deckte den Tisch und setzte sich. Sie folgte mit den Weingläsern und sank auf den zweiten Stuhl. Immerhin, sie lief nicht vor ihm weg. Vielleicht hatten sie beide dazugelernt, ihr Verhalten geändert, vielleicht … Er atmete tief durch, die Vorstellung gefiel ihm.

Vielleicht wollte Bea das hier mit ihm genauso sehr wie er.

»Weißt du, ich wollte sie nicht einfach vom Hof jagen. Bevor sie auftauchte, habe ich gedacht, das mit ihr wäre längst zu Ende, seit Monaten habe ich nichts von ihr gehört. Und dann … war sie doch da. Sie dachte wohl nicht, es sei vorbei. Ich wollte alles richtig machen. Das mit ihr richtig beenden und dann … das mit dir nicht verbocken. Damit es richtig anfangen konnte. Damit wir beide …«

Er verstummte. Bea nahm den Löffel und begann zu essen.

»Ich habe es verbockt, oder?«

Sie blickte auf. »Was bringt dich denn auf diese Idee? Ich bin doch hier, oder?«

»Ja, du bist hier.«

»Wenn du es verbockt hättest. Wenn ich wirklich gedacht hätte, dass das alles keinen Sinn hat. Dann hätte ich dir nicht geschrieben. Oder mich in die Küche gestellt und Cremes und Lippenbalsam gerührt. Ich hätte auch am Dienstag nicht deine Tante besucht. Okay, ich bin gestern mit meinem Ex-Mann nach Valencia geflogen, auf einen Onkologen-Kongress, aber ich habe schon auf dem Weg dorthin gemerkt, dass das ein Fehler war, und dann hatten sie nur ein Doppelzimmer für uns, und …« Sie atmete lachend aus, versteckte ihr Gesicht hinter dem Weinglas.

»Moment, du warst mit deinem Ex in Valencia?«

Sie zuckte mit den Schultern. »Ich glaube, ich wollte deiner Tante beweisen, dass ich eben nicht, wie sie es behauptete, fürs Imkerinnenleben geschaffen bin. Ihre Worte waren glaube ich ›Sie haben es‹.«

Tom schnaubte.

»Was ist?« Irritiert runzelte sie die Stirn.

»Das sagt sie jedem. Mir auch, übrigens.«

»Deshalb muss es ja nicht falsch sein.«

Dazu sagte er lieber nichts. Er fand zumindest diese Aussage seiner Tante hochgradig manipulativ.

»Erzähl weiter.«

Sie zuckte mit den Schultern. »Ganz ehrlich? Will ich gar nicht, denn da gibt's nichts zu erzählen. Stefan wollte ritterlich auf zwei Sesseln schlafen und mir das Bett überlassen, ich wollte einfach nur heim. Darum habe ich eine sehr miese Nacht auf dem Flughafen verbracht und bin in den ersten Flieger zurück gestiegen. Danach war ich bei meiner Schwester Alix, und na ja. Nun bin ich hier. Also wundere dich nicht, falls ich gleich mit dem Gesicht im Teller lande. Es liegt nicht an dir. Ich bin einfach hundemüde.«

»Du kannst gern früh schlafen gehen. Morgen wird ja wieder anstrengend.«

Bea stöhnte. »Oh Gott, noch mal ein ganzer Tag auf dem Weihnachtsmarkt?«

Er prostete ihr zu. »Ich schaffe das auch ohne dich, wenn du lieber ausschlafen möchtest. Aber …«

»Ja?«

»Aber ich habe dich gern an meiner Seite. Am liebsten den ganzen Tag. Nachts sowieso.«

»Können wir die Entscheidung auf morgen früh verschieben?«

Und so machten sie es auch. Nach dem Essen machte Tom den Abwasch, Bea ging nach oben. Er hörte die Dusche, dann gar nichts mehr. Als er eine halbe Stunde später hochkam, lag sie bereits im Bett und schlief.

Er legte sich neben sie. Betrachtete sie einfach ein wenig, und er genoss dieses neue Gefühl, das ihn immer dann überkam, wenn er in ihrer Nähe war. Als zählte sonst nichts, nur diese Frau.

Schön war das. Neu und so schön.

Mitten in der Nacht schrak sie hoch, weil sie einen schrecklichen Albtraum hatte.

Sie wusste sofort, wo sie war. Bei wem. Er lag neben ihr und schlief, das Gesicht auf den Händen gebettet, wie ein kleines Kind. Ganz friedlich.

Und genau diese Assoziation war ihr Problem.

Sie konnte nicht wieder einschlafen. Wälzte sich hin und her. Schließlich hielt sie es nicht länger aus, der Gedanke hatte sich eingeschlichen und musste sofort raus.

»Bist du wach?«, flüsterte sie.

Er schlug die Augen auf, sah sie an. Setzte sich auf, er

war auch sofort voll da. »Was ist los?«, flüsterte er zurück. »Und wieso flüstern wir?«

Sie lachte. »Ich habe schlecht geträumt.«

»Soll ich dich in den Arm nehmen?«

Bea nickte. Sie rückten aneinander, seine Arme hielten sie umfangen, ihr Kopf ruhte auf seiner Brust. »So schlimm?«, fragte er. Seine Hand streichelte ihre Haare.

»Ja. Wir hatten ein Baby.«

»Oje«, sagte er mitfühlend.

»Schrecklich.«

»Was ist mit dem Baby passiert?«

Sie hob den Kopf. »Na ja, wir hatten ein Baby?«

Er lachte leise im Dunkeln, und sie rückte näher an ihn heran. »Willst du das wirklich schon jetzt klären?«

»Ja«, sagte sie. »Weil ich keine Kinder will.«

»Das ist okay.«

»Willst du auch keine?«

»Mir hat sich die Frage nie gestellt. Wenn du keine willst, ist das für mich in Ordnung.«

Sie kuschelte sich an ihn. »Ich werde meine Meinung nicht ändern. Ich bin mit dem Thema durch.«

»Ist okay. Wir haben ohnehin genug mit unseren Bienen zu tun.«

Unsere Bienen … das sagte er wirklich so.

Es fühlte sich gut an.

Endlich schlief sie wieder ein – und diesmal träumte sie nichts mehr.

# *4. Mai*

*Kann ich das? Alleine alt werden?*

*Ich sitze auf dem alten Kinderschlitten, ich lausche dem eifrigen Summen meiner Bienen. Wie sie ein und aus fliegen, die Sammlerinnen. Ob sie wissen, dass sie, sobald sie diese Aufgabe übernehmen, im Kreis des Lebens die letzte Station erreicht haben vor ihrem Tod?*

*Sie finden nun reichlich in der Natur. Apfel und Kirsche, Raps und Weißklee. Dazu die warmen Tage, viel Sonnenschein – es herrscht ein ständiges Kommen und Gehen vom frühen Morgen bis zu den letzten Sonnenstrahlen. Ich könnte ewig hier sitzen.*

*Bei den letzten Stockkontrollen sah es gut aus. Inzwischen also nur noch gut dreißig Völker, aber ich denke, dass ich zumindest das eine oder andere neue Volk über diesen Sommer bilden kann. Nicht zu viele. Es wird zwei oder drei Bienenjahre dauern, bis wir die Verluste dieses verheerenden Varroabefalls ausgeglichen haben.*

*Ich schreibe wir, denn die Bienen und ich – wir gehören zusammen. Und wenn man mich eines Tages tot vom Hof trägt, werde ich doch bis zum Schluss alles für sie tun.*

*Gegen die Einsamkeit muss ich auch was tun. All die Jahre mit dir hast du mir genügt, Carl. Als bester Freund, als Seelengefährte, als Geliebter. Ich brauchte niemanden, nur dich. Aber das letzte Jahr bewies mir: Das wird nicht reichen. Auf Dauer brauche ich Freundinnen an meiner Seite. Ich habe es bisher vermieden, mich mit den Landfrauen ringsum zu vernetzen. Dabei kommen sie regelmäßig her, sie kaufen den Honig bei mir, immer nur ein Glas, dann stehen sie vier Wochen später wieder vor mir.*

*Eine von ihnen habe ich jetzt mal angesprochen. Sigrid. Und siehe da, es war ganz nett, sich mit ihr zu unterhalten. Sie hat einen Obsthof ein paar Kilometer weiter und lud mich zum Geburtstagskaffee mit ihren Freundinnen am kommenden Samstag ein. »Wir müssen doch zusammenhalten«, das waren ihre Worte. Sie hat ja recht. Bisher dachte ich, das könnte ich allein schaffen.*

*Muss ich aber gar nicht.*

*Die Bienen halten auch zusammen, nur so können sie überleben. Jede hat ihre Aufgaben, jede macht, was sie gerade am besten kann, sie lernen beständig dazu. Solidarität unter Frauen – die Drohnen lassen wir mal außen vor, die sind ja fast nur unnütze Esser, bis sie in der Drohnenschlacht ihr Leben lassen. Ganz nach dem Motto: Ich geb dir was von meinem Wissen, du gibst mir was von deinem Honig. Wir halten zusammen, wir lernen voneinander, miteinander. Und wir bilden ein Netz, das keine im Stich lässt. Das wünsche ich mir. Dafür muss ich natürlich etwas tun, das ist mir klar. Ich kann mich nicht mit ihnen an den Kaffeetisch setzen und glauben, damit wäre es getan.*

*Ich habe darum heute in der Werkstatt gestanden und für Sigrid eine von den Bienenkorbkerzen verpackt, von denen ich nur noch wenige habe. Außerdem ein Töpfchen meiner Handcreme und ein Gläschen vom guten Wildblumenhonig. Ich hoffe, sie freut sich darüber. Und ich hoffe, ich mag die anderen Frauen, die ich bei ihr kennenlernen werde.*

*Genug geschwätzt. Die Arbeit wartet. Keine Ahnung, wie ich das allein schaffen soll.*

*Nachtrag (abends)*

*Als ich von den Bienen kam, hockte er auf der Türschwelle. Ich blieb stehen, er stand auf. Kann so ein junger Erwachsener noch mal wachsen? Größer wirkt er jedenfalls.*

*»Hallo Tante Grete«, sagte er.*

*»Bleibst du diesmal für länger?«*

*Er hat mit den Schultern gezuckt. Ich ging an ihm vorbei ins Haus. »Komm erst mal rein.«*

*Vielleicht bleibt er. Vielleicht geht er auch wieder. Aber jetzt ist er hier, und als ich ihn fragte, ob er wieder mithelfen will, erklärte er mir, er wolle das jetzt noch mal lernen mit dem Imkern. Vielleicht ist noch nicht alles verloren.*

*Vielleicht gibt es doch eine Zukunft für die Bienen und mich. Ich hoffe es sehr.*

# Kapitel 18

»Das nenne ich mal eine Punktlandung.« Zufrieden stellte Tom die Kiste mit den letzten Döschen Lippenbalsam auf den Arbeitstisch in der Werkstatt. Bea folgte ihm mit einer ähnlich leeren Kiste, in der nur wenige Gläser ihrer Handcreme hin und her rollten.

Die letzten zwei Wochen hatten ihnen beiden alles abverlangt. Wenn sie an den Wochenenden nicht auf den Weihnachtsmärkten standen und verkauften, verbrachten sie ihre Tage mit dem Mischen neuer Cremes und dem Gießen von Kerzen aus den letzten Wachsresten. Tom hatte einen Großteil dieser Arbeit übernommen, denn Bea musste natürlich noch ihre Arbeit in der Klinik koordinieren. Letztes Wochenende hatte er allein auf den Markt gehen müssen, weil sie Dienst hatte. Und auch dieses Wochenende hatte sie Dienste tauschen müssen, um ihn zu begleiten.

Abends, wenn sie vor lauter Aufregung nicht schlafen konnte, stand sie in der Werkstatt und entwickelte neue Rezepte. Die von Tante Grete waren gut, sehr gut sogar. Aber Bea wollte etwas Eigenes entwickeln, das sie dann für die kommende Marktsaison zertifizieren lassen konnte. Die Rezepte von Toms Tante hatten ihr ein Gespür für die richtigen Ingredienzien gegeben, außerdem befand sie sich inzwischen in einem fast täglichen Austausch mit Alix, die bereitwillig ihr Wissen mit Bea teilte. Doch ihre Schwester musste immer häufiger zugeben, dass sie auf Beas spezielle Fragen keine Antwort hatte. »Du wächst über mich hinaus, Schwesterherz!«, hatte sie beim letzten Mal gescherzt.

»Zufrieden?«, fragte Bea. Sie schmiegte sich an Toms Brust. Er küsste sie auf den Scheitel und hielt sie fest.

»Mehr als das. Wenn wir überleben, verdanke ich das deinem Engagement.«

»Du hast auch ganz schön geschuftet.«

»Ohne dich wäre es nicht gegangen.«

Das ließ sie unkommentiert. Beide waren müde nach diesen Wochen. Welches Paar verbrachte schon die ersten Wochen der Verliebtheit damit, wie die Verrückten zu schuften? Jede freie Minute hatten sie in Zeidlers Bienenschwarm investiert, weil diese Märkte die wichtigste Einnahmequelle für Tom waren.

»Ich schiebe uns 'ne Tiefkühlpizza in den Ofen, okay?«

»Ich räume den Rest weg, sonst trifft dich ja morgen früh der Schlag.«

Sie lächelte, gab ihm einen Kuss auf den Mund und verließ die Werkstatt.

Als sie in der Küche stand und das Feuer im Ofen anfachte, konnte ihr nicht mal das Klingeln ihres Handys die gute Laune verderben.

»Hi Stefan«, begrüßte sie den Anrufer.

»Hey Bea.«

Ihr Verhältnis zu Stefan war seit ihrem plötzlichen Verschwinden aus Valencia nicht mehr ganz so gut wie zuvor. Er hatte sich nach seiner Rückkehr gemeldet, aber sie blieb reserviert. Sie spürte, dass sie mehr Abstand von ihm brauchte. Vor allem aber musste er einsehen, dass er nicht mehr jederzeit über sie verfügen konnte.

Sie blickte nach vorne. Das sollte Stefan auch langsam mal tun, fand Bea.

»Ich wollte fragen, was du an Heiligabend machst.«

»Oh, da habe ich Dienst. Leider.«

»Wie schade. Sehen wir uns dann an einem der Feiertage?«

Bea öffnete das Tiefkühlfach und zog die beiden Pizzen heraus, die sie dort für diesen Abend gebunkert hatte. Mit dem Handy zwischen Ohr und Schulter geklemmt versuchte sie, möglichst geräuschlos die Verpackungen aufzureißen. »Ich glaube nicht«, sagte sie.

»Ach, schade. Hast du was vor?«

»Ja, Stefan, stell dir vor. Wir fahren zu meiner Schwester Alix, meine Eltern kommen, vielleicht auch eine meiner anderen Schwestern.« Sie war müde, deshalb klang sie so genervt.

»Und wann holst du Bud Spencer wieder ab? Er fragt schon nach dir.«

Sie seufzte. Vier Wochen hatte sie den Hund jetzt nicht gesehen, und ja, natürlich vermisste sie ihn. »Können wir das später besprechen?«

»Na klar.« Er klang betont munter, doch Bea ließ sich davon nicht täuschen. Natürlich war er ein wenig gekränkt. Das verstand sie auch, vor ein paar Wochen hatte sie ja selbst versucht, mit ihm eine Freundschaft jenseits ihrer Ehe zu retten.

Irgendwann in naher Zukunft würde sie ihm erzählen, dass sie einen Freund hatte. Dass ihr Leben sich verändert hatte – nein, dass *sie* sich verändert hatte.

Es fühlte sich gut an. Als wäre sie sich selbst endlich nähergekommen.

Erster Feiertag, morgens um zehn. Gerade hatte Bea die Übergabe an die Kollegin gemacht. Sie packte ihren Rucksack und wollte ihr Büro verlassen, als sie in der Tür fast mit Carsten Holler zusammengestoßen wäre. Er trug bereits seinen Kittel über dem weißen Polohemd – also hatte er heute Dienst.

»Hoppla«, sagte sie. »Was verschafft mir die Ehre?«

»Ich hab da was läuten gehört«, kam er direkt zur Sache. Bea lächelte. Klar hatte er was läuten gehört, er war ja nicht doof, sondern hielt das Ohr immer am Flurfunk. Und es war kein Geheimnis, dass auf der Onkologie einige Veränderungen anstanden.

»So, hast du das?«

»Notfallmedizin war nie mein Spezialgebiet«, fing er an. »Als Oberarzt war ich auch mal in der Onko.«

»Schon klar«, sagte sie.

»Also stimmt es? Dass du deine Arbeitszeit reduzierst und den Chefarztposten aufgibst?«

»Was du nun wieder alles hörst ...«

»Ich frage nur, ob ich zwischen den Jahren meine Bewerbungsunterlagen auf Vordermann bringen soll.«

Bea zuckte mit den Schultern, sie schob sich an ihm vorbei und lächelte. »Tu, was du nicht lassen kannst, Carsten.«

»Wäre es dir recht? Wenn wir zusammenarbeiten?«

»Mir ist alles recht, solange ich in Teilzeit gehen kann«, warf sie über die Schulter. »Frohe Weihnachten, Carsten!« Sie winkte, tänzelte in Richtung Fahrstuhl und nahm dann doch die Treppe.

Auf dem Heimweg summte sie leise vor sich hin. Ach, das war ein gutes Gefühl. Sie hatte darüber in den letzten Wochen immer wieder nachgedacht. Dass sie nicht länger diejenige sein wollte, die sich im Job völlig aufrieb. Warum sollte sie auch? Bei den Bienen, da blühte sie auf – bei ihnen und bei Tom. Und natürlich, niemand gab ihnen eine Garantie, dass es auf Dauer gutgehen würde.

Aber das brauchte sie auch nicht mehr.

Früher hatte sie anders darüber gedacht. Dass Sicherheit im Job, im Privaten, einfach überall … ihr Kontrolle ermöglichte. Über ihr Leben, ihre Beziehungen, darüber, wie sie lebte, was sie dachte. Ihr Vorankommen war klar definiert. Sie wollte mit einem Mann glücklich sein, der mit ihr auf Augenhöhe war. Mit dem sie sich messen konnte. Überraschung: Nicht jeder Mann hielt das aus. Stefan hatte damit offensichtlich Probleme gehabt, anders konnte sie sich sein Verhalten nicht erklären.

Anders Tom. Da waren sie beide ebenbürtig, denn in der Arbeit mit den Bienenvölkern, sagte er, lernte auch er nicht aus, das würde er vielleicht nie. Und er sah ein, wenn sie mit ihrem angelesenen Wissen einen kleinen Vorsprung hatte. Sie zogen an einem Strang, sie kannten nur ein Ziel: Die Bienen heil durch den Winter bringen, die Imkerei vor dem Ruin retten.

Die vergangenen zwei Wochen waren nur ein Anfang. Keine Gewähr dafür, dass es ihnen letztlich gelingen würde, aber ein erster Schritt in die richtige Richtung. Sie machte sich nichts vor: Auch die »alte« Bea, die sie nun langsam abstreifte wie eine Schlange ihre zu eng gewordene Haut, auch die war sie einst gewesen. Aber als sie in diesem Spätherbst bei den Bienen saß oder Cremes mischte, als sie ihre Schwester besuchte und begriff, dass sie sich auch emotional aus der Ehe mit Stefan lösen musste, da hatte sie gemerkt, wie sie über sich selbst hinausgewachsen war. Und nicht immer ging es ihr gut damit, aber das war okay. Das waren diese Wachstumsschmerzen, da musste jede im Leben immer mal wieder durch.

Sie fuhr nicht auf direktem Weg zur Imkerei, sondern machte einen Abstecher auf einen Obsthof, der ein paar Kilometer entfernt zwischen den langen Reihen der Apfelbaumplantage lag.

Hierher hatte sich Margarete Zeidler zurückgezogen. Sie hatte ein Gästezimmer bei einer Freundin bezogen, die sich Tag und Nacht um sie kümmerte, unterstützt von den anderen Freundinnen, die stets wie ein Schwarm Winterbienen um ihre Königin kreisten, mit den Flügeln Wärme erzeugten und keine Langeweile aufkommen ließen.

Erfahren hatte Bea davon, als sie Margarete Zeidler ein zweites Mal bei ihrer ambulanten Chemotherapie aufsuchte.

»Ich will nicht zurück«, sagte sie heftig, als Bea andeutete, sie könne doch wieder ins Imkerhaus ziehen. »Das ist jetzt seine Sache, nicht mehr meine. Da lasse ich auch nicht mit mir diskutieren.«

»Dann kommen Sie wenigstens an Weihnachten zu uns. Wir besuchen meine Schwester. Es wird ein großes Familienfest.«

Margarete Zeidler stimmte zu – aber nur unter der Bedingung, dass sie spätestens bei der Gelegenheit mit »'nem ordentlichen Schluck Doppelkorn« besiegelten, dass sie sich zukünftig duzen würden.

Bea wäre in diesem Moment mit fast allem einverstanden gewesen.

Und nun parkte sie vor dem Haus des Obstbauern und stieg aus. Die Deelentür ging auf, Margarete Zeidler schlüpfte hindurch, als hätte sie sich weggeschlichen. In der Hand trug sie einen Leinenbeutel, den sie sich partout nicht von Bea abnehmen ließ. »Geschenke«, verkündete sie. »Da wirst du dich noch etwas gedulden müssen.«

Bea gab sich geschlagen.

Dünn war Toms Tante geworden, dennoch bildete Bea sich ein, dass die Müdigkeit, die ihr damals bei Margarete Zeidlers Klinikaufenthalt aufgefallen war, nicht mehr so sehr in diesem alten Körper steckte. Da war wieder mehr Energie, woher auch immer die kam.

»Willst du hier noch lange rumstehen? Mir wird kalt, und ich habe Hunger. Ich hoffe, deine Verwandten bringen einen ordentlichen Weihnachtsbraten auf den Tisch.«

Bea lachte. Sie stiegen ins Auto und rollten vom Hof.

Schön war das. Zu wissen, dass es viele Menschen gab, mit denen sie das Fest feiern konnte.

Kein Mensch ist eine Insel.

Das dachte Bea, während sie neben Tom auf dem Sofa in der Wohnstube saß. Tante Grete (»Nenn mich nie wieder Margarete, für dich immer noch Tante Grete!«) tanzte mit Tante Barbara zu den Weihnachtsliedern, die Hannes aufgelegt hatte. Mama Claire und Papa Gustav hockten vor Alix, die auf einem Sessel thronte und ihren kleinen Bauch streichelte. Max verteilte Punsch in alten Bowlegläsern und Rosa verschwand in der Küche und murmelte, sie müsse dringend abwaschen, so viel Harmonie ging ihr nun wirklich auf die Nerven.

»Schön?«, fragte Tom sie leise in ihr Ohr. Sie lehnte den Kopf an seine Schulter. Ja, wunderschön. Sie war reich beschenkt worden, jeder hatte sich etwas Besonderes für sie ausgedacht. Das schönste Geschenk war sicher das Lederarmband mit drei silbernen Bienen, das Tom ihr gemacht hatte. Knapp vor der schwarzen Kladde mit weichem Deckel, die von Tante Grete kam.

»Damit du deine eigene Bienengeschichte schreiben kannst.«

Das hatte sie sehr gerührt.

»Ich hole uns noch was von dem Punsch, ja?«

Sie nickte. Ob die beiden Tanten, die so ausgelassen kicherten und stampften, wohl wussten, dass da kein Alkohol drin war?

»Hey.« Alix ließ sich neben ihr auf dem Sofa nieder. »Haben wir auch mal ein bisschen Zeit für uns.«

»Es ist ein wunderschönes Weihnachtsfest. Danke.«

»Ach, ist doch selbstverständlich. Ich freu mich, dass du da bist. Wirklich.« Alix drückte Beas Hand. »Und dass du ihn mitgebracht hast. Er ist nett.«

»Ja, das ist er wohl.«

»Ihr habt Pläne, oder?«

»Oh ja. Für die Imkerei.«

»Und privat?«

Bea lächelte fein. »Nichts Besonderes. Zusammensein, das reicht uns.«

»Ich freue mich sehr für euch. Ihr seid ein hübsches Paar.«

»Ich habe überlegt«, fing Bea an, »wie ich die Cremes und anderen Pflegeprodukte verbessern kann. Vorher ging das nicht, weil … na ja. Die Zeit drängte, die Rezepte waren ja zertifiziert. Aber ich möchte auch was Neues schaffen.«

»Verstehe ich gut. Meld dich, wenn du was brauchst.«

Eine Sache verstand Bea nicht. »Du könntest das doch selber machen. Also Cremes und andere Kosmetika neben der Seife. Warum hilfst du mir?«

Alix lächelte. »Weil mir auch geholfen wurde, als ich ganz am Anfang stand. Meine französische Freundin Agnès hat mir ihre erprobten Seifenrezepte geschickt. Anders hätte ich nicht anfangen können – oder nicht so schnell. Ohne Riechsinn, ohne Erfahrung und da die Seifen ja acht Wochen Reifung brauchten, war ich heilfroh, dass sie mir half. Für sie war ich keine Konkurrenz – sie hatte mit ihrer Seifenmanufaktur genug damit zu tun, die Geschäfte und das Museum in Grasse zu versorgen. Ich habe ihr jetzt zu Weihnachten ein paar meiner eigenen Rezepte geschickt, die ich im Herbst entwickelt habe. Die kann sie verwenden oder auch nicht. Und ihre sind inzwischen für mich einfach nur eine Grundlage, auf der ich meine ganz eigene Kollektion entwickle.« Sie winkte Max, damit er ihr Punschglas auffüllte. »Aber es geht vor allem um eines: Wir können nur eine bestimmte Menge herstellen. Ich mache Seifen, du machst Kosmetika auf Basis von Honig und Bienenwachs. Das passt gut zusammen, klar. Aber ich nehme dir nichts weg, und du nimmst mir auch nichts weg. So einfach ist das.«

So hatte sie noch nie darüber nachgedacht, aber es klang logisch. »Wenn du Hilfe brauchst, sag Bescheid. Ich bin ja jetzt in der Nähe.«

»Ist das so?« Tom war zurückgekommen. Er quetschte sich zu ihnen aufs Sofa und legte den Arm um Beas Schultern. »Also, ich wusste davon bisher nichts.«

»Du Spinner.« Sie küsste ihn sanft auf die Nase. »Wo soll ich denn sonst hin?«

»Auch wieder wahr.« Er wirkte sehr zufrieden mit sich.

Bea verstand ihn. Ihr ging es genauso.

»So still?«

Sie fuhren nach der Weihnachtsfeier heim. Bea hielt Toms Hand, die auf dem Schaltknüppel ruhte. Sie spürte diese besonders tiefe Müdigkeit, kurz bevor man zu frieren anfing.

Es war ein so wunderschöner Tag gewesen. Das schönste Weihnachten ihres Lebens. Vor wenigen Wochen noch hatte sie sich davor gefürchtet, und dann war's doch ganz einfach gewesen, zu ihrer Schwester zu fahren.

»Es ist alles gut«, stellte sie überrascht fest.

Tom lächelte sie von der Seite an. »Ja, das ist es wohl.«

»Werden wir auch so wie deine Tante und dein Onkel?«, fragte sie und drehte ihren Kopf ein wenig, damit sie ihn besser ansehen konnte. Weil sie es niemals müde werden würde, dieses Gesicht zu betrachten. Den leichten Bartschatten. Die verwuschelten, etwas zu langen Haare. Das leise Silber, das sich an den Schläfen einschlich und das ihr am liebsten war; es erzählte davon, dass auch er keine achtzehn mehr war, dass sie beide schon viel erlebt hatten.

*Ab hier dann gemeinsam, hast du verstanden?*

*Aye, aye, my captain!*

Bea lächelte.

»Was denn?«, fragte er und warf ihr einen kurzen Blick zu. Er schaltete runter, bog in die schmale Zufahrt zur Imkerei ein. Vor den Scheinwerfern tanzten einzelne Schneeflocken über die Straße. Fast so etwas wie weiße Weihnacht, dachte sie.

»Nichts«, sagte sie. »Es ist nur so schön.«

»Das ist es wohl.« Er nahm ihre Hand, hob sie an die Lippen, küsste sie. »Und zu deiner Frage – wir werden sicher nicht wie Tante Grete und Onkel Carl. Ein bisschen schrullig vielleicht. Aber du wirst weiterhin deine Arbeit in der Klinik haben, während ich mich auf die faule Haut lege.«

Sie wollte schon protestieren. Sie hatten doch noch so viele Pläne!

»Werde ich natürlich nicht. Weiß doch, dass ich dann Ärger bekomme. Ein Hund wäre schön«, fügte er hinzu. »Was meinst du?«

Bea dachte kurz an Bud Spencer, dem es hier draußen sicher auch gut gefallen hätte. Aber Bud Spencer war eben auch Teil ihrer Vergangenheit, und bei der Trennung hatten sie entschieden, dass er zu Stefan gehörte. Sie konnte ihn immer noch gelegentlich zu sich holen.

»Einer, der bei uns im Bett schläft?«, neckte sie ihn.

Tom grinste nur. Gerade so, als könnte ihm nichts die gute Laune verderben.

Im Licht der Scheinwerfer tauchte das kleine Bauernhaus unter den Eichen auf. Tom parkte neben dem Gebäude, und sie blieben noch kurz sitzen, während der Motor leise tickte.

»Kein Hund im Bett«, sagte er in der Dunkelheit. »Sonst kannst du wirklich alles von mir haben.«

Bea beugte sich zu ihm herüber. Sie küsste ihn, weil sie gerade einfach nicht wusste, wie sie ihre Gefühle sonst ausdrücken konnte.

»Vielleicht darf er sonntags ins Bett«, murmelte er.

»Blödmann«, schalt sie ihn leise.

Sie liefen zum Haus, der Schneefall wurde stärker. Beas Hand strich über den Bienentürknauf, als sie eintraten, während Tom bereits die Schuhe abgestreift hatte und in der Küche verschwand, um den Ofen einzuheizen. Die Stube war während ihrer Abwesenheit merklich ausgekühlt.

Sie schlüpfte in die dicke Strickjacke, die nun für solche Fälle immer neben der Garderobe auf der alten Kommode lag. Lief zum Fenstersofa und kroch unter eine der Decken. »Magst du noch einen Kakao?«, rief Tom aus der Küche.

Sie antwortete nicht, denn zwischen den Büchern auf dem Kaffeetisch hatte sie die schwarze Kladde entdeckt. Tante Gretes Vermächtnis.

Als Tom wenig später zwei Becher Kakao und eine kleine Flasche Rum auf einem Tablett ins Wohnzimmer balancierte, blätterte sie in dem Journal. Obwohl sie manche Passagen schon auswendig kannte, blieb sie immer wieder hier und da hängen, sie las, als wäre es das erste Mal.

»Neue Erkenntnisse?«, fragte er.

»Warum bist du zurückgekommen?«

»Du meinst, nachdem ich mich ein Jahr in der Weltgeschichte herumgetrieben hatte, total blank war, meine Eltern mir erklärt hatten, dass ich von ihnen auf keinen Fall Hilfe zu erwarten habe und mich gefälligst endlich mal wie ein Erwachsener aufführen sollte, wenn ich glaubte, ich wäre schon so erwachsen?«

Sie nickte. Tom gab in beide Kakaobecher einen ordentlichen Schwapp Rum, hielt dann inne und fügte bei seinem noch einen zweiten hinzu.

»Zählt ›ich war jung und brauchte das Geld‹?«

»Nur bedingt.«

Bea nahm ihm die Flasche aus der Hand und schenkte sich auch noch einen zweiten Schuss ein.

»Vielleicht hat sie recht«, murmelte Tom. »Ich hab's. Diese Liebe zu den Bienen. Ohne kann man das doch gar nicht. Beim zweiten Mal lief es besser, oder?«

»Klingt fast so.«

»Ich bin zwei Jahre geblieben. Danach hat es mich nirgends so lange gehalten, spätestens nach fünf, sechs Monaten war ich wieder unterwegs.«

»Und als sie anrief…«

»Ja, da wusste ich, wonach ich die ganze Zeit gesucht habe. Was ich nicht wusste, war, dass ich dir begegnen würde. Das war eine Überraschung. Eine schöne.«

Er stellte den Kakaobecher ab, breitete die Arme aus. Bea kuschelte sich zu ihm, er zog die Decke über sie beide. So ließ es sich aushalten, dachte sie.

# *Epilog*

*30. Dezember*

*Ich habe die Kündigung für meine Wohnung geschrieben, Teilzeit beantragt und die Forschungsarbeit mit Stefan abgesagt.*

*Mein Leben ist nun hier. Bei den Bienen.*

*Es fühlt sich merkwürdig an, dass ich nun beginne, unsere Geschichte aufzuschreiben. Keine Ahnung, ob ich das durchhalte; keine Ahnung auch, ob wir das aushalten, wenn wir in wenigen Monaten zusammenziehen, ohne Möglichkeit des Rückzugs. Obwohl: Es gibt ja die Bienen.*

*Heute kam ich am späten Vormittag vom Dienst, und Tom stand in der Werkstatt. Er baut Rähmchen. Dutzende, vielleicht Hunderte, die alten, sagt er, sind eben genau das – oll. Er will vorbereitet sein, wenn die Bienen ein gutes Jahr erwischen, wenn wir die Beuten aufstocken müssen und viele zusätzliche Rähmchen brauchen, damit sie nicht wild in den Beuten bauen.*

*Für meine Experimente war also kein Platz, deshalb sitze ich nun hier. Im Anbau, der Esszimmer und Büro zugleich ist. (Ja, ich habe inzwischen die Buchhaltung gefunden. Nein, da ist nichts in Ordnung, aber auch das kriegen wir in den Griff.)*

*Es wird ein anderes Leben. Ich kann mich nicht vollständig vom alten abwenden; vermutlich würde ich es schnell vermissen, wenn ich es sofort gänzlich aufgebe. Außerdem nimmt es ein bisschen den finanziellen Druck von uns, wenn ich weiterarbeite.*

*Ach, wem mache ich was vor … Am liebsten würde ich im Moment alles tun, damit ich in der Werkstatt meine Cremes rühren kann. Aber Tom hat recht – alles hat seine Zeit. Jetzt gerade ist eben Zeit für Rähmchen.*

*Vielleicht ist es blauäugig von uns, dass wir uns in dieses Leben stürzen. Vielleicht aber ist es genau richtig, denn wir wollten beide nicht warten. Es kann auch schiefgehen, wenn wir uns Zeit lassen.*

*Ich höre Tom. Er geht direkt in die Küche, klappert mit den Töpfen. Mittagszeit. Danach werden wir mit einem Becher Kaffee zu den Bienen gehen. Dort sitzen und reden, manchmal schweigen. Über die Bienen, natürlich. Über die Natur, wie sie schläft. Über Tante Grete, die so tapfer ist. All die Menschen um uns. Kein Mensch ist eine Insel, wir alle haben die anderen Menschen um uns herum, und manchmal ist uns das Glück gewogen und wir finden den einen, mit dem wir uns das Altwerden ganz gut vorstellen können.*

*Ich habe doppelt Glück, denn dieser eine, er hat auch noch die Bienen in mein Leben gebracht.*

# Danksagung

Kein Mensch ist eine Insel.

Während ich *Ein Winter im Alten Land* schrieb, merkte ich wieder mal sehr deutlich, dass ich viel weniger die Autorin sein könnte, wenn es nicht da draußen einen Schwarm dienstbarer Geister gäbe, der mich bei meinem Schreibprozess geradezu bewundernswert eifrig und selbstlos unterstützt.

Ich danke all meinen Leserinnen, denn sie ermöglichen mir dieses Leben; dass ich morgens an den Schreibtisch gehen, den Kaffee neben das Notebook stellen, die Finger auf die Tastatur legen und losschreiben darf, verdanke ich euch. Weil ihr meine Bücher lest. Weil ihr sie euren Freundinnen, Müttern, Schwestern, Töchtern, allen Bekannten und Verwandten ans Herz legt, wenn sie euch berührt und unterhalten haben. Ich danke euch. Und ich freue mich, weil ihr da seid, wenn ich mal zwischen den Zeilen durchhänge und mir ein kleines bisschen Extramotivation auf Twitter, Facebook oder Instagram abhole.

Dieses Mal habe ich mich intensiv mit den Bienen beschäftigt. Dabei hat mich Julia Lüdtke unterstützt, die diesen Roman auf Bienenrelevantes und Imkerhandwerk geprüft hat. Wenn andere Imkerinnen Fehler finden, können sie diese gern mir zuschreiben, das wird schon passen.

Dr. Katinka Appelt war so wunderbar, mit ihrem geschulten Blick medizinische Details der Handlung zu prüfen. Auch hier gilt: Wenn etwas falsch wiedergegeben wird, liegt es an mir.

Das großartige Team des Aufbau Verlags ist jetzt schon seit ein paar Jahren (und ein paar Büchern …) mein Zuhause in der Verlagswelt geworden, und ich danke hier vor allem meinen Lektorinnen Anne Sudmann und Christina Weiser.

Meiner Agentin Franka Zastrow, weil sie die Beste ist. Das diskutiere ich auch gar nicht, das ist so.

Während der Arbeit an diesem Roman begann das, was wir vielleicht noch gar nicht abschließend einschätzen oder bewerten können – die heimische Isolation durch die Coronakrise. So schrieb ich Teile dieses Buchs in häuslicher Quarantäne, ging nur noch in unseren Garten, manchmal mit Mann und Kind eine Runde um den See. Es ist eine merkwürdige Zeit, in der wir hier leben, ich habe keine Ahnung, wohin sie uns führt. Ich weiß auch nicht, wie man in den kommenden Jahren Geschichten aus der Gegenwart *ohne* Corona schreiben soll. Und begriff zugleich, dass meine Geschichten aus dem Alten Land ebenso wie die um Friekes Buchladen aller Wahrscheinlichkeit nach genau das bleiben sollen – Bücher aus dieser anderen Zeit *davor*, ohne davon berührt zu werden, wie es jetzt anders ist. Weil es auch Geschichten geben darf, die uns aus dem Alltag abholen und ein Weilchen entführen. In denen keiner eine Maske trägt und man sich einfach umarmt, weil man jemanden umarmen möchte. Die frei sind von dem, was für uns alle inzwischen seltsame Realität geworden ist.

Ich danke meinen Testleserinnen, die sich in einem relativ rohen Zustand durch diesen Text gewühlt haben: Anna, Britta, Christiane, Heike, Miriam, Verena.

Zuletzt, voller Liebe: meiner Familie. Wir hocken hier gerade täglich zusammen, und ich könnte mir keine besseren Menschen dafür wünschen.

Und da es mir wirklich am Herzen liegt in dieser Zeit, wünsche ich euch allen: Bleibt gesund. Passt aufeinander auf. <3

*Bielefeld, im Mai 2020*

# Anhang

Playlist für die Bienenköniginnen unter euch – diese Musik hat mich beim Schreiben begleitet.

PETER BRADLEY ADAMS, *Who Else Could I Be*
JOHNNY CASH, *Hurt*
LEONARD COHEN, *You Want It Darker*
NICK DRAKE, *Place To Be*
MANIC STREET PREACHERS, *Black Dog On My Shoulder*
JOSÉ GONZÁLEZ, *Stay Alive*
THE NATIONAL, *Lean*
REGINA SPEKTOR, *Samson*
SEABEAR, *Cold Summer*
TRAVIS, *Writing To Reach You*

LESEPROBE

Michelle Marly
White Christmas
Das Lied der weißen Weihnacht
Roman
atb

## »*Happy Holiday*«

New York City, Lower East Side
Dezember 1900

### Prolog

Dichtes Schneegestöber trieb vom East River über Manhattan Island, angefacht von einem eisigen Wind, der die Eiskristalle wie ein Blasebalg vor sich hertrieb. Die Flocken landeten auf den Fenstersimsen der mehrstöckigen Backsteinhäuser, auf den Vordächern und Markisen der Läden und Lokale wie Puderzucker auf Zimtplätzchen, sie sammelten sich in den Hutkrempen der Passanten und blieben auf den Rücken der Kutschpferde als zarte weiße Decke liegen. Leider begruben sie auch die Stapel der Zeitungen, die der zwölfjährige Izzy an der Canal Street Ecke Bowery zu verkaufen versuchte, wie unter einem nassen Mantel – und kein Mensch wollte das *New York Evening Journal* mit feuchten Seiten lesen.

Je dichter das Schneetreiben wurde, desto weniger schienen die Abendnachrichten zu interessieren. Obwohl Izzy an einer sonst belebten Kreuzung stand, kehrte eine gewisse vorweihnachtliche Ruhe ein. Die Laternen waren längst aufgeflammt und warfen gelbe Lichtkreise auf die Spuren auf dem Bürgersteig, die zu verwehen begannen, der Verkehr der Fuhrwerke und Automobile ließ nach.

Um diese Zeit füllten sich die Bars, Restaurants, Varietés und Nachtclubs, und der Junge wünschte, mit seiner Tasche in eines der Etablissements gehen und dort die Zeitungen verkaufen zu dürfen. Doch er wusste, dass ihn die Kellner am Schlafittchen packen und hinauswerfen würden, wenn er nur einen Fuß hinter die Eingangstür setzte.

Dabei wäre er so gern einer von ihnen. Jedenfalls einer von denen, die Getränke und Mahlzeiten mit einem Lied auf den Lippen servierten. Die singenden Kellner waren die Stars der Gegend, junge Männer mit einem Haufen Trinkgeld in den Taschen. Die Münzen klimperten sicher nur so. Izzy hatte bereits erlebt, dass eine laute, musikalische Stimme etwas wert war, selbst wenn es sich – wie bei ihm – um einen schrillen Tenor handelte. An einem verkauften *Journal* verdiente er einen halben Cent, aber wenn er einen Schlager intonierte, den er auf der Straße aufgeschnappt hatte, oder die Schlagzeilen in einen Liedtext verwandelte und zu einer Melodie schmetterte, die ihm gerade einfiel, wurden die Käufer spendabel. Dank seinem Talent nahm er meist ein paar Pennys mehr ein. Das hatte ihn auf die Idee gebracht, ein singender Kellner zu werden. Denn Izzy wollte nichts so sehr, wie eines Tages ein reicher Mann sein. Oder zumindest das, was er dafür hielt. Wirklich wohlhabende Gentlemen hatte er noch nie gesehen, die mischten sich nicht unter die hauptsächlich von armen Einwanderern bewohnte Lower East Side. Die 5th Avenue etwa, die *Straße der Millionäre* genannt wurde, kannte der Junge nur aus den Meldungen in der Zeitung, die Upper East Side Manhattans war von seinem Leben so weit entfernt wie der Mond, der sich heute hinter den dichten Wolken verbarg, die so weiß vor dem sich verdunkelnden Himmel schimmerten wie der Schnee, der auf dem sonst ziemlich schmutzigen Pflaster liegen blieb.

Langsam begann die klirrende Winterkälte durch Izzys Kleidung zu kriechen. Seine Mutter hatte ihn mit einem Mantel aus Walkstoff versorgt, den sie als Hebammenlohn für die Geburtshilfe eines gesunden Zwillingspärchens erhalten hatte. Es war ein guter Mantel. Er war nicht neu, aber von guter Qualität und schützte Izzy in der Regel vor Regen, Wind und Kälte; dennoch war er nicht dafür gemacht, über mehrere Stunden böiges Schneetreiben abzuhalten. Frierend trat der Junge von einem Bein auf das andere, Feuchtigkeit drang dabei in seinen Schnürstiefel, dort, wo die Sohle ein Loch hatte, das von seinem fürsorglichen *Mamele* mit Zeitungspapier ausgestopft worden war. Das war inzwischen wohl durchweicht.

Er bemerkte eine Gruppe Männer und Frauen, die sich der Straßenkreuzung näherten. Sie hielten sich untergehakt und taumelten ein bisschen, was jedoch vielleicht weniger an dem Alkohol, den sie zu sich genommen haben mochten, als vielmehr daran lag, dass sie versuchten, nicht auszurutschen. Sie schwankten wie Seeleute an Land und wirkten, als wären sie auf dem Weg in ein Lokal. Izzy verkaufte seit seinem achten Lebensjahr Zeitungen und hatte inzwischen einen Blick für die Menschen in der Gegend. Wenn er richtig lag, war der eine oder andere dieser Partygänger für die Neuigkeiten im *New York Evening Journal* empfänglich. Und statt die Schlagzeilen auszurufen, wäre es bestimmt einnehmender, etwas zu singen. Vor allem, wenn die Pärchen doch schon angetrunken sein sollten.

Zum Wetter und der Jahreszeit passte natürlich am besten ein Weihnachtslied. Izzy sang gern christliche Musikstücke. Sein Vater würde ihm allerdings den Hals umdrehen, wenn er es hörte. Moses Baline war zu Hause in Russland der angesehene Kantor des Schtetls gewesen, in der Emigration hatte er es jedoch in den vergangenen sieben Jahren nur zum Fleischbeschauer in einer koscheren Schlachterei gebracht. Die frommen Gesänge wurden trotzdem an jedem Freitagabend angestimmt, wenn sich die Eltern mit den sechs Geschwistern zur Sabbatfeier versammelten. Izzy indes hatte Freunde, die aus Irland eingewandert waren, keine Juden wie er, sondern Katholiken. Wenn er die O'Hara-Söhne besuchte, war er stets fasziniert von dem Christbaum, den die Familie in diesen Tagen aufstellte und mit Kerzen und bunten Papiersternen schmückte. Darüber hinaus begeisterten ihn die Weihnachtslieder, die ihm seine Freunde beibrachten: »Silent Night« und »Auld Lang Syne« oder »Twelve Days of Christmas«.

Für diesen Moment passte wohl jedoch eine schmissige Melodie besser. Die gab es auch in dem Repertoire, das er bei den Iren aufgeschnappt hatte. Glücklicherweise besaß er ein gutes Gehör und ein noch besseres Gedächtnis, denn Noten lesen konnte er nicht. Er spitzte den Mund und begann die Verse von »Jingle Bells« zu pfeifen, bevor er den Text des Refrains schließlich a cappella schmetterte. Obwohl in seinem Elternhaus nach wie vor nur Jiddisch gesprochen wurde, flossen die englischen Worte mühelos über seine Lippen:

*»Jingle bells, jingle bells,*
*jingle all the way …«*

Am Ende des Songs klirrten einige Pennys mehr in seiner Tasche, und Izzy war überzeugt, dass er eine glorreiche Zukunft als singender Kellner vor sich hatte. Er musste nur noch alt genug werden, um eine Anstellung in einem der Lokale zu finden. Als Bedienung würde er ausgesorgt haben – und dabei spielte keine Rolle, dass die Bars und Restaurants in seinem Viertel, dem Bowery, eigentlich nur Spelunken waren.